나의 등단 이야기

나의 ‘등단’ 이야기

한국여성문학인회 편

솔·학

책 머리에

흥분과 기대로 맞이했던 21세기도 어느듯 이태가 저물고 있습니다. 시간의 빠른 소멸에 새삼 놀라며 문득 옷깃을 여미고 우리 회원들은 스스로를 돌아보게 되었습니다. 문인이라는 이름을 가지게 된 60년 전 혹은 50년 전 혹은 10년 전에 처음으로 자신의 글이 활자화 되었을 때의 모습을 기억해내며 지금의 모습을 반성하기도 합니다.

우리 회원들은 거의가 어렵게 등단 했고, 혹 쉽게 등단 할 수 있었더라도 누구나 수 없이 많은 문학 책을 읽었으며, 인생은 물론 사회, 역사, 우주, 심지어 전생과 후세, 신에 대해서 조차도 사색하고 고민했었습니다. 등단 이후 작품을 많이 발표한 사람도 있고 그렇지 않은 사람도 있습니다. 많이 쓰는 사람은 많이 쓰기 때문에 힘들고, 자주 쓰지 않는 사람도 한시도 문학에서 자유로운 사람은 없었을 것입니다.

근년들어 문학을 지망하는 여성들이 현저히 늘었다고 합니다. 기쁜 일입니다. 왜냐하면 문학은 사람을 새롭게 바꾸어 놓을 수도 있고 새롭게 태어나게 할 수도 있기 때문입니다.

이 책이 등단을 원하는 분들께 조금이라도 도움이 되었으면 합니다. 그리고 문학이 밥 먹여주나? 무엇 때문에 좋은 환경에 있으면서 문학 한다고 고민을하나? 하고 생각하는 분이 이 책을 읽으신다면 문학이 인생에 있어 과연 무엇인가를 이해하게 되실지도 모르겠습니다.

지면에 제한이 있어서 선착순으로 받아서 원고를 마감했기 때문에 모든 회원의 글을 싣지 못한 것이 못내 아쉽습니다. 또 다른 기회를 기다려봅니다.

이 책을 출간해 주신 '솔과 학' 출판사의 김재광 사장님과 수고해 주신 분들께 감사드립니다.

2002년 11월

한국여성문학인회 회장

한 말숙

차 례

01 시

02 소설

03 수필

강혜경 · 김경실 · 김소경 · 김정선 · 박명순 · 변영희 · 변해명 · 송효숙 · 심상옥 · 오경자 · 오정순
유혜자 · 은옥진 · 이경희 · 이병남 · 이 숙 · 이정림 · 이정원 · 전숙희 · 정명숙 · 정화신 · 조경희
주영준 · 지연희 · 한동희 · 황혜경

04 아동문학

김선경 · 김선주 · 김옥애 · 김율희 · 박춘희

05 희곡 · 평론

김숙현 · 전옥주 · 이덕화

01 시

강성숙 · 권귀준 · 김경자 · 김광자 · 김규은 · 김근숙 · 김송배 · 김수자 · 김양식 · 김연식 · 김옥정
김정원 · 김종희 · 김지향 · 김태은 · 김해석 · 김현숙 · 김후란 · 남궁경숙 · 노향림 · 박경선 · 박명성
박명자 · 박순옥 · 박영숙 · 박옥금 · 박정희 · 박현령 · 손길순 · 신동춘 · 신미철 · 안을현 · 엄영자
왕수영 · 유안진 · 윤향기 · 윤희선 · 이경희 · 이영춘 · 이옥희 · 이화국 · 이희만 · 임금자 · 임명자
전덕기 · 정위진 · 조정애 · 차옥혜 · 최선영 · 최정자
한분순 · 함혜련 · 허영자 · 허윤정 · 홍윤숙 · 황성이

나의 등단 이야기

강 성 숙

나는 경남 울산에서 태어났다. 고등학교 1학년 때부터 친구와 함께 밤이면 태화강변에 나가 시를 읊었다. 또한 극장에서 눈물겨운 스토리의 영화를 보고 나서 몇 날을 갈등하며 고민도 했었다. 밤이면 전등 불을 밝혀 놓고 책상머리에 앉아 시간가는 줄 모르고 시를 쓰고 소설을 썼다. 밤 늦게까지 잠자리에 들지 않고있는 날에는 어머니에게 꾸중을 들었다. 일찍 자고 일찍 일어나는 것이 건강을 유지하는 것이며, 남보다 아침을 일찍 시작할 수 있으니 삶에 도움이 된다는 것이었다. 어머니의 말씀이 옳다고 시인하면서도 학교에서 돌아오면 전날 밤에 써놓은 원고를 들고 또 밤을 지새웠다. 그러던 그해 봄, 내 생의 전환점을 가지고 온 활기찬 기회가 찾아왔다. 울산에 박목월 선생님이 오셔서 시와 수필에 대한 이론을 강의하셨다. 꿈에도 그리던 선생님을 직접 만나 뵌 것이다. 그날 모두 시 한편씩을 써내어 보라고 했지만 단 3명만 시를 냈고, 나머지 두 명은 수필을 써냈다. 제목과 소재는 자유였다. 나는 고민 끝에 '내면의 소리' 라는 제목으로 시를 써냈다.

선생님께 졸작을 내어놓으려니 부끄러웠지만 친구의 권유로 용기를 냈다. 의외로 선생님께서는 내 작품을 칭찬해 주셨다. 희망의 날줄은 그때부터 그어지기 시작했다.

1년이 지나자 습작의 원고는 한 배낭이나 되었다. 세월은 그렇게 흘렀지만 문학소녀는 꿈을 이루지 못한 채 결혼을 하게 되었다. 결혼할 때 마치 보물처럼 간직하고 가져간 원고뭉치가 자그만치 큰 박스로 두 개가 되었다. 아무도 개봉하지 못하게 태이프로 박스를 봉함했다. 원고의 입을 완전히 막아버린 것이었다.

그리고 수십년이 흘렀다. 문학소녀는 세 아이의 어머니가 된 뒤 봉해 두었던 꿈을 풀어헤치듯 박스를 개봉했다. 누렇게 바랜 종이뭉치를 들추어 시와 소설을 꺼내 다듬고 읽기를 게을리 하지 않았다. 그렇게 글을 정리하고 있는 엄마를 보고있던 둘째 딸이 심각한 표정으로 말했다.

한양대학교 평생교육 과정 가운데 문예창작과에서 소설, 시를 지망하는 학생 모집이 있다고 알려주었다. 나는 약간의 실망감이 느껴졌다. '이 나이에 무슨 공부를 해' 라고 반문하고는 흘려버렸다. 그러다 며칠이 지난 뒤 학교로 직접 가 보았다.

학교 정문을 들어서자 그 동안 이상 속에 꽁꽁 숨어있던 향학열에 불을 집히기 시작했다. 그러나 문학인으로서의 행로는 히말라야 정상을 오를 때의 고달픔보다 더 어렵다고 들었기에 망서려졌다.

원서를 사들고 정문을 나설 때의 감회는 말할 수 없었다. 밤잠을 설쳐가며 원서를 작성했다. 시론 강의는 두 명의 교수였다. 이론은 이승훈 교수님이었고, 실제 강의는 김지향 교수님이었다.

2년여 동안을 열심히 노력한 결과 1989년 월간지에 시로 등단이라는 기쁨을 안게 되었다. 그리고 소설로도 등단을 했다. 그때 그 기쁨은 말로 다 표현할 수 없었다. 사십의 골짜구니에서 이제 막 정상을 향해 오르기 시작한 등단은 물론 힘겨웁겠지만 문학소녀의 꿈의 절반이 반석위에 오르기 시작했다고 생각할 때의 그 감동은 눈물겨웠다.

날개깃이 짧았을 때와 세월에 의해 날개깃이 길어졌을 때와의 처신은 무척 힘이 들었다.

앞으로 탄탄한 둥지를 틀어 알을 품고 나를 닮은 글들을 세상의 하늘로 높이높이 날려 보내고 싶은 것이 나의 절실한 소망이자 기원인 것이다.

나의 등단 이야기

권 귀 준

세계에는 세계사가 있고 나라에는 그 나라의 역사가 있다. 이런 논법을 연장하면 한 인간에게는 그 인간의 개인사가 있다.

한국 국민중 등록된 시인 명부속에 나의 이름이 기재되어 있다는 사실은 그렇게 되기까지 나름대로의 계기와 의지가 있었다고 본다.

나는 강원도 춘천에서 이십리길인 신북면 발산리에서 태어났고 거기서 성장했다. 나의 부모님은 농촌출신이 아닌 분들이셨다. 나의 아버지는 유학자이시고 석학이셨다. 아버지의 매부인 나의 외숙은 3.1운동때 학생운동의 주모자로 9년의 투옥생활을 하셨다. 이런 경력이 아버지와 연관되어 아버지는 관직을 내 놓으시고 낙향을 하셨다.

발이산을 등에 지고 푸른 논밭이 눈 아래 내려다 보이는 고적한 이 마을은 아버지의 이상향이셨다. 여름날 백로떼가 몰려오면 대청마루 뒷문을 여시고 시조를 읊으셨다. 그리고 언니들은 학교에 가고 나는 발이산 기슭에 나와 언니를 기다리며 청보랏빛 제비꽃으로 반지를 해서 끼고 혼자 놀았던 기억은 퍽이나 외롭게 자란 것 같다. 오빠는 외숙의 영향을 받아 애국 청년주모자로 학생때부터 경찰의 감시 하에 있었던 것 같다. 기어코 어느날 나의 오빠는 상해로 망명길에 올랐고 식산은행에서 대출받은 이자를 갚으라는 아버지의 심부름을 어기고 행방이 묘연했었다. 우리 가족은 형사들의 감시와 경제적인 난관에 '박경리씨의 토지' 를 연상케 하는 민족적 수난을 겪었다. 오빠의 책들은 푸대에 담겨 마루 밑 깊숙히 감추어 졌고 낯 모르는 사람이 찾아오면 어머니의 얼굴을 사색이셨다. 그 후 몇해가 지나 현해탄을 건너온 나의 오빠는 집행 유예로 풀려 나왔고 외출을 않고 독서를 많이 하셨다.

어느 날인가 나에게 주신 막심고리끼의 〈40년〉과 톨스토이의 〈10일의 독서물〉지금도 오빠를 추억하기에 충분한 감동적인 책이 였다고 생각한다. 어린시절 수난의 역사속에서 남다른 감수성을 지녔던 나는 경춘철도개통을 계기로 선생님의 인솔하에 기차를 타고 소풍을 갔었다. 기차를 처음 탄 나는 기차가 움직일 것이라고 믿었는데 나의 눈에는 기차는 가지 않고 창 밖의 산과 강물, 전봇대만 자꾸 뒤로 가는 것 처럼 느껴졌다. 그 다음 글짓기시간에 기차를 탔을때의 느낌을 그대로 썼더니 선생님은 나의 글짓기를 학생들에게 읽어 주시고 나에게 책을 많이 읽고 글짓기를 열심히 하라고 권하셨다. 중학교 때는 〈봄날〉 이라는 제목으로 글짓기를 했는데 발이산 기슭에서 아지랑이를 벗 삼아 제비꽃으로 반지를 만들어 끼고 언니를 기다렸다는 내용의 글을 썼었다. 선생님은 아이들 앞에서 내 글을 읽어 주시고 글짓기에 솜씨가 있다고 칭찬을 해 주셨다.

춘천에서 여학교 4학년 때 학제 변경으로 고1이 된 나는 서울로 왔다. 대학의 문은 닫히고 갈 곳이 없었다. 나는 어느날 신문에서 지금의 중앙대학교 전신인 중앙 보육 전문학교 신입생 모집이 눈에 띄어 응시했다. 그 후 중앙대학교는 남녀공학으로 신입생을 모집했다. 나는 그 곳 문과에 진학했을 때 어느날 주임교수인 신영철교수님의 부름을 받고 연구실에 찾아 갔을 때 혹시 원고를 갖고 오라는 것은 아닐까 하는 기대는 황당한 질책으로 바뀌어 졌다. 당신이 제정 시대 신북면 면장을 하신 것을 내가 폭로했다는 소문이 들린다며 나를 추궁하는 것이었다. 나는 완강히 부인하며 돌아서 나왔다. 그 후 그분과의 대면이 곤욕스럽고 거북해서 문과에서 심리학과로 전과를 했다. 문과와의 인연은 이렇게 악연으로 끝을 마치고 6.25동란 이후 그 분의 소식을 들은적이 없었다. 나는 나의 전공과목을 뒤로 하고 늘 글을 쓰고싶었다. 세월이 얼마나 지났을까? 늘 글을 쓰고 싶었던 어느 날 모잡지사에서 '간병기' 공모가 있었다. 그 때 나의 남편의 간병기를 써 보냈는데 1등으로 당선되었다. 아이들도 다 성장하고 다시 글을 써 보고 싶을 때 문화센타에서 황금찬 선생님의 시론 강의가 있었다. 나는 3년을 그곳에서 수업을 받은 수 〈봄날〉, 〈문제해결〉 등의 시로 등단을 했다. 옹알이를 하던 아이가 한 문장을 말할 수 있듯이 나는 닫혔던 입이 시어로 열리게 되었다. 내가 심리학으로 석사를 받고 대학에서도 강의를 했던 과정에서도 무엇인가 쓰고 싶은 욕망은 늘 준비하게 하고 기회를 기다리게 했다. 등단 이후 3권의 시집을 상재했다. 요즘은 4번째 시집을 준비중이다. 시 공부를 하던 3년 동안 매주 명시 한편을 외우고 시 한편을 쓰면서 나는 나의 어린 학창시절 나의 글짓기를 칭찬해주신 선생님들이 없었더라면 끝없는 고뇌의 책상에 앉아 있지 않아도 좋으련만 하는 사치스런 원망도 가끔은 해보았지만 그래도 오늘의 시인으로 설 수 있게 해주신 그 분들께 고개 숙여 감사드린다. 추후로 나의 문학의 길을 고난의 길로 걷게 했던 신영철교수님의 안부도 듣고싶다.

시처럼 살고 싶은 마음 위에

설목 김경자

시는 '진실과 사랑의 산물' 이며, '고통과 환희의 열매' 라고 나는 생각한다. 그러나 시다운 시 한 줄을 낳기란 또 얼마나 힘들고 고독한 일인가! 하여도 오늘 나는, 세상 많은 길 중에서도 이와 같은 시의 길을 걸어갈 수 있게 해두신 나의 신(神)께 감사드린다.

나는 늦은 나이에 등단을 했다. 어린 나이부터 시를 짓기는 했지만, 그 애틋한 나의 습작품들은 그저 내 생의 한 자취로서, 오랜 시간 서랍 속에 있었던 것이다. 〈가을 도련님과 단풍 아씨〉(열 다섯 살의 졸시)를 습작하면서 내 사춘기 첫사랑의 외로움도 달랠 수 있었고, 이십대의 회의와, 고독, 방황, 그리고 삼십대의 힘들었던, 기억하기조차 싫은 저 오월의 결별과 슬픔, 깊은 좌절감도 시창작으로써 승화시킬 수 있었다. 그때까지 내가 쓴 시는 200여 편에 이르렀고, 그 작품들은 내 일기장과 더불어 소중한 내 삶의 자취가 되었던 것이다. 하지만 나는 아집 속에서 독자 없는 필자로서만 만족했던 것이다. 신춘문예라는 관문이 있는 줄은 알았지만, 이름 석 자를 알리려는 그 등단 의식에 경멸감조차 보내는, 참으로 오만 방자한 문학도였던 것이다. 내가 쌓은, 나만의 성 속에서 소월을, 만해를, 헷세와 릴케를 흠모하며 시간의 강물 속을 흘러가고 있었던 것이다. 그때까지 나에게 시를 가르쳐 준 것은, 어느 시창작 교실의 유명 문인이 아닌, 깊은 밥 책을 통하여 만나는 시간 속의 위대한 예술가, 사상가, 철학자들이었고, 사연도, 곡절도 많기만한 내 인생 그 자체였던 것이다. 그렇게 지내던 내게 변화의 계기가 왔다. 1982년 여름, 한 달간 미국 여행을 하게 되었고, 새로운 세계 안에서 나의 존재를 새삼 돌아보게 되었던 것이다. 그리하여, 좀더 배워보고 싶은 열망으로, 낮에는 교사로서의 직장 생활을 하면서, 밤에는 연세대 교육 대학원에 진학하여 석사 과정(국어교육 전공)을 밟게 되었다. 때마침, 수업을 담당하셨던, 시인이신 정현종 교수님으로부터 현대시 강의를 듣게 되었다. 나는 그때, 정 교수님의 진지하신, 소월 시 강의에서 나자신, 필자 아닌 독자로서의 감상과 비평을 해보는 신선함을 느꼈고, 나의 작품들은 그 누군가에게 읽히고 싶다는 바람이 생겼다. 또 나의 시들이 문학 작품으로서 어느 정도의 위치에 놓일 수 있는가를 진단 받고도 싶었던 것이다. 얼마 후 나는, 용기를 내어 정 교수님께 내 작품들을 보여드리게 되었고 그때 교수님은 내 시들을 찬찬히 읽어보신 후. '아! 이렇게 숨은 시인도 있었네!' 라고 혼잣말씀처럼 내보이셨다. 그리고는 〈현대시학〉의 주간이신 전봉건 시인님께 작품을 보여드리고 지도받는 것도 좋겠다는, 격려의 말씀을 주셨다. 나는 그때, 배움의 길에서 용기를 가지는 일이 얼마나 중요한지를 새삼 깨달았다. 그후 나는, 이미 창작된 작품은 물론, 새 작품을 열심히 써서 전봉건 선생님께 수시로 보여드렸다. 그리고는 따끔한 평과 질책을 기대했다. 그러나 몇 달이 지나도 선생님께서는 내 시의 한 구절을 고쳐 주시는 일도 없이, 그저 꾸준히 쓰라는 말만 계속 하셨다. 이제 생각하니, 그때, 선생님께서는 시인으로서의 나의 자질을, 문학도로서의 나의 인내와 끈기를 오랜 시간 시험하셨던 것 같다. 선비처럼 꼿꼿하신 선생님의 강직한 풍모에서, 더러는 두려움과 어려움을 느끼기도 했지만, 언어를 아끼시며 시를 깨우쳐 주시던, 선생님의 그 한결 같은 모습, 찾아뵐 때마다, 단아한 모습으로 곧추 앉아 계시던 그 자태, 늘상 생각 깊어 보이시던 그 깊은 눈길에서, 등단 시인으로 불리워 지기 이전에 먼저, 참된 한 인간이 되어야 함을 나는 깨우쳐 가고 있었던 것이다. 존경하는 선생님으로부터 오랜 채찍을 받은 후, 드디어, 1983년 〈현대시학〉11월 호에 나의 시, 〈나무 거기있음을〉(초회 추천 작품)이 세상의 빛을 보게 된 것이다. 그때 선생님의 추천사 중, '이미 상당한 수련을 거친 만만찮은 솜씨를 보여주고 있다. 우선은 무엇보다도 탄력있는 이미지 만들어내기 기량이 마음에 든다' 는 표현이 있다. 나는 이 말씀에서, 배우는 자에게 자신감을 주는 일이 또 얼마나 중요한 일인가도 깨달았다. 그리고도 일년 반이 더 지나, 1985년 〈현대시학〉6월 호에, 〈시월 장미〉, 〈내게 그림 하나〉가 제 2회로 추천됨으로써 추천이 모두 완료되어, 드디어 등단 시인이 된 것이다. 그때 하신, 선생님의 말씀이 기억난다. '아무튼 평생 수업의 길인 시의 길을 서두르지 말고 차분히 가꾸면서 대성해 주기를 바란다' 라고 하신 그 말씀이.

'가을 도련님과 단풍 아씨' 를 노래하던 그 처음 날의 순수의 시심(詩心)을 잃지 않으려 애쓰면서 필(筆)을 들고 있다. 오늘 내게 비록, 화려한 갈채의 세상 꽃다발이 없다 하여도, 시처럼 살고 싶은 마음 위에, 이 길을 묵묵히 가련다.

나의 등단 이야기

김 광 자

내 문학은 원래 소설이었다. 천 오백장의 육필 원고를 결혼 때문에 불태워 버렸다. 직장, 가정은 물론 아들없는 친정 맏딸로서 조금은 걱정이 남아 있었기 때문이었다. 이 모두를 수용, 병행 할 수 없어 먼저 문학수업을 접었다.

결혼전 소설과 수필공부를 하면서 희곡도 좋아해 이론과 창작에 몰두했다. 허지만 작품을 써내는 어려움은 우선 기초가 되는 이론을 터득해 내는 어려움이 있었다. 창작을 위한 이론의 기초 공부를 하기란 힘들었다. 문학서적, 교양서적, 순수문학 작품에 심취하였다. 하루에 50페이지를 읽지 않으면 밥을 먹지 않았다. 감동이 깊었던 책을 재독하고 심취하여 어느 책 어느 페이지 상, 하단 몇 줄에 어느 문장이 기록되어 있다는 걸 기억할 정도로 탐독하여 정신적, 사고력이 무한히 넓어지는 쾌감에 빠지기도 했다.

반면 더욱 어려운 것은 문학의 길을 걸어야할 이론의 서적은 읽기가 싫었다. 즉 공식적인 틀이 싫은 것이었다. 이론의 교과서를 억지로 읽기란 생 다리를 분질러대는 것 같은 고통이었다. 더욱이 어서 작품을 써서 펼치고 싶은 욕망과 내 자신이 써내는 소설, 수필은 최고의 작품이 될 것 같았다. 그러던 어느 날 밤 별똥별이 내 가슴에 금을 긋고 살아졌다. 그것은 자가 도취적 허영이 문학에 대하여 얼마나 욕되게 하며 경솔한 욕망인가를 깨우친 것이었다.

진정 문학이란 무엇이며 문학에 대하여 내 진실의 세계는 무엇인가 '저 캄캄한 어둠 속으로 빛금을 그으며 사라지는 유성의 임무처럼 한 문장 한 줄의 의식으로서 이 세상에 빛피우기 위하여' 내 생애의 문학을 키워야 한다는 신념을 심게된 것이다. 그러한 깨우침이 소설, 수필, 시, 희곡 이론을 본격적으로 몇년 동안 보며 습작을 시작했다. 내가 캘 수 있는 소질을 시험해 보았다. 소설과 컬럼계통이었다. 과연 소설 쓰기가 재미있고 시간 가는 줄 몰랐고 또한 수필에 응모하면 상도 받아졌다. 그때에 쓴 소설 원고 천 오백장을 과감히 불사르고 결혼을 하고 다시 한국여성 백일장, 개천예술제, 영남여성백일장(부산일보주최)등 백일장에 응모했다. 그러한 기회는 꼭꼭 당선이 되어 시 공부를 시작했다.

김준오교수님(故 부산대교수)에게 시이론의 공부와 시창작을 본격적으로 시작했다. '89년 〈시와 비평〉 시인추천 작품상에 김준오선생님, 성기조선생님께서 심사 제 1회 신인추천 작품상으로 등단. '90년 봄호에 작품이 발표되었다.

그러나 등단 문은 따로 생각을 두고 있었다. 한창 신춘문예, 현대문학, 월간문학 중에서 등단을 하려고 이 세 곳에 응모, 투고중이였다. '90년 부산일보 신춘문예에 투고 본선에서 탈락의 고배를 마셨다. 계속 각 신문사 신춘문예에 응모 드디어 '92년 〈월간문학〉 시인상에 당선되었다는 전문이 날아들었다. 그야 말로 감내, 형설의 공이였다. 이 세상을 다 얻은 것 같은 뜻밖의 전문을 받고 학교 운동장으로 나가(당시 재학중) 감격을 삼키며 눈물을 훔쳤다. 재 등단의 관문이 원하던 세 곳 중에 한군데 인 〈월간문학〉에 당선한 내 목표의 기쁨보다 그 동안 시가 내 피를 말리고 뼈를 깎았던 지난날의 회상 때문이었다. 그리고 마음먹었다. 〈월간 문학〉은 재등단이지만 내 문단의 친정이라 월간문학으로 등단한 선배님들에게 수준을 격하하지 않도록 열심히 창작한다는 자신과 약속을 했다. 그러면서 신춘에 응모할 작품을 놓은 것이 아까워 또 본선에서 떨어지는 아쉬움 때문에 다시 신문 신춘문예에 응모하려고 했다. 그 때 스승인 김준오박사께서 엄숙히 말리셨다. 문예지로서 권위가 당당한 〈월간문학〉에 재등단했으면 되었지 신문 신춘문예는 접으라는 것이었다. 한번 등단은 기성 문인이 되는, 바로 작가 자격인 것이다. 그래서 요즘은 재등단이란 어림없을 〈월간문학〉으로 재등단('92)한 것이다.

지방에서 한양이라는 문예지의 관문을 통과하기란 어려웠다. 응모 작품을 6편씩 8편씩 7편 11편 5편 9편...을 계속 보냈지만 아무 소식 없이 흘러가는 날이란 숫제 투고해놓고 잊어버리는 게 애가 타지않았다. 부산이라는 지방의 문학도인 내 작품이 괘연 명문문예지에서, 한양에서 다시 태어날 것인가. 한강철교를 건너가는 나의 詩작품을 마치 아들을 한양의 명문대학에 시험을 치러보내는 그런 심정이었다. 참으로 긴 문학도의 꿈이요 소설에서 수필에서 장르를 바꾸어 시의 길로 들어선 길이 통틀어 사십년의 파란만장한 나의 시 등단이다. 이 또한 나를 문인으로서 시인으로서 당당히 설 수 있는 자랑과 자존심이 문학에 대한 축이 된 게 아닌가 한다.

그래서 〈월간문학〉에 대한 애정은 물론 그 애정을 더욱 값진 문학으로 갚기 위해 열심히 시를 책임지며 사랑한다.

나방니의 말

김 규 은

눈 오면 아버지 생각이 난다. 근엄하시던 아버지가 눈 오는 날이면 거나하게 술에 취해 어머니 좋아 하시는 박하사탕과 우리들의 군밤을 개화주머니에 가득 담고 문간부터 시조창을 읊으며 들어오셨다. 그리고 다 불러 눈에 대한 글을 짓게 하시고 장원을 가리셨다.

나는 시인지 뭔지도 모르는체 생각 몇줄을 써내곤 했는데 아버지는 "광맥이다 광맥이다" 무릎을 치셨다. 니방니(둥글넙적 이쁘다고 할머니가 지어 부르시던 내 별칭)가 절창이다 하시며 상금도 주시어 막내니까 보아 주시나보다 생각했는데 초등학교 6학년 국어 숙제가 '우리 학교'에 대한 글짓기였다. 나는 중정의 유난히 희고 큰 장미에 대해 썼다. 다 읽고 나니 선생님이 "언니가 써주었냐 오빠가 썼냐"하시어 애들이 와르르 웃었다. 너무 부끄럽고 억울해서 엎드려 울었다.

여학교에 들어가고 첫 여름방학 국어과제가 일기쓰기였다. 선생님은 헛짚지 않고 참 잘 썼다 하시며 책 많이 읽고 글을 써보라 하셨다. 책장의 책들, 소월의 시는 거의 다 외울 정도로 탐독하며 난생 처음 서점에 가서 책을 고르는데 소월의 시집도 윤동주의 시집도 참 얇아 아쉬운데 조병화 시집은 두툼했다. 조병화 시인이 누군지도 모르고 두툼하여 읽을게 많겠다는 생각으로 샀다. 그 무렵 미술 선생님은 글 쓰는 친구 몇을 불러 현대문학지를 돌려 읽게 했고 우리들 시에 그림을 그려 게시판에 붙여 주시기도 하셨다.

꿈많고 머리 푸르던 나날, 고등학교 2학년이 되어 대학 진학을 위해 문과와 이과로 반편성을 하던 날 아버지는 의과대학을 지망하지 않으면 대학엘 안 보내겠다고 엄포를 놓았다. 앞이 캄캄했다. 공부도 음악도 문학도 뒤죽박죽이 되어 탈출구인 듯 고전에 빠졌다. 전주에는 가람, 석정, 백양촌, 구름재... 아호만으로도 가슴 벅찬 선생님들이 많으셨고 각 학교에서 몇몇을 뽑아 '포푸라' 라는 동인 활동이 시작되어 문학에 대한 끈을 놓지 못했다. 미분적분 해석기하 성적은 엉망이 되었는데 졸업식 날 국어 선생님이 두루마리 한지에 붓으로 써주신 답사의 글씨가 지렁이 꿈틀대듯 흔들렸다. 대학에 떨어질 것 같은 내 설움에 울었다.

단발 머리 일 때 시를 썼다/기뻐하시며 광맥이다 광맥이다/쏟아질 원석/다듬은 투명 보자 하시었다/봉오리 부풀 때/아니다 막아 서시던 아버지//숨어 피 떨구는 단지/수혈 일 수 있다면/살 속 깨끗한 뼈도 꺼내고 싶어/열 손가락 부러뜨리는 일/아무도 깨어나지 않았다/피만 흘려 어지러웠다.// -〈나방니의 말〉 중에서-

내가 승승장구 거침없이 살았다면 시를 찬미했을 뿐 시인(詩人)이 되진 못했을 것이다. 대학 1지망 낙방 후의 어린 고뇌, 낮아질 수록 깊어지는 물소리 내 마음 가득 채운 양식이 되었다.

시련 뒤엔 기쁨도 찾아와 치열한 경쟁이던 KBS 아나운서 공채 시험에 들었다. 글 쓸 기회가 많았다. 지금은 프로마다 전속 작가가 있어 완벽한 원고를 작성하지만 60년대 중후반 엽서 몇장과 앞뒤 멘트 뿐의, 아나운서 재량껏 방송해야 할 프로도 많아 좋은 책을 섭렵하고 글을 쓸 수 밖에 없었다. 테니슨, 푸슈킨, 김춘수의 꽃, 김남조의 후조, 롱펠로, 글로리아 반더빌트... 참 많이도 차용했다. 새 희망을 찾는다는 정성어린 편지들, 보람도 컸다.

결혼 후 아이들 키우며 나이들수록 아버지와 어머니에 대한 생각, 시댁의 이산의 아픔, 특히 어머니의 지극하셨던 삶을 써야 한다는 절박한 책임감 같은 열망이 등을 밀었지만 길을 알지 못했다. 우연히 덕수궁 주부 백일장에 시 한편을 쓰고 왔는데 한 달 후 쯤 전화가 왔다. 상장과 상품을 찾아가라고- 용기가 났다. 내친김에 신문에서 본 월간문학 시강좌에 신청을 했다.

홍윤숙 선생님의 견고한 집짓기 같은 시작법, 여러 선생님의 제재에 접근하는 방법등, 부실한 내 죽지에 좋은 자양이 되어 할머니의 나방니는 숨어 채색하던 나비의 날개를 펼쳤다. 어줍은 날개짓, 어룽거리는 눈물빛으로, 눈 내리는 하늘, 아버지 듣고 계시는지-

육체를 치료하는 의사는 아니지만 한 마디 잠언, 한편의 시에 기대에 우리가 삶을 지탱해 왔듯 당신 무릎 치시던 나방니의 말 이대도록 엮어 아버지 바라시던, 아버지 기뻐하실 양의(良醫)가 되고 싶다고- 스스로에게라도.

생각나는 날들

김 근 숙

1958년 3월 마지막 날

새로 맞춘 청색 투피스를 입고 사령장이 든 봉투를 손에 꼭 잡고 이종육촌 오빠와 같이 시외버스를 두어 시간 타고 처음으로 찾은 낯선 학교.

나무 판자를 가로로 잇대어 검은 콜탈을 진하게 칠한 벽면과 기와 지붕이 무거운 듯 보이던 단층의 목조건물.

그때는 학년초가 4월이라, 정남향의 본관 앞뜰에는 목련이 구름처럼 피어있었고 운동장 둘레에는 아름드리 사철나무들이 푸르게 줄서 있었다.

모두가 낯설고 모든 게 처음인 사회생활이 시작되었다. 예나 지금이나 낯가림이 심하고 쉽게 적응하지 못하는 성격 탓으로 나는 그곳 생활이 힘들었다.

한 여름밤 아이들과 같이 손톱에 봉숭아 꽃 물을 들이며 밤하늘의 별을 헤어도, 가을이면 발갛게 익은 감이 다닥다닥 붙은 가장이와 알암이 반쯤 얼굴 내민 밤송이들을 썰렁한 내 자취방에 걸어주어도, 말수가 적은 나를 청색소녀라 불러주며 아름다운 연서를 보내주던 사람이 있어도, 무릎에 종기가 나서 결근을 하고 있을 때 찾아오셔서 그 곪은 상처를 모질게 짜주시며 아파 우는 나를 딸처럼 달래 주시던 교장 선생님이 계셔도 나는 집이 그리웠다.

지금에서야 마음만 먹으면 하루에도 몇 번이라도 오갈 수 있는 거리인

데도 그 땐 하루에 몇 차례 밖에 안 다니던, 집이 있는 곳으로 가던 시외 버스가 그렇게 기다려졌고 뿌연 흙먼지를 날리며 지나가 버린 신작로엔 자갈들이 이리저리 튀었다.

나무 사과궤짝에 흰 옥양목 천을 씌운 작은 책상 위에는 아이들이 냇가에서 잡아다 준 새끼붕어가 헤엄치는 유리컵이 놓여 있었고, 그 옆에는 즐겨 읽던 책들이 몇권씩 교대로 얹혀 있었지. 지금도 그 모습이 눈에 선하다.

글 쓰기도 좋아해서 쓰기도 했지만 그때 책을 참 많이 읽었다. 아마 지금까지 읽은 책보다 그곳 2년 간의 생활에서 더 많이 읽은 것 같다. 나는 그때 순수문학지 〈자유문학〉과 여성잡지 〈女苑〉을 구독하고 있었는데 여원문학상 작품을 공모한다는 기사를 보았다.(제4회라고 생각은 되는데 정확하지는 않다)

여러 편의 습작들 중에서 한편을 골라 응모를 했다. 얼마 뒤 내 작품이 당선작으로 결정되었다며 사진과 당선소감을 써보내라는 연락이 왔다. 기뻤다. 신년호라 생각되는데 당선작이 크게 실리고 심사경위와 최종까지 남았던 작품들의 평과 심사위원들의 토론과정까지도 자세히 적혀 있었다. 그러나 그 책을 나는 지금 갖고 있지 않다. 어떻게 잃어버렸는지 참 안타깝다.

몇 분의 심사위원 중에 故 김용호선생님이 계셨고 그 선생님께서 나의 작품에 언급을 많이 해 주신 것으로 기억된다. 방학 때면 상경하여 선생님 댁에서 며칠씩 묵기도 했으며 시내로 데리고 나가 문인들을 소개해 주시기도 했다.

그래서 첫 시집 〈밤과 사랑의 意味〉 도 선생님의 서문으로 이 준 선생님의 장정으로 서울 정신사에서 출판하게 되었다. 20대 초반의 여린 심성과 첫 발령 지에서의 순수한 들꽃 같은 아이들과의 생활, 아름다운 자연에서의 2년 간의 생활이 내 능력은 없지만 지금까지 남들 뒤를 따라가는 글의 흉내라도 낼 수 있게 하는 이유인가 싶기도 하다.

나의 등단 이야기

김 송 배

나의 등단은 한국시조문학지에 82년도 초회추천이 되고 1984년도에 추천완료로 등단 되었다. 20년 가까운 그때의 추억들을 떠올려 본다.

1981년도에 한국 고유(固有)의 정형시인 시조시(時調詩)를 배우겠다고 뜻을 함께한 부인들의 모임 소심회(素心會)를 아우 혜배(蕙培)가 중심이 되어 매월2회를 혜배집에서 계속 모임을 갖게 되었다. 혜배의 주선으로 박옥금선생께 배우게 되었고 또 원로이신 이태극선생, 정완영선생, 김상옥선생을 위시하여 그 외 여러 선생님을 모시고 특강을 받기도 했다. 이 모임이 10년동안 계속되며 시와 문학과 함께 자매(姉妹) 같은 우정(友情)을 나누었고 그 중에 5명이 등단하게 되었다.

이 글을 쓰며, 오랜 투병에 불편한 몸으로 이 모임을 위해 정성을 쏟으며 시와 문학의 길로 아름다운 꽃을 피우겠금 따뜻한 온상이 되고 요람이 되어준 훌륭했던 혜배 생각이 간절해 진다. 순서 없이 이 세상을 먼저 떠나게 된 아우 혜배 생각에 아름다워야 될 추억들이 내 가슴을 더욱 아프게 한다. 박옥금 선생의 권유로 5편 정도의 작품을 초회 추천에 제출한 나는 입학시험을 치루는 듯 했고 약1년 후 추천완료의 작품과 사진이 시조문학지에 발표 될 때는 시와 문학의 길로 거듭나는 듯한 야릇한 감동에 젖기도 했다. 소녀때의 희망에 부푼 생각과는 달리 내가 이 세상에 존재 했다는 흔적을 아름다운 시로 유산처럼 후손들에게 남기고 싶은 욕망 이였다. 그런데 날이 갈수록 너무나 어렵고 공감을 줄 수 있는 작품을 쓸 수 없는 고통이 괴롭기만 하다.

등단 5년만에 시조집 〈회상(回想)의 우물가에서〉를 출간하고 그 후 6인동인지 춘소(春宵) 1,2권을 출간 하였다.

10년이면 강산도 변한다고 했는데 20년 가까워도 진전이없다. 간혹 계간지 월간지 년간지등에 한두편 발표하는 정도였고, 신작발표 기획발표등에는 10~15편을 발표하면서 뒤늦게 황산시조문학상을(2000년 11월) 받기도 했다.

여고 시절 문학소녀의 꿈을 꾸며 가슴앓이 하던 일은 나만이 아니였을 것이다. 경북여고 9회 졸업인 우리때는 4학년까지 였다. 한 학년 100명으로 50명씩 두학급으로 나누어 졌다.

3학년이 된 첫 학기부터 일본의 정형시 단가(短歌)를 배우며 창작도 하게 되었다. 한국의 고유인 정형시 시조시가 있다는 것을 전혀 모른채로 그 당시 일제치하에 교내에서는 일어만 사용하게 했고 한글은 조선어로 1주일에 한시간 정도였다. 일본단가 하이구〈배구(俳句)〉는 3구 17음이고 와가〈화가(和歌)〉는 5구 31화음 이였다. 일본의 〈시(時)의 기념일〉에 나의 작품 화가(和歌)가 뽑혀 붓글씨로 쓰게 하여 교실낭하에 전시 되면서 어린 나는 짧은 음절속에 자연과 삶에 대한 느낌을 아름답게 함축시켜 적절한 비유로 완성할 수 있다는 흥미를 갖게 되었다. 우리 학년 한 학급에 2명씩 나도 포함된 4명이 일어교사 무라다〈촌전(村田)〉 선생께 선택되어 일요일마다 특별지도를 받았다. 학교부근의 오포산, 수도산(水道山), 영선못, 넓은 교정등을 산책을 하면서 선생님의 지도로 시상(詩想)을 떠올리며 작품을 썼고 하루 한수(首)정도는 일기장에 기입하기도 했다. 일어로 번역된 세계문학전집을 탐독하였고 흥미진진한 내용들은 어린 내 맘이 녹아드는 듯 책속에 빠져 울고 웃던 감동의 그 날들이 회상된다. 그 후 결혼하고 6남매의 어미가 되는 동안 세상은 바뀌어 일본은 물러가고 남과 북의 분단은 수많은 비극과 격동의 역사였다.

일어보다 한글이 서툰 나는 문학에의 흥미도 멀어지는 것 같았다.

등단을 하고 보니 문단의 많은 조직도 알게 되고 문인들도 많이 만나면서 20년 30년 앞선 젊은 문단 선배들을 보며 진정 장하게 보이며 반가웠다.

20년전 등단을 주저 하던 나에게 몇번이나 권유하던 박옥금선생께, 그리고 시의 세계와 창작의 세계가 있음을 감사하고 내게 남은 짧은 여일이 보람있는 나날이 되기를 소원하고 있다.

새를 잡는건 매다

김 수 자

나는 읽는걸 좋아한다.

그것은 내가 한글을 읽기 시작한 후부터 생긴 버릇이다.

글 이라면 그것이 어디에 쓰인 무슨 내용이든 간에 처음부터 끝까지 꼼꼼히 읽는다.

책이 귀하던 때 읽을 거리에 허기져 있던 나는 엄마가 물건을 사오면 그것을 싸가지고 왔던 것이 신문 조각이거나 헌 책으로 만든 봉지라도 뜯어서 읽는데 재미를 느꼈다.

초등 학교에 들어가서는 국어책을 모조리 읽었다. 내 것은 물론 상급 학년의 것이라도 구할 수 있는데까지 모두 구해서.

읽는 것에만 익숙해 있던 내가 정작 글 이라고 써 본 것은 초등학교 2학년 때 집을 떠나 있는 오빠에게 쓴 편지가 처음이다.

할아버지께서 오빠에게 가신다면서 너도 오빠에게 안부 편지나 한 장 써보라고 하신 것이다.

오빠와 나는 아홉 살 터울로 어렵고 조심스럽기만 했던 관계로 아기자기하고 자상한 얘깃거리는 없고 생전 처음 써 보는 편지, 게다가 할아버지 말씀을 거역못하고 마지 못해 쓴 것이어서 무슨 말을 어떻게 썼는지 모르는데 할아버님께서는 식구들 앞에서 아무개가 글을 참 잘 쓴다고 칭찬을 하셨다.

그 일 이후론 별로 글 쓸 일도 없고 쓸 필요도 없어서 그냥 살아왔다.

내가 대학의 국문과에 들어 간 것도 뚜렷한 목적이 있다기 보다 그저 책 읽는 일이 좋았고 이 다음에 국어 선생님이나 되어볼까 하는 막연한 생각에서 였다.

그것 마저 결혼을 일찍 하는 바람에 꿈으로 그치고 말았는데 어느때 부터인지 신춘 문예라는 낱말에 눈길이 가기 시작했다.

신년 벽두면 신문마다 일제히 신춘 문예 당선자의 프로필과 당선 작품이 발표되는데 그것을 읽으면서 은근히 샘이 나기 시작했다.

전국 주부 백일장이 열린다는 소식을 듣게 된 것도 그 무렵이다.

생각지도 않았던 입상자 속에 끼었고 아마추어 문학 모임에 들어가게 되었다.

문학을 좋아하고 사랑하는 그들, 매달 한 번 씩 모이는 그 모임은 조촐하고 정다웠다.

시인이나 작가가 되리라는 꿈 같은 것은 꾸지도 못하고 단지 시인이나 작가를 부러워 하면서, 아마추어 모임이긴 해도 우린 우리끼리 시화전도 열고 작품집도 내면서 가끔씩은 문단의 원로를 모셔와 강연을 듣기도 했다.

그때 모신 선생님 한 분이 언제까지 이렇게 아마추어로 머물러 있지 말고 등단에 도전해 보라는 말씀을 하셨다.

등단이라니, 그 어렵고 힘든 신춘문예에 어떻게라며 꿈결에 인듯 흘려 보내려는데 그 분은 신춘문예말고도 잡지사마다 신인 추천 제도가 있으니 그 쪽으로 응모해 보라면서 좋은 작품이 써지면 당신에게 가져오라고 하셨다.

우리 모임의 아무도 그 말에 응하는 사람은 없는 것 같았다.

그 만큼 우리는 등단이라는 일을 아득하게 느꼈다. 감히 어떻게라는 생각과 함께.

어느 날 그 분 한테서 전화가 왔다. 써 놓은 작품있거든 두 편만 보내

달라는.

황송하고 고맙긴 했지만 나는 응하지 않았다. 작품을 써 놓은 것도 없지만 그런 방법은 싫었다.

내가 쓰고 싶을 때 쓰고 싶은 것 써서 신춘문예에 당당히 당선되고 싶었다. 다른 사람의 손을 빌려서 문명을 얻고 싶진 않았다. 그 분은 계속 채근을 하셨고 나 또한 계속 발뺌을 했다.

그러는 동안 회원 중 하나가 등단이 되었다는 소문이 돌았다.

자극은 받았지만 여전히 맘이 내키지 않았다.

내가 쓴 글이 공개리에 뽑혀지는 당당한 글이 아니면 안 된다는 고집 같은 것이 내 안에서 웅크리고 앉아 나를 조종하고 있었다.

그 분 한테서 또 전화가 왔다. 쓸데 없는 고집이라며 결국 새 잡는게 맨데 좋은 글 쓰면 되지 무엇이 문제가 되느냐고. 주위에서도 그건 교만이라며 은근히 나를 나무라는 것 같았다. 2년여의 시간을 허비한 후야 문단 울 안식구가 되었다.

어쩌다 모임이 있어 나가게 되면 어찌 그리 어른도 많고 조심해야 할 일들도 많던지 문단 말석에 앉아 있는 나는 매사에 주눅이 들었다.

하룻 강아지처럼 시인입네 소설가네 수필가네 하는 명찰을 달고 눈치 없이 나대다가 존재없이 스러지는 모습도 보게 되면서 참으로 처신하기 어려운 동네라는 것도 알게 되었다.

뒤늦은 등단이란 관문을……

김 양 식

1968년 12월, 일단은 제1회 월간문학 시부문 현상모집에서 당선되었다는 희소식이 날아왔다. 그러나 뒤늦게 오르게 된 문단으로의 등단은 오히려 내겐 부끄럽다는 생각까지 들게 했다.

돌이켜보면 나는 열 살(당시 소학교 4학년)때 일주일에 한번씩 돌아오는 작문시간에 처음으로 '시' 라는 것을 쓴 것이다. 허나 원통하게도 처음으로 쓴 나의 시는 일본글이 아닐 수 없었다. 그때로서는 학교에서 한글을 쓴다는 것은 있을 수 없는 일이었기 때문이다. 일제치하에서 철저하게 황국신민을 만들기 위하여 일본글과 일본말을 사용해야만 했으니 말이다.

허나 오래전에 내 기억에 남아있던, 처음으로 쓴 나의 〈동시(童詩)〉를 기억해내 우리말로 바꾸어 써보았다.

새 봄
즐거운 봄이 돌아와서
갖가지 새들이 노래할 때
내 작은 가슴에서도
고운 노래가 흘러나오지요.
부슬부슬 봄비가 내리면

초록빛 새싹들은 눈을 뜨고
내 작은 가슴속에서도
그리움의 새싹이 돋아나지요

대충 위와 같은 글이었는데 담임이던 일본인 여교사는 반친구들에게 이 글을 읽어주며 이런 것을 우리는 '시'라고 말한다고 설명을 해주었다. 평소 그 담임선생은 무뚝뚝하여 우리에게는 꽤나 무서운 존재였는데 내가 쓴 시를 읽으며 이야기하던 모습은 꽤나 부드럽게 느껴진 것은 웬일이었을까…

1945년 일본의 패망과 더불어 우리는 그 악정에서 드디어 해방이 될 수 있었다. 그러나 우리가 그나마도 식구들과 집안에서는 우리말은 할 수 있었기에 말은 할 수 있었으나, 기본적으로 또 문법적으로 우리말을 배우지 못하였기 때문에 해방이 되었어도 우리글을 제대로 쓰지는 못하였다. 즉 작문시간엔 글을 쓸려고 하면 대부분 일본글로 먼저 생각되어 나오니, 그것을 다시 한글로 번역하듯이 돌려 생각하며 쓰려니, 단어라든가 특히 형용사에 있어서는 참으로 큰 고전을 면치 못하였다. 참으로 안타까운 일이었다.

그러나 나는 내가 하고저 했던 시쓰기를 위해서라도 하루 빨리 한글을 제대로 익히고 특히 형용사와 풀꽃이름들을 사전에서 찾아가며 익히는데 힘을 썼다. 그래서인지 나의 데뷔작품인 〈풀꽃이 되어, 풀잎이 되어〉와 같은, 내 삶을 풀꽃과 풀잎에 비유한 내적 사유가 깃든 작품을 쓸 수 있었던 것 같다. 그 후 오래지 않아 나는 한글로 시를 쓰기 시작했고 학교에서도 계속 문학 활동을 해나갔다.

이렇게 내가 어려서부터 시쓰기를 좋아하고 열심히 문학 활동에도 앞장 설 수 있었던 것은, 역시 처음 쓴 시로 받은 칭찬이 큰 자신감을 갖게 한 한편 무궁한 격려가 되었기 때문이라고 믿는다. 말하자면 나의 시인으로서의 첫 번째 데뷔는 바로 소학교 4학년이던 10살 때에 치른 것이 아닐까... 그때 그 무섭던 선생님이 "너는 작문 쓰라는데 이런 글을 썼느냐?"라고 야단을 쳤다면, 아마 다시는 그런 시 같은 것을 쓰지 않았을 것이니 말이다. 그 선생의 칭찬 한 마디와 내가 쓴 글을 어여삐 받아들였다는 사실은 참으로 내 삶의 커다란 이정표를 만들어 준 것이었다.

그리고 망설이고 망설이던 한국문단으로의 등단은 내가 결혼하고 아이들도 좀 키워놓은 후였으니 내 나이 37세가 되어서였다.

마침 새로 시작되는 한국문인협회 기관지인 〈월간문학〉에서 제정한 '제1회 신인상' 에 응모하여 미당선생의 추천으로 그야말로 뒤늦게 등단을 하니 많이 부끄러웠다. 남들은 다 앞으로 뛰어간 후에 뒤쳐져서 뛰어온 꼴이 되었으니 몹시 쑥스러웠다.

그러기에 더욱 나는 열심히 그리고 정성을 다하여 한 편 한 편의 시를 써왔는지 모른다. 작품에 대하여 내 자신의 냉철한 비판의식을 갖고 분석하고 다듬고 하는 시간이 참으로 소중하다는 생각을 많이 했다. 그러한 수련을 쌓아가며 나는 오늘도 열심히 '시쓰기' 를 게을리 하지 않고 있다. 그것은 내가 항상 말하고 있듯이 "내게 있어 쓴다는 것은 바로 산다는 것"이기 때문이다.

나의 등단 이야기

김 연 식

나는 전공분야가 정치외교학 이었기에, 문학의 길을 독창적으로 걸어온 셈이라서, 등단에 대한 관심이 없이, 인천지역에서 문단활동을 한 것은 1960년대 부터였다.

6.25 사변으로 인하여 학교와 집은 잿더미가 되었던 날에, 〈장독대〉라는 시를 써서 뽑힌 것이 초등학교 5학년 교실인 운동장에 세워놓은 칠판에, 윤부현 선생님이 발표한 첫 번째의 장원작품 이었다. 그리고 중학교 3학년때 국어담당 선생님의 권고로 글짓기 대회에 나가서 인천시장상을 탄 것이 두 번째였다. 인천여고 시절에는 문예반장을 했고 학교대표로 백일장에 나갔던 것이 인연이 되어 공직생활을 하면서 이름이 알려진 탓으로 신문사의 기자들의 원고청탁을 받아 지방신문(인천신문, 경기매일, 경기신보)에 시와 수필을 발표하게 되고 인천문단의 홍일점 회원으로 활동을 하면서 1964년도 여름에는 30여편의 작품을 선 보이는 개인 시화전을 찻집과 문화센터에서 열기도하여 대성황을 이루었다. 그 이후 1968년 봄에는 단국대학 총동창회의 모금으로 첫시집을 출판하도록 권고를 받게 되었기에, 단국대학 국문학 교수인 김용호 시인을 찾아뵙고 시집원고를 보여드린 후 "시집이 되겠군!"이라는 감동스런 말씀에, 힘을 얻게 되어, 서울의 박우사 사장을 만나서 인사를 하고 계약을 했던 것이다. 그러나 나는 공직자로서의 바쁜 날 속에서 자유가 없었고

더구나 결혼날을 잡아놓은 처지였기에, 시집출판을 서둘렀고, 출판기념회를 열기에 성급했던 탓으로, 서울에 가서 김용호 교수님을 찾아 뵙지도 못하는, 무례를 범하게 되었던 것이다. 1968년 10월에 첫시집 〈꽃으로 서서〉출판기념회를 가진 후, 11월에 결혼식을 올리고 나서 곧 바로 나는 공직생활을 그만두게 되었던 것이다. 그 후 9년만에 두 번째 시집을 시문학사에서 발간하는 인연으로 문덕수 교수님의 서문(序文)을 받게 되고 중앙문단 활동을 하게 된 것이다. 그 당시 추천작품은 〈산(山)이시어〉와 〈당신의 부름에〉였다.

청자빛 하늘 우러러
구름을 밀치고
높이 솟으신 산(山)이시어,
당신의 숨결 한 아름 모셔
오늘도 새벽길에 나가
기도 위에 내리는
혜오(慧悟)의 빛 만나고
소슬바람 스미는
나이테 부끄러워
고개 숙이는
조그마한 나무로 섭니다.

온 누리를
굽어 살피시는
높으신 산(山)이시어,
당신의 품에 고히 안기울
그 날의 영광 머언
오늘, 저녁길에 나가
기도(祈禱) 위에 내리는

찬 서리와 이슬을
머리에 가득 이고
소슬바람 스미는
나이테 부끄러워
고개만 숙이는
조그마한 나무로 섭니다.

-〈산(山)이시어〉-

1980년도에는 네 번째 시집 〈말간 고요의 빛물은〉을 발간하게 되고 김윤성 시인의 서문(序文)을 받았다. 현대문학 추천완료하는 등단과정을 거친 후 문인협회 본부 회원으로 국제펜클럽 한국본부회원으로의 활동을 하게 되고, 현대문학 추천작품으로는 〈지구촌(地球村)위에〉 외 5편이 있다.

거듭나기

김 옥 정

부끄럼도 허물도 벗는 나이에 글 밭에 들어 몸살을 할라치면 딱한표정으로 다른 일도 많을텐데 하필이면 왜 글쓰는 일이냐고 그 이유를 물어온다 그럴 땐.

"우리 큰아들 놈 때문이었지"라고 대답한다 그러면 대개의 사람들은 어이없다는 듯 웃곤 한다.

못생긴 글이라도 한 줄 써야 숨통이 트일 것 같던 절대절명의 그 시절을 그 누가 이해 할 수 있을까?

나는 어릴적 부터 매우 기가 드센 계집아이였다. 사내아이들을 일열로 세워 끌고 다니며 족쳐대면 아무리 드센 악동도 기가 팍 죽어 엉덩이를 빼곤 했다.

그런 계집애를 정치가를 만들 작정이라던 아버지만 빼놓고는 "저게 자라 과연 시집이나 제대로 갈까" 근심 하셨다. 그러기에 시집가면 보란 듯이 현모양처 되어 보이겠다고 마음 깊이 결심을 했다. 헌데 막상 시집을 와보니 웬일인지 양처 되기엔 성질 급한 나로서는 자신이 없었다. 그래도 현모만은 꼭 되리라고 단단히 마음 깊이 다짐했다. 아기를 갖게 되자 머리 좋고 예쁜 아기 낳으려는 욕심에 열심히 태교도 했다. 또 조기교육이 지능발달에 특효라고 들었기에 서너살이 되기도 전부터 때리고 어르며 한글 깨우치기, 그림 그리기, 스케이트 타기, 고전음악

듣기, 야구, 테니스 등 몸가짐까지 훈련시키지 않은 것이 별로 없었다. 그래서인지 초등학교 시절엔 공부, 예능, 체육 등 모든 면에서 같은 나이 또래의 꼬마들 중에선 군계일학이였다. 그래서 천재는 못 될지라도 준재쯤은 못 될까 회심의 미소를 남몰래 지을 수 있는 여유를 갖기도 했다. 그런데 중학교에 입학하고 나서는 왠지 보통정도인 것 같아 보였다. 그래서 오두방정 떨어가며 모든 교과목을 하나하나 가르치고 점검했다. 그 시절엔 과외가 허용되지 않던 때라 요점정리에다 예상문제까지 내가 손수 만들어 주었다. 만약 성적에 이상이 온다해도 엄마가 보충해 줄 수 있으니 걱정 할 것 없다고 자위도 했었다.

그런데 희망과 꿈에 부풀어서 입학한 인문계 고교에서의 첫 번 모의고사 성적표를 받는 순간 "앗불싸!" 이게 웬 일이란 말인가. 내 것이라면 이 세상에서 최고이어야 만 직성이 풀리는 욕심장이 엄마에겐 청천 벽력이었다. 거기에다 학교에선 설상가상으로 밤 열시 까지 잡아두고 제대로 관리되지 않는 보충 수업과 자율학습을 시켰다.

내 자식을 최고로 만들겠다는 엄마의 맹목적인 사랑과 욕망이 남은 다른 자식까지 망칠까 싶어 더럭 겁이 나기도 했다. 그래서 내가 사랑한다는 것으로부터 떨어지려면 뭘 해보기는 해봐야 하겠는데 십여 년을 간(肝)이면 밸까지 빼놓고 남의 인생살이에 끼어 들어 허구를 진실인양 부둥켜안고 행복이라 믿으며 살아왔기에, 사외성도, 생활력도 상실해 버린 당혹 삼에 빠져 그저 막막할 뿐이었다. 이제는 그저 군더더기로 살아남아야 하는 것인가!, 회의도 하고 좌절도 맛보며 큰 결심으로 용기를 냈다.

하지만 집안에서만 뒹굴던 내가 나선 세상은 너무 크고 많이 변해버여서 우선 낯이 설었다. 원하기만 하면 누구든 도와주리라고 생각했던 어리석은 감상에서 벗어남이 급선무였다. 거듭나기 위해서 혼자 버스 타는 법, 사람들 모인 곳에 나서기, 전철 타는 법, 인사하기, 웃어보이기, 세상에는 잡다한 일 많기도 해서 하나 하나를 새로 챙기고 훈련해야 하며 적을해야 하는 고통이 수반됨을 그 누가 알았겠는가! 나중에는 집밖에 나가는 것까지 두려웠다. 또 너무 긴장한 탓에 사람을 만나면 집에서 연습을 단단히 했던 말도 제대로 전달하지를 못하고 우물우물 넘어가기가 이 수였다. 어찌 그 것 뿐이랴, 상대편이 하는 말을 제대로 이해하지 못해 동문 서답 하기가 일 수였다. 결혼하고 안일함에 빠져 처녀시절의 당당한 빛을 잃고 초라한 중년여자가 되었음을 통탄하지 않을 수 없었다. 실수에 실수를 연발하는 쑥스러움을 감추려고 소란스러움을 동반시키는 등…

그 시절 나를 간파하신 어느 선생님 너는 마치광대 같구나 하셨다. 얼마나 소란스럽고 어설펐단 말인가 세상에 나서서 자존심을 다치고 울고불고 하는 우여곡절 끝에, 설익은 글이라도 쓴다면 거듭나고 보니 대입시험에 낙방하는 재주를 갖은 아들의 엄마 되어 있건만 별로 서럽지도 초조하지도 않았다.

"너희들 인생은 너희들 것"이라는 유행가 가사처럼 뚝 띄워 놓는 여유를 부리면서…

자식을 지나치게 연연해하여 목숨까지 걸었던 곤혹의 늪에서 벗어나 지금은 백조가 땅위를 걷듯이 나의 치부 들어내며 짧은 다리로 뒤뚱뒤뚱 걷고 있다. 하지만 자식에게서 한 발짝 떨어져야 했던 처참함보다 더 큰 고통이 어디 있겠는가.

이제는 본인 자신에게 좌표를 맞춘 나의 삶이 어떤 난관에 부딪친다 해도 결코 좌절도 후회도 안 하겠노라, 라며 거듭난지도 벌써 15년이 지났다. 길섶에 밀려나 앉은 이 시절을 위해 글쟁이가 되도록 미리 준비해 준 큰아들. 이제 돌아보면 고통이 홍건하던 그 때가 마치 꿈 인 것만 같다.

凍土의 불씨

김 정 원

젊은 한때의 열망으로 스쳐지나갈 뻔했던 시인의 꿈은 고교 2학년 때 6 · 25 전란의 그 서슬 푸른 시간에 꽁꽁 얼어버린 체 희발해버렸다.

그후 30여년 뒤 「월간문학」의 나의 당선작품은 6 · 25전쟁의 그 피난길 炎天의 하얀 길 (6월의 기억)이었다. 시의 꿈이 그 凍土의 가슴속에 그리도 오랫동안 묻혀져 있었는 지를 자신도 몰랐다.

1980년도의 대학가는 온통 최루탄 범벅의 나날이었다. 교정에선 두꺼운 종이로 만든 대통령 火刑의 불꽃이 하늘 높이 치솟았고 검은 연기 맞은 편 그쪽에서 거푸 쏘아대는 최루탄으로 눈을 뜰 수 없었다. 살기 등등한 두 남학생이 복도를 뛰어나갔다. 물론 그날은 첫교시부터 휴강이었다. 허탈감에 집으로 얼른 발길이 돌아서질 않았다. 문득 조간신문이 떠올랐다. 바로 가까이 동숭동 예총회관에서 주부백일장이-, 바로 나서면 개최시간에 닿을 것 같았다. 어떤 여성들이 얼마나 와서 어떤 글감으로 문학입문의 과거를 치르는 가에 이르자 발길이 빨라졌다. 강당은 꽉 차있었고 나이에 관계없이 모두는 진지한 표정들이었다. 참 열심히 사는 사람들만 모였구나! 우아한 행사지! 나의 방관적 태도도 괜히 긴장되었다. 그래, 여기에 온 이상은……. 즉시 응모신청이 가능했다.

1950년대 대학재학 때 「연세춘추」에 시와 번역문을 발표해본 후 4반세기여 그 간에 집게 녹슨 칼을 들고 어떻게……. 무모한 줄 알았지만

이 드문 기회에 당당히 겨루어보는 한마당에 참여만으로 괜찮은 하루가 되겠거니, 호기심이 달아오르자, 나이도 그렇고 해서 가명으로 덤벼볼 작심을 했다. 시제는「거울」이었다. 대부분은 가지고 온 학습노트며 책을 펼쳐놓고 열심히 펜을 옮겨갔다. 근 20분 동안이나 나는 생각이 정리되지 않아 당황했다. 불만족스런 완성을 겨우 제출하고 나무밑을 오가며 새로운 충격과 충동에 사로잡혔다. 오후 시상식 땐 뒤켠에서 서성거리다 입상자 몇 명을 호명하는데 한 명이 앞으로 안나가고 있었다. 그게 바로 내 이름인 것을 깜박했다. 내 가명을 처음 들어보는 순간이 지났다. 늦게야 어색한 얼굴을 숨기려 했던 기억이 난다.

우연한 용기는 그날의 큰 수확이었고 두꺼운 녹도 갈고 닦으면 되겠다는 가능성으로 전해졌다.

나의 문학등단의 도화선은 바로 그날 데모덕분이었다. 우연과 운명의 장난일까, 시인의 꿈은 다시 촉을 내밀고 3년 가까이 등단시도의 노력의 결과는 내 인생 후반기를 조금은 풍요롭고, 신중하게, 그리고 본질적인 삶에 직명케 해주었다.

최초에 쓴 시는 문자가 아닌 몸으로 매혹의 밤바다에 기록되었다. 초여름 열나흘 저녁이었다. 전후의 어둠속에서 대학진학을 부득이 포기하고 방황과 외롬에 지친 옛친구는 반년만에 보는 나를 울먹거리며 반겨주었다. 케이크 집이나 커피샵도 없었던 그 시절 우린 방파제가 길게 뻗어있고 인적드문 바닷가로 향했다. 그의 좌절감과 남자친구의 그리운 이야기도 끝나고 우리의 침묵은 교교한 달빛에 흔들렸다. 물비늘이 꿈틀거릴 때마다 하얀 인어 손을 내보이며 들어와 보라고 손짓했다. 우린 눈빛으로 동시에 합의나 한 듯 훌닥 훌닥 겉옷을 벗어 던지고 흰 속치마 바람으로 허리까지 오는 바닷물에 잠겼다. 친구의 머리위엔 백금가루를 뿌린듯 환하게 빛났고 내 속치마 속으로 솔솔 감겨오는 바다의 깊은 숨소리는 거대한 침묵의 체온인양 서늘했다. 둘은 손을 잡고 빙빙 원을 그리며 춤을 추었다. '코로라도의 달 밝은 밤에……' 밤하늘을 머리에 이고 바다속에 인어가 되어본 축제는 참 신선하고 황홀한 세례였다. 우주 한복판에 덤벅 빠져 시를 낳고 싶어 했던 그 몸부림에 바다는 내 몸의 토양에 시의 불씨와 바다의 정열도 조금 뜯어주신 것 같다. 그러나 아직 자기만의 시세계를 구축하지 못해서 가난하다.

나의 시, 나의 시 쓰기

김 종 희

나는 일찍이 시인이나 소설가가 되기를 희망 한 적도 없고 또 시를 쓴다는 생각을 해 본적도 없었다. 그런데 중년이 다 되어서야 시를 쓰겠다고 연희동에 있는 박두진 선생님 댁을 찾아가게 되었다.

내가 대학에 다닐 때 선생님 댁은 여학생 기숙사 〈알로하〉가 있는 연세동산에 있었다. 알로하에서 학교를 다니던 나는 가끔 선생님 댁에 들렀었다. 그런데 그 때는 시에 대하여 전혀 관심을 보이지 않던 내가 거의 20여년이 지난 이제 와서 시를 쓰겠다고 하니 웬 일인가 하셨다.

나는 초등학교 5학년 때 우연히 손에 들어온 퀴리부인전을 읽고 감동하여 마담 퀴리 같은 과학자가 되고 싶었다. 그리고 후에 의대를 가려다가 서울 약대에 지원을 하여 낙방을 했다. 이듬해 진로를 바꾸어 나의 소질과는 상관 없이 연세대학 영어영문학과에 지원을 하여 입학을 하게 되었다.

대학 1학년 교과에 교양국어 시간이 있었는데 국문과 교수인 소설가 박영준 선생님이 들어오셨다. 선생님은 소설 창작법을 강의 하시면서 우리에게 주로 작문을 쓰도록 했다. 그 때 내가 쓴 글을 보시고 나를 국문과 교수실로 불러서 무조건 소설을 쓰라고 하셨다.

나는 6.25 사변 때 내가 겪은 일을 가지고 〈회색의 꿈〉이라는 단편을 썼다. 선생님은 그 작품을 좋게 보시고 바로 연세춘추에 발표 하셨다.

영문학 공부로 앞날이 불안했던 나는 소설 쓰는 일을 일생의 업으로 삼을까 하는 생각을 잠깐 했었다. 그래서 이듬해 〈하얀 생명〉을 써서 또 연세춘추에 발표 했다. 그리고 선생님이 한양대학으로 자리를 옮기신 후에도 연대〈連帶〉라는 단편을 써서 발표 했다.

그러나 아무 준비도 없이 글 쓰기를 시작한 나는 곧 나의 둔재를 확인했을 뿐 문학은 문학적 천재를 요구 하는 것이지 노력을 해서 되는 것이 아니라는 생각이 들어 더 이상 쓰지 않았다.

대학을 졸업할 무렵에는 자유당 말기였는데 확고한 진로를 결정하지 못한 나는 우울하고 암담 했다. 그리고 거리에서 노인을 보거나 공중목욕탕에서 노파를 보면 내 삶의 끝을 보는 것 같아 슬펐다.진정 삶은 허망한 것이고 신산한 한 마당 꿈에 불과하다는 생각이 계속해서 나를 혼란스럽게 했다.

그것은 차차로 내 정신과 영혼의 가장 깊숙한 내면에까지 스며들어 내 존재의 의미자체를 근저로부터 뒤 흔드는 이른바 죽음에 이르는 부정적 허무에 빠졌다. 그 당시 나의 사고라는 것은 아주 빈약하고 단순하여 신의 존재에 관한 의문을 가져 본적도 없이 철저히 무신론적 사고를 하고 있었다. 인간은 자기 스스로 자기 자신을 만드는 존재로 스스로 자유롭도록 운명 지어져 있다고 볼 때 나는 나를 감당 할 수가 없었다. 내 안에는 나를 구원 할 요소가 전혀 보이지 않는 것이었다. 현실적으로 나는 내 능력의 한계 인간의 한계를 뼈저리게 깨닫고 있는 터라 더욱 그랬다. 결국은 죽을것을...사느라고 애만 쓰다가....

왜 살아야 하는지 그 분명한 존재 이유도 모르고 사니 자연 일도 하기 싫고 먹기도 싫고 매사에 의욕을 잃었다. 모든 일에 열심을 낼 수가 없었다. 그저 살아 있으니까 사는 삶이었다. 억지로 모든 일을 하다보니 더욱 혹독한 삶을 살게 되고 육체적으로나 정신적으로나 지쳐서 무기력 상태에 빠졌다. 나는 거의 10여년을 밤 낮으로 잠을 잤다.

그러는 사이 20여 년이 흘러갔다. 그럭저럭 선생님의 기억에서 잊혀져

가는 중에 내가 쓴 시 몇 편을 들고 갑자기 선생님 앞에 나타난 것이다.

불혹의 나이에 나는 그리스도를 만나서 겨우 정신이 든 것이다. 마음속에 살려고 하는 어떤 의지가 생긴 것이다. 진실된 삶, 삶다운 삶이 무엇일까. 그것을 찾으려는 열망이 얼음장 내 가슴 속에서 솟아올랐다.

선생님은 그런 나를 바로 알아보셨다. 어떻게 자아를 확인 하고 스스로 확인한 자아가 진공상태의 허무와 불안으로부터 나를 건질 것인가. 거기에 대응할 상대적인 탄력의 힘의 뿌리를 어떻게 찾을 것인가 하는 문제에 부닥친 나를 선생님은 기꺼이 도와 주셨다.그리고 시 에 대한 모든 것을 설명해 주시고 지도해주셨다.

그 무렵 동아문화센터 기획을 맡은 연세동문인 박승렬씨의 권유로 시 창작반에 등록을 하게 되었는데 그 때 지도 교사로 나온 김규화 시인을 알게 되어 1982년에 〈두 개의 강〉〈빛〉을 83년에〈매장〉 〈일기〉 등을 문덕수. 함동선, 이성교 세분 선생님의 추천으로 시문학지에 발표 하게 되었다.

그리고 3년 후 박두진 선생님은 시에 정진하는 나의 모습이 대견스럽다고 하시면서 친히 서문(序文)도 써주시고 책표지의 그림도 주시고 제자(題字)도 직접 써주시고 시집 차례도 잡아 주시어 나의 첫 시집 〈이 세상 끝 날까지〉가 세상에 태어나게 되었다.

우연한 기회에

김 지 향

50년대 중반이었다. 6.25후여서 서울은 거의 황폐화되었고 미래가 보이지않는 불안한 시기였다. 그러나 만나는 사람들은 살아있음이 고맙고 반가와서 서로 손을 잡고 나누는 인사란 "건설합시다"였다.

그러한 시기에 나는 고등학교를 월반한 대학생이었다. 학교공부는 대충대충 챙기고 문학공부에만 몰두한 철부지 문학소녀였다. 특히 시집읽기에 열중하던 때여서 새 시집이 나오면 부리나케 서점으로 달려가는 종로서적의 단골손님이었다. 그 무렵 가장 인상깊게 읽은 시집은 김남조 선생님의 〈목숨〉이었다. 밤을 새우며 읽었고 두번 세번 읽어도 감동을 주었다. 학교에 가서 선전을 한 바람에 학교 친구들이 거의 다 한 권씩 들고 읽기 시합을 한 적도 있다.

하루는 옥인동 하숙집에서 누하동 학교 가교사쪽으로 가는데 내 눈에 번쩍하고 들어온 이름이 있었다. '노천명'이란 문패였다. 나는 너무나 감격한 나머지 그 집을 그냥 지나칠 수가 없었다. 적극적인 내 성격탓인지, 그 집을 좀 들여다봐야 직성이 풀릴 것 같았다. 대문 틈이 조금 벌어진 사이로 집안을 들여다 봤다. 'ㄷ'자 기와집에 대문과 마주 보이는 곳에 사랑채가 있고 그 앞이 장독대인지 항아리들이 반들반들 앉아있었다. 그리 크지않은, 고풍스런 전통가옥 같았다. 나는 내심 이 집에 자주 출입할 것을 다짐하고 발걸음을 옮겼다. 다음날이었다. 또 다시 그 집

앞을 지나면서 문패를 보았다. 그런데 분명 집은 그 집인데 문패가 없어졌다. 나는 당황하면서 또 그 집안을 대문틈으로 들여다 봤다. 어제 봤던 그 집이 분명했다. 그런데 그때 등 뒤에서 갑자기 누구야! 하는 소리가 났다. 돌아다 보니 노천명 선생님이 자그만 키로 서 있었다. 나는 겁결에 "노여사 간판이 없어져서……"했다. 문패면 문패지 간판이 왜 나왔을까? 속으로 자책을 했지만 어쩔 수 없었다. 그날밤 나는 그 집 대문을 들어섰고 노선생님은 '여사'와 '간판'에 대한 설명을 곁들인 문단얘기를 해 주셨고, 그날부터 나는 노선생님께 시를 배우는 분에 넘치는 행운아가 되었다.

한편 우리대학에 명교수로 알려진 몇분이 나오셨는데 양주동 교수와 박목월 교수, 그리고 홍효민 교수였다. 박목월 선생님은 특별히 점수를 후하게 주시는 분으로 인기가 있었다. 과제물로 제출한 시작품을 꼼꼼히 읽어보시는 분이었다. 한번은 내 작품을 뽑아 읽으면서 강의를 하신 적도 있다. 나는 또 선생님이 작품을 갖고 오라는 날짜에 꼬박꼬박 집으로 찾아다니며 사사를 했다. 그런데 혼란이 왔다. 노선생님과는 수사법이 다르다는 생각에 한동안 고생한 적이 있다. 뿐만 아니라 장만영, 김용호 선생님도 가끔 만나서 시얘기를 듣곤 했다. 장만영 선생님은 당시 서울신문 출판국장 시절이고 또한 무교동에 조그만 서점을 열고 있었다. 나는 물론 그 서점의 단골손님이었다.

그 무렵 한 학생의 형님이 〈태극신문〉이란 주간지를 하고 있었는데 나는 그 신문에 1년에 두세번씩 시를 발표했다. 물론 본명으로 했다.(54년경) 학생들간에 반응이 좋아서 쓰는 일이 겁나지 않았다. 뿐만 아니라 공초 오상순 선생님이 계시는 명동의 청동다방에 저녁때면 대학생들이 모여들었다. 나도 단골손님이었다. 매일같이 많은 사람들이 찾아오기 때문에 하루는 내가 수첩을 하나 사 드리면서 오는 사람들에게 싸인을 받으라고 했는데 그게 계기가 되어 나중에 청동산맥, 청동문학으로 발전했다. 그리고 낭승만씨가 하던 〈학생문단〉에 가끔 발표된 작품을 골라 낭송회를 열곤하던 때도 그무렵이었다. 제1회 낭송회땐 서정주 선생님이 강평을 하셨다. 그때 서정주 선생님의 내 작품에 대한 강평은 잊을 수가 없다. "지극한 서정덩어리"라고 하신 것 같았다. 시의 변모를 가져온 동기가 되었다.

졸업반이었다. 졸업생중에 출판사를 하는 선배가 있었는데 내 시집을 내겠다고 제의해왔다. 당시엔 시집내기가 무척 어려웠고, 또 시집이 흔치 않은때였다. 그러나 나는 너무 갑작스런 이야기여서 무서워서 거절했다. 하지만 두번, 세번 끈질긴 간청을 해와서 우선 김용호 선생님께 찾아가 의논을 드렸다. 김선생님은 좋은 기회라며 오히려 권하셨고 서문도 써 주셨다. 그러므로 첫시집은 얼떨결에 나왔고 선배선생님들이 치과대학(소공동소재) 그릴에서 출판기념회도 열어주셨다. 56년이었다.이어서 첫 시집 〈병실〉 재판이 나왔고, 이듬해 김광섭 선생님이 하시던 〈세계일보〉에 〈별〉이란 시가 발표되자 여러 문예지에서 시를 달라는 청탁이 들어와 이 무렵부터 활동하기 시작했다고 해야할 것이다.

나의 등단 이야기

김 태 은

경복궁의 10월은 나무마다 단풍이 곱게 물들어 마지막 자태를 뽐내고 있었다. 역사가 숨쉬고 있는 고궁의 고즈넉한 정취 속에서 중앙일보사가 주최하는 중앙시조 전국 백일장이 열리고 있었다. 조선시대 과거 시험 보는 풍경이 그대로 재현 되고 있었다. 시제를 즉석에서 펼치고 응시자 전원이 경복궁 뜰에 앉아 2시간 동안에 시조를 짓게하였다. 여기서 장원을 하면 상금과 상패 그리고 장원한 사람은 문단에 등단이 되었다. 일반부와 대학부가 합쳐서 하기 때문에 각 대학교 국문과 재학 중인 대학생들이 많았다. 일반인은 수녀님도 있었고 스님도 있었다. 초 중 고등학교 교사들도 많았다. 그리고 대부분은 각 문화센터에서 시조를 공부한 주부들이 갈고 닦은 실력을 겨누고 있었다.

나는 떨리는 마음으로 한 쪽 귀퉁이에 앉아 원고지를 받았다. 10시 정각이 되자 시제가 펼쳐졌다. 뜻밖에 〈문 열리다〉가 나왔다. 나는 처음엔 머리가 먹먹했다. 무슨 문이 열렸다는 것일까? 잠시 동안 곰곰히 생각을 했다. 순간 머리에 번개처럼 스쳐가는 한 생각이 있었다. 아! 북한과 대화의 문이 열렸다는 뜻으로 생각이 들었다.

그리하여 북한과 평화 통일 쪽으로 시조를 쓰기 시작하여 4수를 썼다. 그때 쓴 시조는 다음과 같다.

〈문 열리다〉

하얀 옷 황톳재로 선연히 흐르는 피
놋숟가락 손때 묻은 끈끈했던 나의 혈육
철 지난 가슴으로 앉아 물비늘로 저민다.

고향길 기러기떼 날개짓을 하는 오늘
얼룩을 훔치다가 옹이도 삭이면서
강물이 어우러지듯 천년 꿈을 모아 살자.

스스로 외친 기도 하늘인들 무심하랴
지그시 원을 그리며 죄어드는 까치 소리
비둘기 무리져 내려 녹슨 문이 열려온다.

그늘진 세월들을 한 자락씩 넘기면서
먼지 쌓인 꽃병들을 정갈하게 비운 날엔
임진강 물안개를 가르며 날아드는 두루미떼.

나는 이 시조를 비교적 쉽게 쓸 수 있었다. 거기엔 까닭이 있었다. 몇 달 전의 일이었다.

그때 나는 여의도에 살고 있어 여의도 S교회에 다니고 있었다. 어느날 전도사님께서 실업인 연합회 회보를 만드는데 거기에 실을 성시 한 편을 봉사 실장이 써오라고 하셨다.

나는 밤이 늦도록 〈주님의 표정〉이란 제목을 정하고 성시 한 편을 쓰고 새벽녘에야 잠이 들었다. 짧은 단잠 속에서 꿈을 꾸었다. 한 청년이 함 같은 나무 상자를 지고 와 나에게 주었다. 열어보니 태극기 위에 비둘기 한 마리가 앉아 있었다. 그 비둘기 눈빛이 어찌나 순하고 평화롭던지 잊을 수가 없었다. 나는 눈빛 순한 비둘기를 생각하며 〈비둘기〉란 제목으로 시를 썼다. 북한과의 평화 통일을 염원하는 시였다. 하나님께서는 나의 작은 가능성을 보시고 〈비둘기〉란 시를 통하여 나에게 연습을 시켰던 것 같다.

그리하여 〈문 열리다〉란 시는 쉽게 쓸 수 있었다. 이렇게 쓰다 보니 벌써 2시간이 다 되어 갔다. 원고지에 깨끗하게 옮겨 쓰고 본부석에 갖다 냈다. 시상은 오후 4시에 있었다. 시조대가 선생님들 12명이 심사한다고 한다. 나는 점심을 먹는둥 마는둥 하고 4시에 경복궁으로 다시 갔다. 시상은 장려상부터 불렀다. 마직막에 장원 김태은 하는데 나는 깜짝 놀라 일어섰다가 주저앉을뻔 했다. 앞에 나가 자작 시인 〈문 열리다〉를 낭송하는데 감개무량하여 눈물이 나올 것 같아 꾹 참았다. 내 생에에 첫 날개짓하는 기쁜 날이었다.

지금도 나는 그때의 감격을 잊을 수가 없다. 그로부터 3년후 동아일보 신춘문예에 〈영종도〉란 시조가 당선 되어 또 한번의 기쁨을 누릴 수가 있었다. 나는 이런 은혜로운 과정을 통하여 문단에 데뷔하게 되었다.

나의 등단 이야기

김 해 석

1948년 여름, 경북여중 복도 벽에 내가 쓴 시 〈기러기 떼〉가 올려져 소녀들의 반짝반짝 빛나는 선망의 꽃으로 주목을 받았을 때부터, 나의 꿈은 나도 모르는 사이에 문학이라는 길로 접어 들었을 것이다. 그 시는 곧 이어 교내에서 처음 발간된 〈백합〉이라는 교지에도 실려, 늘 책 읽기를 좋아하던 나를 활자의 세계로 인도한 등불이 되었다.

그 후 세월이 흘러 갈래머리 찰랑이던 여학생이 네 아이의 엄마가 되고, 2남 2녀를 모두 모유로 키우면서 아이들이 건강하고 바르게 자라기를 기원하는 동안, 한 때 품었던 문학을 향한 꿈은 나래를 접고 내 가슴 깊숙이 겨울잠을 자고 있었다. 그리고 어느덧 지천명의 해를 맞았을 때, 잊었던 문학의 길로 첫 발을 디디는 일이 내게 성큼 다가왔다. 그것은 여류 시조공부 모임인 소심회의 일원이 된 것이었다.

그 해 재경경북여고 총동창회 가을 나들이에 23기 대표로 참석한 나는 애창곡 '고목'을 부른 것이 계기가 되어 우란 김혜배 선배님이 이끄시던 소심회에 초대를 받았고, 이후로 이름 높은 시인들을 모시고 한 달에 두 번씩 선후배 여러분들과 시조를 공부하는 기회를 갖게 되었다. 소심회는 시조 시인 박옥금 선생께서 지도하시고 우란 선배님이 회장을 맡으셨으며, 나는 그 모임의 총무로 임명되어 시조학습과 더불어 적십자회 봉사활동 등에도 참여했다.

소심회에서는 1984년과 그 이듬해에 연달아 〈회상(回想)의 창(窓)〉이란 이름의 동인지 1권과 2권을 발표했는데, 여기에 나의 시 20여편이 수록되었다. 그 뒤 1988년에 나는 독자적으로 몇 년간 작품 70여편을 모아 〈달과 느티나무〉라는 시조집 1,500여권을 펴내고, 민들레 홀씨처럼 떠오른 작품들을 한 자리에 모아 앉혔다. 그렇게 첫 시조집이 나온 며칠 뒤부터, 많은 편지와 연락을 통해서 예상치 못했던 보석 같은 격려의 말씀들이 전달되어 나의 작은 가슴을 뜨겁게 달구었는데, 그 때의 감동은 지금도 내게 특별한 기억으로 남아 있다.

특히 이태극 박사님께서 이 책을 발간할 때까지 왜 등단하지 않았느냐는 나무람과 동시에 좋은 작품을 쓸 수 있겠다고 격려하시면서 작품 몇 편을 보내라고 요청해 오셨다. 그 같은 부르심을 소중히 안고 〈봄 나들이〉라는 시조 한 편을 선택해서 보내드린 인연으로 나는 〈시조문학〉에 등단하게 되었고, 1990년 두 번째 시조집 〈자하문밖 새소리는〉을 비롯해, 1995년 〈미리내 이야기〉, 1998년 〈그 강물 나의 돛폭에〉, 그리고 2000년 〈사막의 모래무늬〉 등 지금까지 모두 5권의 시조집을 묶어 냈다.

이 기간 동안 나는 큰 딸의 치주학 박사과정을 지켜보면서 두 손녀를 키워주는 외할머니의 임무를 다하는 한편, 미국에서 국제변호사가 되어 돌아온 막내 아들의 유학생활 뒷받침까지 부모 역할에 최선을 다했고, 네 아이를 다 짝지워 보낸 이제야 그 이와 둘만의 시간을 갖고 노후의 한가함을 만끽하곤 한다. 그리고는 어느새 훌쩍 자라 할머니 키를 훨씬 넘는 큰 손주부터 돌박이 아가들까지 사랑스러운 일곱 손주들의 모습을 둘러보며 옛 일을 추억하는 넉넉한 시간 속에서, 문학의 길을 가는 나의 남은 과제들을 풀어가고 있다.

침수지의 맨드라미

김 현 숙

이 여름을 용케 넘기나 했는데 때늦은 물난리에 나라 안은 어수선하다. 삶의 터를 잃어버린 수해재민들의 눈물은 우리들 홍수가 남긴 흔적을 밟으며 한강 둑을 걸어본다. 더러 목줄기를 꺾고 온몸에 진흙을 뒤집어 썼지만 꿋꿋이 제자리를 지킨 풀들을 바라보며 새삼 가슴이 서늘히 젖는다. 저들도 난리를 겪을 때 마다 뿌리가 한 마디씩 더 자랄것이라고 생각된다. 고수부지 한 켠에 일군 자연학습장에도 들린다. 흙투성이가 된 갖가지 꽃들의 얼굴을 박안순(57세, 시민상 수상자)씨가 고무호수로 열심히 닦아주고 있다. 여러 해 동안 그녀를 보아왔다. 많은 일꾼 중에서도 유난히 아침 일찍이 일을 시작하고, 또 정말 자식 돌보듯이 밭을 돌보고 있었다. 흙을 갈아 뒤집고, 잡초를 뽑고 퇴비를 만들었으며, 씨를 묻고 물을 주고 다둑이는 그 손에서 꽃들은 활짝 피어났으며 나무들은 가지를 쭈욱 펴고 열매를 맺었다. 사람은 아마 저렇게 자기 몫을 다 하려고 세상에 태어 나는지도 모른다. 미역취, 비비추, 백일홍, 아스타, 꿀풀, 톱풀, 늦개미취, 금계곡, 채송화가 한 철이고 수수, 조, 밀 이런 이삭이 패이고, 세워둔 막대를 타고 호박, 토마토, 가지, 오이가 오롱 조롱 매달려 있다. 그때 갑자기 나의 눈길을 확 잡아채는 것이 있다. 한 귀퉁이를 메우고 있는 맨드라미다. 폭우로도 씻어내지 못한 저 붉은 빛, 삶의 열정이 마지막을 잘 갈무리 하고 있다.

어머니의 물젖은 손끝에서 반들거리며 일어나던 장독들의 얼굴, 된장이든 간장이든 고추장이든 주어진 것을 받아 잘 삭혀내던 그 둘레를 싸고 있던 봉선화, 맨드라미, 그 밝은 유년의 뜨락과 침수지에서 해후한 삼십대, 꽃의 시린 발목이 함께 떠오른다.

삼십 대, 나는 물난리에 떠밀려 이승의 끝 간에까지 갔다. 내게 사람이나 건강, 일이나 희망간은 것은 남아 있지 않았다. 젊음조차 외면한 멀건 몸뚱이를 끌고 찾아간 곳이 어머니의 집, 어머니의 품이었다.

두어 달쯤 앓았었나. 비틀거리는 다리 힘을 가누며 모처럼 나들이를 했다. 장마중이어서 비가 질금거리고 있었는데, 어디까지 걸어 갔던가. 길은 내리막길로 이러지고 있었다. 그리고 골목마다 물이 차 있고, 대문 밖으로 사람들은 물을 퍼내고 있었다. 언뜻보니 마루 위로 물이 기어오를 듯 아슬아슬했다. 그들이 퍼내고 있는 것은 땅이고 한숨이고 눈물이었다.

낮은곳의 삶을 느끼고 이해하는 것이 어려운 일은 아니었다. 벼랑에서 서성거리기 보다는 낮을 곳으로 뛰어내려 온몸으로 부딪히는 노력이 훨씬 더 뜻뜻해 보였다. 먼저 나는 아이들을 가르치는 일을 찾아냈고, 망가진 나를 추스리며 서서히 세상 속으로 들어섰다.

그곳을 다시 찾았을 때, 침수의 흔적은 말끔히 가시고 없었다. 좁은 골목마다 멍석을 펴서 붉은 고추를 말리고 있었고, 빈터에서 아이들은 공놀이에 정신 없었다. 마당 한 켠으로는 가을꽃이 한창이고, 맨드라미의 붉고 튼튼한 심장도 언뜻 보였다. 살아있다는 것이 너무 고마워 서 울면서 돌아온 나는 벽에다 '시간은 고단한 인생살이를 여과 시킨다' 라고 썼다. 의식의 밑바닥에서 출렁거리는 사람과 믿음을 끄집어 올리는 작업에 매달렸다. 너무나 오랫동안 멈춘 노래를 다시 시작했던 것이다.

여름의 끝에야
나는 그곳에 가 보았다

빗줄기에 강물로 누운 마을이
늦햇살에 물리를 말리고
설친 잠을 찾아간 빈 들판 한 구석을
무너진 담을 일으키는 손길 옆에서
아이들이 높이 공을 쳐올렸다
잘도 버티어 낸 맨드라미 꽃
얼룩을 지우며 금빛 바람은 들에서 밀려와
이 마을 겹겹의 슬픔을 싸서
단 열매로 아물리고 있었다.

〈침수지의 가을〉 이 한편의 시로 〈월간문학〉의 등용문을 거쳐 시인이 되었다. 벌써 이십년 전의 일이다.

맨드라미는 이미 씨앗을 잔뜩 배고 있다. 거칠게 몰아치던 비바람에도 씨앗을 놓치지 않고 꼬옥 끌어안고 있다. 불볕과 대기 오염속에서 속을 탕약처럼 졸였을 것이다. 고통을 품어 빛과 향기를 뿜어내는 이 좋은 삶의 모습을 우리 사람이라고 비껴가야 할 하등의 이유라도 있는가.

세상 빛이 달라 보이던 그 날

김 후 란

시인으로 문단에 나오는 길은 여러 갈래가 있다. 나의 경우는 문학지 추천과정을 거쳤다. 현대문학지에서 시부(詩部) 3회 추천을 마친 때가 내 나이 25세 때였다. 나는 당시 한국일보 문화부기자로 있었는데 대시인(大詩人) 신석초 선생님이 노설위원 겸 문화부장으로 계시어 함께 문화면을 만들어가는 입장이었다.

어느 날 신선생께서 시를 쓰려면 현대문학지에서 정식으로 추천을 거치는 게 좋지 않겠느냐고 권유하셨다. 아마 내가 신문과 잡지에 글을 발표하는 걸 아시고 그러신 듯하다. 1954년도에 나는 이미 경향신문 대학생문예작품 공모에 단편소설 〈고아(孤兒)〉가 입상하여 1주일간 연재(김훈화백 삽화)되기도 하고 서울대 사대 교지 창간호에 단편소설 〈불안한 위치〉가 실린 것 등을 계기로 신문과 잡지에서 청탁을 받아 이따금 시나 수필을 발표하고 있었다. 그러나 나는 장차는 시인이 될 생각이었는지 공책 가득 시를 계속 써나가고 있었다.

마침 신석초시인이 현대문학지 시부 추천인이어서 어느 날 시 쓴 것이 있으면 보자고 하였다. 다음날 나는 그동안 써온 작품 중에서 〈오늘을 위한 노래〉 한 편을 골라 가지고 나갔다. 지금 돌이켜 생각해보건대 너무나 당돌한 행위였다. 왜냐하면 시를 평가 받으려면 공책을 통째 보이는 게 순서였을 것이다. 근래 내가 신인추천 심사를 해보니 역시 여러편의 작품을 보아야 제대로 그 기량을 가늠해볼 수 있었다. 대체로 시 추천과정에 적어도 5편 이상, 또는 10편 이상 제출이 기본으로 규정된 일도 그 때문인 것이다.

그런데도 선생님은 아무말 없이 시를 읽어보시더니 "좋은데…!" 한마디 하고는 양복 안주머니에 넣으셨다. 아마 평소에 한 직장에서 일하는 사람으로서의 믿음 하나로 무조건 밀어주시려는 마음이셨는지 모른다.

그 며칠 후 종이에 '김후란(金後蘭)' 적어 내미셨다. 김형덕(金炯德)이라는 내 본명이 시인의 이름으로는 너무 딱딱하다는 것이었다.
덧붙여 말씀하시길 "허 난설현 이후에 제대로 손꼽히는 시인이 되라는 뜻이야" 하셨다. (후에 김후란(金后蘭)으로 쓰게 됨)

나는 기쁘게 받아들였다. 시인이 된다는 것이 어떤 의미를 갖는 것인지 미처 생각해볼 것도 없이 그냥 평소에 좋아서 문학쪽으로 기울어져 가던 나의 인생 코스에 새로운 각오가 일깨워지는 시점이었다.

〈현대문학〉 1959년 11월호에 〈오늘을 위한 노래〉, 1960년 4월호에 〈문(門)〉, 1960년 12월호에 〈달팽이〉로 3회 추천을 모두 마침으로써 나는 정식으로 문단에 데뷔가 되었다.

그무렵 나는 시인이 되었다는 사실을 누가 화제로 삼기라도 하면 도망치듯 자리를 피했다. 좋기도 하고 쑥스럽기도 했다.

그러나 분명한 것은 그날 이후 내 마음 속에서는 이따금 세상 빛이 달라보였다는 사실이다. 마치 프리즘을 통해 보이는 현란한 세계처럼 나 혼자만의 아름답고 환상적인 새로운 세계가 펼쳐졌다. 때로는 그런 감정이 물보라를 일으키면서 나에게 시인의 길을 거듭 재인식시켰다. 이런 감정은 평생을 갔으며, 그래서 삶의 길에 내 나름으로 의미부여를 하기도하고 내 이름에 책임을 진다는 생각 하나로 시인이기 때문에… 라는 자긍심과 책임의식을 갖게도 했던 것이다.

그런 어느 일요일 집으로 두 사람의 청년이 찾아왔다. 현대문학지에서 추천완료를 알았노라고 하면서 축하한다는 인사를 하였다.

자신들도 시를 쓰는 사람이라고 한다. 그날 집안에는 시아버님도 계셔서 신혼초의 나는 낯선 그들을 집안으로 모시고 들어갈 입장이 못 되어 대문 앞에서 어색하게 인사를 나누고 헤어졌다. 지금 같았어도 그렇게 미안하게 헤어질 수는 없을 것이고 집안이 거북하면 어디 찻집으로 자리를 옮겨 대화를 나눌 수도 있었겠는데 40년 전의 그 시절, 내 융통성 없는 성격은 그런 생각도 못했다. 그래서 지금 까지도 그 시인들이 누구인지 알지 못한다. 너무나 미안한 일이다.

문단에 나온 지 3년째 되던 해 여성시인 7명이 청미동인회(靑眉同人會)를 발족시켜 함께 동인지를 내고 시화전도 하면서 비로소 나는 진짜 시인이 된 기분이 들었다. 햇병아리 냄새가 났을 풋풋한 그 시절이 정녕 그립다.

나의 등단 이야기

남궁 경숙

〈동화〉

1968년 3월부터 1974년 2월까지 나는 시골 초등학교 교사였습니다. 6년동안 코흘리개 1학년 아이들과 딩굴던 철없던 여선생…

가끔씩 돌아보는 그 시절의 생활이 아직도 행복하게 회상됨은 다행이지요. 결혼을 하고 거주지를 서울로 옮기는 바람에 학교를 그만두게 되었을 때 나를 가장 마음 아프게 잡은 것은 우리반 영석이라는 아이였습니다. 영석이는 심한 소아마비에 심한 발작증세까지 있는 복합장애아였지요. 무척이나 나를 따랐던 아이에게 나는 무엇인가를 해주고 싶었지만 내가 해줄 수 있는 일은 아무것도 없었습니다. 특수학교라는 것도 도청소재지에 하나밖에 없었고 아이의 부모님이 내 권유를 받아들일만큼 여유롭질 못했습니다. 떠나던 날 머루같이 까만 눈동자에 가득 눈물이 고여있던 영석이를 생각하며 한 편의 동화를 쓰기 시작했지요. 그 해 12월 중앙일보 자매지 〈소년중앙〉의 동화모집에 응모하였고 그것이 빛을 보아 동화를 쓰기 시작하였습니다. 응모 당시의 제목은 〈가을바람〉이었지만 발표 계절을 고려하여 제목을 바꿨으면 좋겠다는 주최측의 의견을 받아들여 〈파란마음 하얀마음〉으로 태어났지요. 뽑아주신 분은 이원수 선생님이었습니다.

〈시조〉

글에도 고향이 있습니다.

1985년 '월간문학 신인상'으로 태어난 나의 시조 〈팽이치기〉의 고향은 서울의 변두리 신정동 시장어귀 입니다. 지금은 개발이라는 이름으로 모든 것 들이 파헤쳐지고 온통 회색의 각진 건물들로 들어차 있지만 그때는 메뚜기도 잡고 산딸기도 따던 시골풍경 그대로의 곳이었습니다. 사람들의 눈빛은 맑았고 깊었고 따뜻함이 넘쳤지요. 힘들어도 탓하지 않는 넉넉한 모습들이 보기 좋아서 자주 혼자서도 시장나들이를 하였습니다. 팽이처럼 쉬임없이 돌아가는 고달픈 생활의 끝에는 무엇인가 그들을 받혀주는 힘이 분명 있어보였습니다. 나는 시장에 갈때마다 그런 그들이 어떤 덫에도 좌절하지 말고 흔들리지도 말기를 늘 기도하게 되었지요. 낙서처럼 일기장에 쳐박혀 있던 것이 빛을 보게 된 것은 우연입니다. 신문의 작품모집 공고를 보고 이미 동화의 한 부분을 스친 나는 등단의 길을 오직 신춘문예만이 유일한 길인줄 알았을 때 입니다. 운 좋게 최종심까지 가는 행운(?)이 없었던건 아니지만 삼년 내리 좌절을 경험하곤 거의 포기하고 있을 즈음 신춘 심사를 보셨던 선생님께서 전화를 주셨고 문예지의 등단을 권유해 주셨지요. 제게 그런 길 인도를 해주신 선생님은 이상범선생님이셨고 박재삼선생님과 김해성선생님의 추천으로 월간문학을 통하여 길을 잡았지요.

첫번째 시조집 〈이름모를 꽃들에게 이름을 붙여주고〉에서 밝혔듯 글을 쓰는 이 작업은 하느님께로부터 덤으로 받은 선물이라고 믿습니다. 간혹 너무 게으름에 딩구는 것은 아닐까 스스로 채근할 때가 없는 것은 아니지만 서두르지는 않을 것입니다. 지금도 가장 아낄수밖에 없는 나의 등단시조 팽이치기를 옮겨보며 간단히 등단에 얽힌 생각을 둘러보았습니다.

비울 것 다 비우고
몸 하나 뉘인 자리
무엇엔가 기다림을
아직 털지 못하고
제자리 회오리치는
윙윙소리 바람소리

색색의 머리채를
하늘로만 감아올려
한 뜸 한 뜸 비늘 빗듯
나비처럼 깃을 달면
중심은
눈가린 동그라미
꽃으로 태어난다

부딛혀 밀려나도
다시 돌아 일어서는
꼿꼿한 그림자 하나
발밑에 밀어넣고
손톱끝 아픈 마디는
선지피로 챙겨둔다

놓쳐서는 안된다
팽팽한 채찍의 숨
땅 속 깊이 뿌리박고

–〈팽이치기〉 부분

수색까마귀와 무교동 맘모스

노 향 림

등단무렵 69년에도 나는 을지로 3가에 있던 영어학원 로버트 박이란 분의 강의를 듣고 있었다. 60 년대엔 왜 그렇게 유학의 열풍이 불고 있었는지 모르겠다. 유행처럼 너도 나도 영어회화를 미국에서 갓 건너온 로버트 박 강의 를 듣고 있었다. 지금의 민병철 영어도 그 때부터 나왔지 않은가 싶다. 로버트 씨가 어쩌다 못 나오면 대학 4학년생이던 민병철이 나와서 대신 강의하곤 했다. 그 당시 첫 인상이 애송이로 보였으나 영어회화는 로버트 씨 못지 않았다고 기억한다. 왜 이 이야기가 길었는가 하면 나는 그 때까지도 20대 후반이 넘어가고 있던 내 나이와 상관없이 무엇인가를 해내야 된다는 열병을 앓고 있었다. 대학교 때 우물안 개구리처럼 교내 현상응모에만 당선되곤 하던 때여서 문학에의 미련을 버리지 못한 채 영어(대학때 영문과 전공을 했으므로)에 몰입되어 문학은 잠시 팽개치고 있었다.

그러던 차에 집도 같은 방향이고 문단 소식을 잘 전해주던 김지향 교수가 월간문학에 신인 당선 공모가 있으니 응모하라고 해서 잘 다듬지도 못했던 작품을 응모했다. 69년에 가작을 했고 이듬해 2월이었던가 계절마다 있던 월간문학 신인상 공모에 당선되었다. 싯귀중에 '내 영혼은 까마귀' 하고 읊으시던 김현승 선생께서 뽑아 주셨다. 앞으로 좋은 작품을 쓸 수 있을 거라고 칭찬과 관심을 아끼지 않고 지원해 주시던 스승이셨다.

하루는 수색에 있는 선생님 댁을 찾아가자 긴 교자상을 책상 삼아 원고를 쓰시다가 나를 맞으시면서 "나는 커피 하나는 일류로 끓여버리제잉!" 하시면서 손수 원두커피를 끓여 내셨다. 커피를 무척 좋아하신 선생께선 맛과 냄새만 보고도 어느 나라 어느 커피인 줄 금방 아셨다. "어이, 향림이 인기에 연연하지 말고 앞으로 시를 쓸려면 말이여, 장기전에 대비하라고. 문학은 일시에 끝나는 거 아닝게 말여." 이 말씀을 일부러 당부하듯 하셨다.

잡지가 많지 않았던 시절에 당시의 〈월간문학〉은 지금의 낙원상가가 있었던 예총 건물에 있었다. 김동리 선생이 주간이었고 편집장은 소설가 이문구씨가 맡아했던 때라 예총 주변엔 늘 문인들로 붐볐었다. 예총 지하다방이 문인들의 아지트였지만 김현승 선생은 그 곳엔 커피 맛이 나지 않는다고 진짜 커피를 맛볼려면 무교동 〈맘모스〉다방으로 가라고 늘 커피 위주의 말씀을 하셨다. 커피값이 당시엔 150원이었다. 국산 커피는 콩을 볶아 내놓는다는 말이 있을 정도로 오로지 쓴 맛 뿐이었던 때였다. 제자들이 외국에서 공부하고 들어올 땐 커피를 좋아하는 김현승 선생을 위해 국내반입이 어려웠던 브라질산 원두커피를 사온다고 자랑까지 하셨다.

김현승 선생께선 내가 등단하고 얼마 안있어 돌아가셨지만 살고 게시던 수색동을 한번도 떠난 적 없어 그 곳에서 오래 사시다가 돌아가셨다. 그 고소한 전라도 사투리를 나는 가장 인상깊게 기억한다. 그 분은 또 커피만큼이나 축구를 좋아하셨다. 수색이 서울일까 할 정도로 수색 기차역엔 늘 무연탄을 산처럼 쌓아 놓은 저탄장이 떠오르는데 그 곳을 지나 시장 길을 지나면 김현승 선생은 민둥산 바로 아래 국민주택에 사셨다. 대문을 들어서서 긴 자갈길을 지나면 피아노 교습을 집에서 하시던 사모님이 학생들을 가르치던 체르니 피아노 교습본 소리가 난다. 피아노 소리도 인상깊게 남는다.

그 해가 월드컵이 있었던 해였을 것이다. 흑백 TV조차 집에 안 두셨던 선생께선 수색에 TV가 있는 다방에 아침 일찍 진을 치셨다. 일요일이었을 것이다. 댁으로 찾아뵙자 사모님께선 "응, 아침 일찍 펠레보러 다방에 가신다고 하대." 눈짓으로 어서 수색 다방에 가보라는 거였다. 허름한 수색다방 앞 좌석에 자리잡은 선생은 나를 보자마자,

"어이, 나 건들지 마소 잉. 펠레가 한 골 넣었어. 예술이네 예술!" 말을 건네지도 말고 TV에 눈을 주라는 뜻이었다. 펠레가 뛰던 때라 우승은 당연히 브라질 쪽이었다.

"오메, 펠레 발에서 제기처럼 공이 톡톡 튀네 잉." 이런 기억들이 왜 그렇게 정다운지 모르겠다. 버스 종점이 있는 수색과 내 등단 무렵의 분위기가 어울려 수색에 관한 시도 그 뒤 여러편 쓰던 기억이 난다. 내 시도 당연히 변모했다. 장기전으로 보고 앞으로 좋은 시를 쓰고 싶은 것이다. 등단 무렵, 그 시절의 이야기를 어찌 한 두마디로 그칠 수 있는 것일까. 할 이야기가 많지만 이만 펜을 놓는다.

나는 목초(牧草)

박 경 선

나의 〈목초(牧草)〉라는 시집은 1960년 6월에 출간했다.
작고하신 모윤숙(毛允淑)선생님의 서문(序文)으로 발행는 도서출판 문장사(文章社) 장정 운백(雲伯) 박고석 6판미본으로 기록되여있다.

그때 나는 신혼생활의 걸음마 시절이었다.

이 책을 내는데는 그 당시로서는 참으로 힘드는 조건이었다.

이것 한권을 책으로 엮는 것은 그때의 내 힘으로는 감당하지 못하게 경비가 컸기 때문에 애걸 하다시피해서 남편의 도움을 받았다. 이책 한 권 출간하고 문학을 안한다는 서약을 했다. 그 서약을 그나마 황송하다고 꼬박이 지켰다.

목초의 작품내용은 모두 소녀시절의 것이였는데 그것이 휴지처럼 딩굴다 없어지는게 아까운 마음에서 크게 선심 써주는 것이라고 남편은 다짐하고 남편은 문학하는 아내는 싫다고도 재삼 다지고 또 맹세를 요구했다.

결혼31년이란 세월이 흐르고 그분이 작고하셨다. 그리고 6개월 후에 나는 그의 사무실로 유품을 정리하러 갔는데 그분의 빈 책상위에 매일 꽃 한송이를 얹어 놓아준 사원들의 정성에 눈물짓고 그분들게 깊이 감사했다. 그리고 그날 나는 놀라운 유품을 참으로 놀라운 유품을 얻었다.

나는 출판사에서 1,000권의 책을 받고 다시 나는 시집출판을 못한다는 아쉬움에서 모조리 사람들에게 책을 신나게 돌리다보니 남겨둘 몫도 없이 몽땅 없어진것도 잊었고 처음 남편에게 내손으로 서명해서 준다는 것은 더더욱 잊고 말았다 해서 가까운 몇친구에게 목초를 돌려달라고 사정도 했지만 이런저런 이유로 구하지 못했다.

줄곧 허전하고 아쉬운 마음으로 너무나 커다란 실수가 가슴 한쪽 응어리로 남은채 살아왔다. 그랬었는데 그날 그분의 책상 서랍 한 구석에서 시집 목초한권을 발견했다. 그 책은 낡고 내용문들이 찢겨지고 스카치테이프로 부쳐지고 엉망이 된 모습으로......

어지간히 긴 세월이 흘러 그때만해도 서명은 꼭 한문이여야 했기에 어려운 한자 이름인 친구에게 글씨가 틀려버려 보내지 못해 팽개쳐 딩굴다만 만신창이의 책 한권 목초!!

뚜껑을 열어보니 틀린 친구의 이름을 누르고 "家寶第六號"라고 남편의 커다란 졸필이 눈에 확들어왔다.

그놀라움 반가움 떨림!

나는 아들이 셋 있다. 그리고 우리들 第六號는? 내게 눈물을 세시간이나 흘리게 하고 그후로는 용기(勇氣), 행복(幸福), 분별(分別) 이내몸을 가득히 가득히 채워주고 있다.

나는 등단이 어떻게 이루어지는지 들어본 일도 없고 방법도 모른다. 말해준 사람은 한 사람도 없었고... 문학은 혼자 하는것이고 혼자 탓하고 혼자 즐기는 것으로만 나는 알고 지내왔다. 그분 타계하시고 시집5권을 냈지만 별로 돌릴 생각은 해본적이 없고 내 사무실에 쌓아두고 나를 찾아주는 친구에게 나누어 주는 걸로 지냈다.

나는 문우라고 말 붙일만한 사람이 없다. 굳이 있다고 한다면 집안에 얼킨관계 아니면 학교후배 동료가 있을 뿐이다. 요즘 들어 문우도 갖고 싶어진다.

하지만 문학하는 여성들 모두 똑 소리가 난다. 때문에 아둔한 나는 두렵다. 무지가 힘이라고 가끔은 내가 발맞추지 못할 때가 많이 있었을 것이다. 그것은 모두 내가 몰라서 그렇다는 것을 모를 것이다. 나는 등단이 뭣인지 그런 것이 있는 것 조차 오랫동안 모르고 지냈다.

알게 되고도 그렇게 하려고 생각도 안했다. 그러나 나는 지금 시라고 쓴 것이 달갑다. 내가 이세상에서 언젠가는 떠날적에 안고 갈 책한권!

목초가 내 삶을 그 진실을 모두 증명해주었다는……

그리고 투명한 그의 사랑이 나를 감싸 안아주고 있었다는 확신, 나는 더 바랄 것이 없다.

나의 등단 이야기

박 명 성

여고를 졸업하던 해 6.25가 터졌다. 부산에서의 피난생활과 천막친 서울대가교사에서의 수강등은 암울함 그 자체였다.

여고시절 그려 왔던 상아탑속의 학구생활이니, 청춘구가니 이상추구니 하던 생각들은 그야말로 꿈에 그치고 말았다. 서울에 수복한 후에도 학교에 가봐야 휴강이 많았다. 라이락 꽃숲 아래 앉아 그 당시는 흔하게 손에 잡히던 일본어 서적들을 돌리어보며 지적허가를 채우기도 하였다. 그러고도 시간이 남으면 종로의 르넷상스(고전음악 감상실)에 자주 들렸고 명동의 다방들을 기웃거리기도 하였다.

지금 같은 정보기기들이 발달되어 있지 않았기 때문에 당시로는 명동에 가보고 예술인들의 동향이나 모습들을 엿보는 것이 재미라면 재미이기도 했다.

이때 까지도 내가 장차 문학을 하는 사람이 되리라고는 꿈에도 생각하지 못했다. 어느날 우연히 '갈채' 다방에 들렸다. 그 곳에는 소문으로만 듣던 공초 오상순 선생님이 앉아계셨다. 인사를 드리니 선생님 특유의 동작으로 악수를 청하시고 차를 권하셨다. 선생님 주변에는 늘 소녀들이 있었고 선객들 사이에는 두툼한 싸인북이 돌고 있었다. 드디어 그 책이 내 앞에 왔다. 선생님이 뭐래도 쓰라고 말씀하셨으나 무엇을 썼는지는 생각 안 나고, 선생님이 써놓으신 색시공(色是空)만 눈에 띄었다.

그후 무슨 일에 부딪칠 때마다 이 한 마디가 나의 뇌리를 때리고, 반야심경의 이 짧은 화두가 나의 일생의 화두가 될 줄이야…… 6.25 전후의 불안과 혼란의 시기에 공초 선생님과의 만남은 내 인생의 방향을 많이 바꾸어 놓았다. 선생님은 초기에는 시를 쓰셨지만 어느 시기 이후에는 절필하셨다.

그 이유를 여쭈어보았지만 말씀하지 않으시고 빙그레 웃으시기만 하셨다.

그리고는 졸업시기가 다가왔다. 김소월을 제목으로 잡았으나 자료 구하기가 쉽지 않았다. 할 수없이 작품 감상 위주로 논문을 마무리할 수밖에 없었다.

그 때나 지금이나 물질중시, 물질범람의 회오리 속에서 그래도 붙잡고 싶었던 것은 정신의 순수요, 색시공의 깨침이였다.

그냥 책이 좋아 읽었고, 시가 좋아 외우기도 하였다. 그러던 어느날 나보다는 문학공부를 많이 하던 친구가 있었는데 시를 좋아하는데 그치지 말고 좀더 공부하려면 미당 서정주 선생님을 찾아뵙고 가르침을 받도록 하자는 권유가 들어왔다. 선생님 자택을 어찌어찌해 알아냈고, 찾아뵈올 때는 작품 서너편을 원고용지에 써가지고 가자는데 동의했다. 나는 그 때까지 읽기만 했지 쓰지는 않았던 편이라 망설이기도 했지만 이때를 놓치면 배울 기회를 또 연기하는 일이 되겠지, 아무튼 그 친구가 앞에 있으니 나는 어깨 넘어 따라다니리라는 조금은 비겁한 심리가 없었던 것은 아니다. 그러나 한 삼사년 열심히 따라다니며 문학강의를 듣고 수업을 하다보면 무슨 결말이야 나겠지. 감히 문학사로 직접 투고는 못하고 이렇게 척방문을 하긴 하였다.

그때 선생님은 신라(新羅)의 정신세계 그 내부모색에 잠겨계셨을 때라, 신라에 관한 이야기, 〈노인헌화가〉를 외우시기도 하셨다.

사람이 철든다는 일이 이렇게 힘든 일이구나, 백발이 된 지금에사 깨닫고 있다. 귀하고 고마운 여러 순간들을 가볍게 흘러보내고 이제서야 그 가치를 깨닫고 발버둥치다니……

아무튼 써가지고 간 시 세편을 떨리는 마음으로 놓고 나왔다.

그 당시 몇 문예지에는 추천제도가 있었는데 나는 현대문학사의 시부를 목표로 한 셈이었다. 서정주 선생님은 그 문예지의 시부 추천심의의원이셨다.

두번째 방문때 역시 그 친구를 쫓아갔다. '한 몇 년 시공부나 하시고, 추천은 생각지도 마시오' 라는 말을 각오하고……

그런데 아무말도 안하고 계시다가 떠나올 때 "추천완료 소감을 써오시오. 많이 써본 솜씬데……" 라는 말씀에 하늘이 하이얗게 흔들리던 기억이 아직도 선하다. 그것은 기쁨이나 자신감이 아니라 '이거 큰 일 났구나, 문학이 무엇인지 모르는데' 하는 충격이요, 어리둥절함이였다. 그 해가 1956년이였다.

내 생애 전환의 한 컷

박 명 자

나에게 있어 시는 어떤 업 같은 것일지 모른다.

거의 운명적인 나와 시와의 만남...

내가 이제까지 시에서 추구한 정점이라면 완전한 자유의 유영. 현실에서 방황하고 숨막히는 갈등의 끈을 시에서 나는 비로소 풀어 헤친다. 언제나 내가 꿈꾸는 시의 동산에 홀로 오르면 내 어깨에는 조그만 날개가 솟는다.

낯선 세계를 혼자 열고 혼자 즐긴다. 일상의 스트레스는 완전히 날려 버린다. 숨막히는 벽을 무너뜨리고 무한대의 푸르름 속에 나를 고추 세운다. 그리하여 나의 시는 떠돌이 바람. 상류에도 하류에도 깃을 치지 못하고 끊임없이 새로운 미학의 집을 무수히 부수고 다시 짓는다.

나와 문학의 인연을 이야기하자면 먼 학창시절로 거슬러 오른다. 지방에서 혹은 전국에서 백일장이나 글짓기 대회가 있으면 나는 학교 대표로 꼭 참가하였다. 심지어 호국영령 앞에 헌시를 낭송하거나 학교 순회 방송이 있어도 나는 계속 대표로 참가하여 수상을 하였다.

그러나 결정적으로 인정을 받게 된 것은 57년 이화여대주최 전국 여고 문학 콩클에 참가하여 전국 장원을 차지한 수상경력 때문이다. 그 시절 매스컴에 각광을 받으면서 심사위원 이신 양주동 박사님의 심사소감이 그 해 '여원' 에 실리고 또 한번 나는 유명세를 타게 되었다. 이화대학에서 특기생으로 오라는 배려가 있었으나 나는 가정 형편상 진학을 할 수 없었다.

그리하여 문학에 대한 나의 집념은 가슴에 못처럼 박혀 독을 품고 있었다. 그 후 초등학교에 발령을 받고 현직에 머물면서 솟구치는 문학에의 열정은 식지 않았고 자신의 종아리를 치듯 혼자 습작 활동을 계속하였다. 그 시절 이미 나는 현대시의 기교를 제법 날카롭게 반짝이고 있었던 것 같다. 그러나 등단의 꿈을 미루지 않을 수 없었으니 그 무렵 한 남자를 깊이 사랑하게 되었기 때문이다.

스물 세 살 순백의 이미지에 열병의 꽃이 피었던 것이다. 큰 홍역을 치른 것이다. 단 한번의 운명적인 만남. 사랑하는 이와의 만남은 시도 직장도 가정도 버릴 수 있을 만큼 엄청난 사건이었다. 그러나 나는 드디어 결혼을 하고 종갓댁 맏며느리가 되었다, 첫 아들을 낳고 시댁 환경에 적응하면서 나는 벙이리, 귀먹어리가 되어 바보처럼 살아갔다. 책 한 페이지 읽지 못하고 글 한 줄 못 쓰고 살아가는 나는 괴로웠다. 그러나 전화위복이라는 말이 여기에 어울리리라. 남편의 직장을 따라 속초로 이사하면서 분위기가 바뀌어 졌다. 나는 중앙 초등학교에 복직하여 직장을 얻고 규칙적 생활이 이루어졌다. 바로 그 무렵 속초는 수복지구의 전흔을 씻고 문학동아리 '갈뫼'가 탄생하였다. 매달 지방 문학 동호인들과 만나 정보를 나누고 문학을 이야기하는 시간은 큰 소득이며 환희의 시간들이었다. 잠재되었던 시의 모티브들이 하나 하나 눈을 뜨고 되살아나고 나의 시들은 형상화의 날개를 달았다. 드디어 1972년 이성선 시인이 시와 비평에 추천 받고 나는 다음해 73년에 현대문학에 이원섭 선생님의 추천으로 등단을 하게 되었다. 비교적 화려한 추천사를 받았던 것 같다. 이성선 시인과 내가 연이어 등단하자 속초에는 큰 바람이 이는 듯 술렁거렸다.

평생의 은인으로 가슴에 새겨둔다. 나에게는 또 한 분 은사님이 계시니 속초의 윤홍열 회장님이시다. 속초에서 윤 회장님을 모시고 '갈뫼'

를 창간하면서 문단 등용의 결정적 계기가 이루어졌다. '갈뫼' 는 나의 문학의 산실이며 모태라고 할 수 있다. 내 생애 전환점을 만들어준 모티브는 '갈뫼' 인 것을 지나칠 수 없다. 수복지구 황무지 같은 폐허 위에 문학의 씨앗을 심고 우리는 마음을 모아 '갈뫼' 를 창간하면서 시를 썼다. 문학에 대한 열정으로 우리는 뜨겁게 달구어 졌다. 시를 이야기하고 시를 낭송하고 시화전을 열고 우리는 스스로 환희의 도가니를 구워 나갔다. 나의 시 나의 문학은 이제 열음을 거두어 금년에 9 시집을 출간한다. 나의 시 나의 문학이 쓰러지는 나를 고추 세우고 나를 밀고 앞으로 나아가고 있다. 이 바람 많은 세태속을 걸어가며 나에게 문학이 없다면 나의 지향점은 어디였을까?

문학은 내 삶의 지표이면서 시는 나의 삶의 방법론이다. 시가 가슴에 있는 한 내 삶은 팽팽하게 긴장되며 에너지가 샘 솟는다. 시가 내 삶을 전 가동시킴으로 나는 행복으로 출렁인다.

내 생애 전환점이 되어준 문단 등용, 그것을 회상하면 지금도 가슴이 콩콩 거린다...

내 눈을 닦아준 물기

박 순 옥

시집 〈그림자로 서서〉를 펴내기까지 나는 아직 세상에 알려지지 않은 무명의 시인이었다. 두 자녀를 둔 가정 주부로 아직 어린 아이들의 치다꺼리로 분주한 시기였는데 틈틈이 모아 온 시를 한데 묶어 책을 내기엔 상당한 망설임이 있었다. 시인으로 등단하는 길은 추천에 의하거나 신춘문예에 당선되는 경우가 당연했으나 나는 얼마간의 모험이 따르는 이 방법을 택했다.

그때까지 나는 H신문사의 시 강좌반에 나가고 있었다. 그 강좌를 통해 훌륭한 선생님들을 만났다. 처음으로 가까이 만난 유명한 시인 K선생님, 40대 후반의 열정을 쏟아 부어주신 멋쟁이 J선생님, 잡지사 주간으로 계셨던 K선생님 등 모두 쟁쟁하던 선생님들을 만나 시의 눈으로 인생을 바라보는 마음을 배워갔다.

K선생님은 그만 두시면서 내게 추천해 주실 것을 약속해 주셨는데 나는 그것을 기다리지 못하고 책을 낸 것이다. 물론 훗날 선생님께서는 선생님이 주간으로 계시던 문학 정신이라는 잡지에 약속대로 추천을 해 주셨다. 다소 성급했던 나였지만 그 때 시집을 내지 않았다면 시인이라는 내 꿈은 이루어지지 않았을지도 모른다. 왜냐하면 나는 곧 생활의 늪에 빠져 꿈의 날개를 접어 버렸을지도 모르기 때문이다.

내가 시를 써야겠다는 결심을 하기까지는 오랜 갈등이 있었다고 보아야 겠다. 결혼만이 전부가 아니라고 늘 격분하던 친구가 있었다. 자신의 삶을 실현하기에는 여성이라는 장애가 커 보여서 현실적으로 어려운 세상이지만 결혼만으로는 안주할 수 없다고 우리는 늘 열을 올렸다.

그러나 우린 결혼으로 생활의 늪에 빠지고 꿈은 꿈으로 남겨두어야 하는가보다 점점 활력을 잃어가고 있을 때 친구는 대학원에 등록하였다. 학교 근처로 이사를 하고 아이를 맡기는 번거로운 생활이 시작되었지만 나름대로 자신의 꿈을 이루어 가고 있었다.

친구를 부러운 눈으로 바라보면서 그것만으로 위로를 삼았던 내게 하나의 커다란 변화가 생겼으니 친정 어머니와의 사별이었다. 오래 앓지도 않으시고 그렇게 쉽게 돌아가시리라고는 생각하지 않았던 내게 어머니와의 작별은 큰 충격이었다. 가시는 분을 붙잡을 수 있는 것은 아니지만 어머니를 놓쳐 버렸다는 아쉬움이 커다란 동굴처럼 자리잡아갔다.

6남매의 막내였던 내 삶은 균열을 일으키고 있었다. 비바람을 막아줄 벽도 지붕도 없이 한데에 나 앉은 것처럼 가슴 밑바닥에서 찬바람이 스미고 있었다. 모든 감정들은 짙은 그림자가 있으며 삶의 반짝거림에는 밝음만이 아니란 걸, 기쁨은 기쁨만이 아니란 걸 이해하게 되었다. 아울러 아픔은 아픔만이 아니란 걸, 슬픔은 슬픔만은 아니란 걸 스스로 설득하며 살아야한다는 것도 알게 되었고 이 모든 감정들을 기댈 푸른 언덕이 필요했다.

마침 친정집 근처에 H신문사에 시 강좌반이 있었다. 어렸을 때 내가 표지를 그리고 꾸민 얇은 시집을 만들었던 기억과 백일장에 나가 시를 썼던 기억들이 다가왔다. 몇 번인가 작은 상도 타보곤 했던 기억도 떠올리며 시를 쓰기로 했다.

홀로 되신 아버지도 뵈올 겸 일주일에 한번씩 나들이가 시작되었다. 그 곳에서 내려다보면 친정집 골목이 보였고 골목골목 내 유년의 추억들이 보였고 그것들은 시가 되어 주었다. 여름날 등에 업혀 듣던 어머니 음성이 내 유년의 상처들을 씻어주는 바람소리가 되어 나를 달래주고 있었다. 시를 쓴다는 것은 내 상처를 씻어주는 물기였으며 건조한 내 눈을 씻어주는 물기였다.

결혼한 후에야 늦깎이로 등단하면서 시인이라는 이름은 버거웠고 그 이름에 값하지 못하면서 여기까지 왔다. 여기까지 나를 데려다 준 세월이 고맙고 앞으로 시를 쓰기 위한 몸부림의 세월 또한 고맙다.

최근의 어떤 단체에서 설문조사를 하는데 나의 창작을 위해 하루의 몇 시간을 보내고 있는가를 물었다. 어렵게 시인이라는 이름을 얻었을 땐 내 생애의 전부라도 쏟아 부을 듯이 단단한 각오를 했건만 과연 나는 얼마간의 시간동안 시인으로 살고 있는지… 눈물어리게 세상을 바라보려던 초심(初心)을 간직하고 있는지… 늘 깨어 살아가는 견자(見者)의 삶을 살고 있는지…생각하게 한다.

나의 등단 이야기

박 영 숙

1954년 서울 〈동아일보〉(문화면) 지상에 저는 〈반딧불〉이라는 졸시 한편을 발표할 수 있었습니다. 이어, 졸시 〈입동(立冬)무렵〉(동아일보에)을 발표...

그 후에도 〈동아일보〉에 〈하늘은 봄이 그리워〉(1955.2.12), 〈七월의 언덕〉(1956.7.15), 〈전등사(傳燈寺)〉(1956.10.8), 〈강물이 풀리면〉(1957.3.4), 〈도회지 참새들〉(1957.5.13), 〈분수(噴水)〉(1957.9.9), 〈약대〉(1957.12.23), 〈한강다리〉(1958.3.3), 〈땅감 나무〉(1958.8.18), 〈나붓기는 깃발처럼〉(1959.6.2), 〈바다와 동화〉(1960.8), 〈휘파람 소년〉(1961.2.5) 등, 계속하여 저는 졸시작 발표를 할 수 있었습니다.(문화부장 청탁으로)(40여년전, 저의 등단 무렵의 〈스크렙〉을 오늘 찾아낼 수 있었기에 여기 적어놓았습니다.) 이어, 〈조선일보〉에 〈반갑지 않은 태양(太陽)〉, 〈연합 신문〉에 〈비어있는 도시(都市)〉, 〈고함을 치는 새벽〉, 〈자유 문학〉에 〈체념(諦念)〉, 〈현대 문학〉에 〈에펠 탑〉, 〈트럼〉, 〈시 문학〉에 〈흰 돌〉, 〈한국 문학〉에 〈치과〉, 〈삐사의 사탑〉, 〈신사조〉에 〈겨울.바다와 동상〉, 〈새사회〉에 〈가을〉 등, 저의 졸시작 발표는 꾸준히 계속되었습니다. 이밖에 수필도 〈새가정〉, 〈한국일보〉, 〈주부생활〉, 〈신사조〉, 〈여원〉, 〈여상〉지 등에 발표.(1964년 4월호부터 〈여상〉지에 연재도 하고, 〈생활 속에서 찾는 여성의 윤리학. 사회학〉등 이리하여,

1959년 저는 첫시집, 〈이브의 사념(思念)〉을 출간하게 되었습니다. 첫 시집, 서문겸 추천사는 시인이시며 저의 은사(서울대. 사범대)이신 이하윤 교수께서 친히 찬란하게 적어주시었습니다. 제자(금박색)는 서예가 여초(如初) 김응현 선생께서 맡아주시고, 그림 장정(裝幀)은 파리에서 오래 계시다 그 무렵 귀국하신 박영선 화백께서 공들여 잘 꾸며주시었습니다. 출판은 이름난 출판사 〈백영사〉에서(고급 모조지. 국판 2백여 페이지. 일천부. 1954년부터 1958년까지의 발표작 위주로 미 발표작 등.) 각 일간신문마다 신간평을 잘 내어주시었고, 서울에 계신 변호사 한분은 제 첫시집을 한꺼번에 일백권 사주시기도 하였습니다. 후일, 제가 책을 내니(수필집, 시집 등), 이분은 일백권씩 꼭 사주십니다.

1969년에는 저도 국제 펜클럽 한국 본부회원이 되는 기쁨이 있었습니다. 1969년, 〈한국 여류시인집〉, 〈수정(水晶)과 장미〉(김남조 編)에 저의 졸시작도 수록해 주시었고, 1967년 〈한국 여류 문학전집〉(30인집)에도 저의 졸시작 수록을 해주시었습니다.(1973년 〈한국 여루 수필 60인집〉에도 저의 수필 수록됨) 1974년 〈신 한국 문학 전집〉(전 50권 중 시편 3권에)에 저의 졸시작이 수록되는 기쁨을 다시 만나게 됩니다. (〈현대문학〉사 기획. 〈어문각 刊〉, 전 수록시인(제 3권에) 79명 중 여성 시인이 5명 수록됨.(1950년대 시인)

1963년 1월에는 한국 문학사상 처음으로 여성 시인들만의 문학 동인지 〈청미회〉 발족을 보게되는데, 여기에 저는 동인의 한사람이 됩니다. 1963년 4월부터 〈돌과 사랑〉(〈청미회〉) 제 1집 발간 이후, 1993년 〈청미30주년 기념. 신작시집〉(〈동서 문학사〉刊) 이어, 〈청미 35주년 시지 총집〉(〈마을〉 출판사 刊), 발간에 이르도록 〈청미〉는 발전하게 됩니다. 한편, 저의 첫시집 〈이브의 사념(思念)〉이후, 1975년에는 저의 수필집 〈아메리카 통신〉을 서울 〈수필 문학〉사에서 훌륭하게 내주시었습니다.-(1975년부터 1976년까지 서울〈수필 문학〉지에 연재되었던 수필).-이야기는 조금 되돌아갑니다. 1960년 저는 〈이태리〉, 〈우니온.까

또리까.이따리아나〉의 장학금 초청을 받고, 로마 유학에의 길에 올랐습니다. 그후, 귀국하지 못하고 미국 뉴욕에서 살게 되었는데, 1995년 미국 〈The National Library of Poetry〉(U.S.A)=(미국 국립도서관 시부(詩部)가 시행한 전세계 시작품 콘테스트에 출품한 저의 졸시 〈벽과 창〉(영문시)이 입상되었습니다. 입상작품만 모아서 출판된 영문 시집 〈BEYOND THE STARS〉 호화판이 나왔습니다.(〈동서문학〉지(서울)와 〈한국일보〉에서도 작품소개 등 자세하게 보도해주시었습니다.) 인종과 국적을 초월하여 세계 어느 곳을 가든지 글쓰는 사람을 믿어줍니다. 입상도 됩니다. 그러기에 로마에서도 스물다섯에 죽은 이방인인 영국시인 〈키츠〉(1821년 작고)와 〈쉘리〉(1822년 작고)의 기념관 (그들이 로마에서 살던 집)이 잘 보존되어 남아있습니다. (관광코스). 세계 어느 곳을 가든지 시인의 동상이 서있습니다. (이국인이라도) 작가의 이름을 딴 광장이 있습니다. 시인의 이름의 길이 있습니다. 〈지난날 나는 모든 것을 잃었다. 그 잃은 사랑의 보수(報酬)로서 시를 얻었다.〉는 〈휘트멘〉(미국 시인)의 말이 아니라도, 우리가 생활에서 잃은 것을 시에서 되찾고자 하는 성실한 열정…… 이것이 온누리 사람들에게 있습니다.

시인이여! 작가여! 그대들 능력이야말로 칭예(稱譽)할만합니다.

잊을 수 없는 스승 이영도님

박 옥 금

내 언제 시조시인이 되겠다고 시조를 배운 적이 있었던가?

이영도 선생님의 강요에 못이겨 조금씩 써 본 것이 모여 1972년, 이것도 선생님의 권하심에 따라 시조집 〈탑(塔)〉을 간행하였는데 선생님께서 잘 쓴다고 하시며 신작들을 당시 〈현대시학〉, 〈월간문학〉 등에 손수 들고 다니시면서 활자화시켜 주셨다. 선배 이근배 시인이 잡지에 세번쯤 나오면 등단을 인정한다고 하여 나는 시조집이 나온 그 해 시조시단에 멋도 모르고 데뷔라고 한 셈이다.

이제 선생님께서는 저 세상에 가신지 많은 세월이 지나갔다. 나는 황혼이 아니라 낙조(落照)의 하늘을 바라보는 나이가 되었다. 사람이 진정 영혼이란 것이 있다면 선생님께서는 나를 굽어보시고 많이 만족해 하실 것이다라고 믿어지기 때문이다. 상도 굵직굵직한 것 4개나 받았고 책도 시조집 에세이집 등 11권이나 내었으나 선생님께서도 이런 것 다 보시지 못하시고 타계하셨으니 내 가슴에는 가끔 슬픔의 구름같은 것을 지우기 힘이 들었던 것이다.

내가 경북안동여중에 선생노릇을 하다가 그 지방 부농의 집안 연하의 남편에게 시집가게 되어서 대구 결혼식장에서 만나고는 세월 탓으로 만나지 못하였다. 1967년 서울에서 다시 만나게 되어 선생님의 손을 잡고 눈물을 흘렸을 때, 나는 질금질금 울면서 이렇게 말을 하였다. "언니 저는 지금 불행합니다. 남편이 이제 와서 저를 나이 많다고 젊은 여자에게 빠져 있으니 저는 어찌해야 되겠습니까? 그래도 이혼하기는 싫습니다."

그 때 언니의 말씀을 이러하였다.

"옥금아 사람에게 집념하면 고의든 고의 아니든 끝내는 배신이 따른다. 남편이 먼저 죽어도 배신이고 자식이 마음대로 안되어도 배신이라고 할 수 있는 것이니 사람에게 집념 말아라, 네가 버리지 않으면 그는 너를 버리지 않는 것을 사랑하여라."

"언니 그런 것이 어디 있어요?"

"종교, 자연, 예술은 네가 버리지 않는 이상 절대로 너를 버리지 않는다. 남편에게 매달리지 말고 예술인 시조 공부나 해보라. 반드시 구원을 얻을 것이다."

그러나 나는 남편과 가정에만 애착하여 선생님의 말씀은 마이동풍하였다.

시조가 나의 고민을 해결해 줄 것 같지 않았으니 선생님의 말씀이 도로 부담스러웠고 귀찮게만 생각되었다. 그러나 나의 고민은 해결될 것 같지 않고 우울증에 빠져있는 나를 보기 딱하시게 여겼는지 나중에는 "내 명령이다. 시조나 공부하라"고 강요하다시피 하셨다.

그 당시 선생님께서는 처음으로 서울로 이주하셔서 나의 권유로 같은 마포구 하수동에 5분거리에 사셨는데 나는 그 영에 따르지 않을 수가 없었다.

내가 그 영에 못이겨 시조공부를 시작한 것은 1968년이었을 것이다. 시조의 삼장육구(三章六句)도 모르고 남의 시조는 읽어보지도 않는 상태여서 붓을 들었다. 교과서라고는 선생님의 시조집 〈석류(石榴)〉와 이호우 시조집 〈휴화산(休火山)〉을 달달 외울 정도로 읽어라고 하시던 것이 생각난다. 내가 처음으로 시조라고 지어본 것은 〈재회(再會)〉라고 선생님과 거진 20년만에 다시 만난 기쁨을 읊었는데 참 잘 지었다고 칭찬해주시기에 신이 나서 비로소 시조에 취미와 애착을 갖게 되었다. 늦게 배운 도적질 밤 새는 줄 모른다고 하는 말은 나를 두고 한 소리로만 여겨졌다.

이렇게 지어 모은 것을 책으로 만들면 좋겠다고 하신 것도 선생님이시다. 그 책 이름이 시조집 〈탑(塔)〉이라고 이름지어 주셨는데 그것이 내 문단데뷔의 길이었다. 1972년 9월 아직 옳은 시인 이라고 인정받지도 못하면서 여고 동기 동창들의 도움으로 멋있는 출판기념회를 열었는데 동창 서울시장 부인의 주도를 보거나 이영도 선생의 낯을 보았거나 유명문인도 들어 오시고 많은 시조시인들이 와 주어서 성대히 치룬 것도 기억난다. 내 비록 시조집을 갖고 초라한 데뷔는 했지만 이제는 부끄럽게 생각하지 않는다. 그 당시 내 나이 45세라 신춘문예 당선이란 화려한 등용문이 있는 것조차도 의식하지 못하였다. 그러나 1974년 '현대문학'에서 내 시조 〈책상을 닦으며〉가 나왔을 때 손소희 선생께서 내 직장에 전화를 걸어 "어디 가서 손 꼭 잡고 술 한 잔하고 싶네요"라고 하시기에 나는 전화통에 절을 하며 "내가 이 길, 시조를 잘 택했구나, 이영도 선생님의 덕이라"하고 눈물을 흘렸다.

'노을' 그 언저리

박 정 희

시골을 떠나 서울역에 내리면 뺨에 닿는 바람의 냄새부터 달랐다. 눈물나게 맵고 차가웠다. 대학 1학년 1학기를 그렇게 맵고 아린 바람 속에서 보냈다. 청주여고 졸업식장에서 내가 '답사'를 읽어 내려갈 때 우리 학급 담임선생님은 처음부터 줄 줄 울었다. 그리고 교장 선생님과 눈에 띄는 여자 선생님들도 손수건으로 눈물을 적셔내고 있는 모습을 보았다.

순서가 끝나기 바쁘게 나는 눈물 콧물을 문지르며 뛰어 내려왔다. 읽어내린 원고 뭉치위에 눈물이 아닌 끈적한 액체가 묻어 있었다. '코피'였다. 눈물과 코피로 전설 같은 나의 여학교 교복시절을 끝마친 셈이다. 불야 불야 얼룩진 교복을 벗었다. 집을 나설 때 이미 서울행 준비를 다 갖추고 있었으므로 그 길로 열차에 오르기만 하면 되었다. 그렇게 결행한 서울 생활이었다.

여학교 졸업식날 코피까지 쏟으며 허둥지둥 달려온 서울에 누가 간절히 기다려 주는 이도 없고, 생사 갈림길에 선 커다란 문제가 놓여 있는 것도 아니었다. 시골보다 몇 갑절 세차게 바람이 불고, 끼니를 때우고도 자주 배가 고픈 곳이 서울이었다.

50년대 서울은 전쟁의 상흔을 잿더미 그대로 뒤집어쓰고 있었다. 시골서 상경한 나 같은 학생이나 서울서 전쟁을 치르고 꿈을 잃은 허름한 행색의 사람들이 온종일 거리를 서성거리고 있었다. 한결같이 스산하고 허기지고 심란한 풍경 속에 밀려가고 밀려오고 있었다. 그러나 대학이라는 구조에는 좀 다른 기류가 떠돌고 있었다. 1학년 1학기 강의실에는 어느 곳에서도 보지 못했던 열정 같은 것이 솟구치는 것을 느꼈다. 특히 글 쓰는 사람들이 모인다는 공간에는 전혀 예기치 못한 따스함과 편안함이 흘렀다. 배고픈 시대, 퀭 뚫린 동공으로 서로의 진실을 확인하고 끌어안으려는 뜨거움 까지 느껴졌다. 문학이라는 이름을 동경하고 지망하는 사람치고 그 주변을 배회하고 서성거리지 않았던 이가 있었을까, '문학의 밤' 이 이곳 저곳에서 폭발적으로 열렸다. 시를 낭송하고 시를 외치고 시를 절규하면서 결핍과 갈증해소의 돌파구를 만드느라 애를 썼던 것 같았다.

나는 그 무렵, 어느 도인의 위대한 설법이나 설교 못지않는 감동과 충격을 받았다. 나는 나의 참모습을 보기 시작했다. 나는 내가 무엇인지도 모르는데서 출발하여 작아지고 작아지고 아주 보이지 않는 지경까지 이르도록 위축되었다. 그렇게 겨우겨우 무엇인가 보이기 시작할 때 나의 대학 1학기는 끝나가고 있었다. 나는 2학기 등록을 못하고 시골에 주저앉았다. 그때 처음 노을을 '피눈물' 로 보기 시작했다. '어디서 누군가의 서러운 결심' 으로 보이기도 했다. 그리고 끝내 '꿈이 재가 되어버리는 무서운 불길' 까지 보고 말았다.

나는 이것을 시로 엮어서 그 해(1955년) 가을 〈여원문학상〉에 응모했다. 연말 우리집 문간에 전보가 한통 날아들었다. 〈노을〉이 당선되었다는 축하 전문이었다. 뒤를 이어 학교에서 문우들이 연달아 축하의 글을 모내왔다. 드디어 신년 특집호에 조지훈, 서정주 심사위원의 심사평까지 실려있어 어리둥절한 나를 한층 실감나게 하였다.

그 후 서정주 선생님의 추천으로 〈현대문학〉에 등단했을 때(1958년)까지도 작아지고 작아지는 내 존재에 대한 내면적 두려움은 가시지 않고 있었다. 왜 그토록 시세계가 춥고 어둡기만 하느냐고 누군가 물었다. 서정주 선생님은 단념과 체념의 설정을 미리 앞세우고 있다고 변명해주셨고, 조지훈 선생님은 체험의 고비 고비가 한 세상 살아버린 중년의 그것과 같다고 해석해 주셨다. 나는 학교 졸업과 함께 서울을 떠났다. KBS방송국 생활을 강원도 춘천에서 원주에서 계속하고 있었다. 다람쥐처럼 똑 같은 반복의 바퀴를 돌리고 돌리면서 몇 년을 흔적 없이 보내버렸다.

휴가 때는 갈데 없는 나그네처럼 서울에 올라와 어슬렁거리며 지냈다. 근무시간 틈틈이 서울을 목 마르게 드나들었다. 더 이상 스산하고 허기진 서울이 아닐 때 비로서 그 서울에 눌러 앉아 살림을 꾸렸다. 정원에 나무와 잔디를 심고 우물을 파서 연못같이 만들며, 뛰어다니는 아들의 꽁무니를 따라 엎어지며 넘어지며 살았다. 시세계가 조금 밝아졌을까, 그토록 진하게 '피' 니 '눈물' 이니 하던 원형의 서러움을 걷어내고 햇살의 눈부심에 조금씩 다가갔을까, 그러나 나의 시는 여전하다. 내면 속 깊이 쓸쓸하고 쥐구멍처럼 자그맣기만 하다. 쥐구멍에도 해뜰 날은 언제쯤일지……

어찌 어찌하다 시를 공부하는 젊은이들 앞에 서있는 나를 발견하고 내심 놀랄 때가 있다. 시를 대하는 나는 두려움 많은, 옛날 그대로이다. 서울에 처음 내렸던 얼떨떨하고 겁 많은 시골 아이 그대로이다. 더 이상 작아질것도 없는, 잘 보이지도 않는 쥐 구멍 그대로인채 있다.

미당 서정주 선생님을 초청시인으로

박 현 령

내 문학의 씨앗은 일찌기 십대에 이미 가슴속에 뿌려졌던 것 같다. 내가 다니던 남쪽항구 마산여고가 당시 문교부의 도서관 지정 시범학교가 되면서 우리는 멋진 도서실을 꾸며야 할 명이 주어졌던 것이다.

당시 문예 반장이었던 나는 물론 도서실 창설멤버에 뽑혔고 두 서너 명의 후배와 지도교사이신 영어선생님(시인 김세익 선생님)과 본격적인 도서관 운영시스템을 익히기 시작했었다.

방과후 도서반원들은 모여서 새로 구입할 책을 고르고 도서실운영에 대한 구체적인 작업을 밤늦게까지 하면서 도서실의 책 속에 파묻혀서 충만하고 행복한 나날을 보냈으며 가난과 외로움도 모두 잊을 수 있었던 것이다.

나는 그때 이미 마산시내의 남녀고등학교 중 경남도내의 각종 '한글시 백일장' 대회에서 장원이나 우수상을 받은 학생들이 모여서 만든 '동인회' 의 멤버로 정기적인 모임을 갖고 있었고, 시낭송회, 시화전등을 시내의 다방이나 교회에서 열었으며 〈세계문학전집〉이나 〈한국문학전집〉등을 경쟁적으로 읽고, 서구의 클래식음악에도 심취해서 문학예술 사랑에 가슴을 불태우고 있을 때 였다.

금상첨화로 6.25전쟁을 겪은 마산에는 기라성 같은 문인들이 피난을 와서 각급학교에 국어선생님을 하고 계셨고 우리는 그분들과 접촉하고 대화하기 위해서 커피숍과 까페등을 드나 들고 있었다.

우리 동인들은 각자 서울에 있는 대학으로 진학할 부푼 꿈을 안고 장래의 청사진을 펼치고 있었다.

나는 단호히 세계문학의 이해를 위해 영문과 진학을 택했고, 그간 청소년 시절에 약간의 문재(文才)를 인정 받은 것을 믿었던지 현실적으로 경제적인 기반을 염두에 둔다던지 하는 것을 멀리하고 평생 문인의 길을 걷기로 굳게 결심했던 것이다.

6.25이후, 모두들 살기가 어려웠고 페허속에서 재기의 땀을 흘리며, 의식주의 기본적인 해결도 어려운 시절에 재정적인 미래가 보장되지도 않고, 멀고도 험하기만 한 '문학의 길'을 어찌해서 택하게 되었는지 그 환상과 무모한 젊음을 나는 지금도 이해하지 못하고 있다.

나는 대학의 영문과에 입학했고 타향살이 서울에 와서 과외선생, 출판사파트타임 등으로 학업을 계속하다가 휴학을 하고 장학금을 주는 대학으로 전학을 하는 등 졸업반까지 이르게 되었고, '백치 동인회' 회원들은 열심히 습작들을 해서 도하의 각 신문사나 잡지사의 신춘문예에 응모해서 서너명쯤이 당선의 영예를 안고 있을 때였다.

나도 시를 써서 당시 유일한 여성교양종합잡지였던 〈여원〉지의 신춘문예에 응모해서 당선이 되었고, 1958년 대학 3학년 때, 문단의 일각에 발을 드려놓게 되었던 것이다.

그때 〈여원〉지는 유명한 소설가, 시인 들에게 많은 지면을 할애하고 있었고, 내 시를 심사한 심사위원이 서정주 선생님이셨고 소설 심사위원에는 강신재 선생님이 계셨다.

당시 소설 당선자인 박정희는 이후 미국으로 유학해서 도서관학석사 영문학박사가 되었고, 지금껏 평생지기로 나와 교류하고 있다.

1961년 대학 졸업반이던 나는 현실의 각박함에 쫓겨 직업전선에 뛰어들었다. 당시 혁명정부가 개국한 KBS-TV의 신입사원 모집에 응시, 촉탁P.D의 직함으로 올챙이 직장인 생활을 시작, 새로운 메스미디어에 함몰해서 정신없이 뛰고 있었다.

나는 그때 〈문화살롱〉이라는 프로그램을 맡아 대시인 서정주 선생님을 내 프로의 연사로 초청시인으로 모시게 되었다. 사모님과 막내아들까지 대동하고 TV방송국 구경을 오신 미당 선생님께서는 방송을 끝마치시고 나를 반기시면서

"박시인 내가 지난번 〈여원〉에서 시를 당선 시켰으니, 자네는 이제 시인이네! 하지만 본격문예지에 시를 발표해야지 작품을 두 서너편 보내주게, 내가 지면을 알아볼 테니…"

나는 문득 새 메스미디어의 분방함에서 깨어나 시인임을 자각하게 되었고, 미당선생님께 안부편지를 곁들여 작품을 우송했었다.

1962년 미당선생님은 추천사도 없이 〈문학춘추〉라는 당시 창간 된지 얼마 안된 문학지에 내 작품을 게재해 주셨고, 이를 계기로 다시 쟁쟁한 여류 시인들의 동인지인 〈여류시〉창간 동인에 참가하게 되었으며, 이후 KBS-TV에서도 정식 PD의 발령을 받으면서 본격적인 방송생활을 하는 사이사이 〈여류시〉동인에 정기적으로 발표했고, 평생가야 할 '시인의 길'을 바쁘게 바쁘게 여기까지 오게 된 것이다. 후회 없는 선택임을 다짐하면서.

나의 등단

손 길 순

나는 1990년 12월 26일 위 절제 수술을 받았다. 위 상부에 혹이 자라고 있었기 때문이다.

위암의 일종이라 하지만 악성이 아니었기에 항암 치료는 받지 않았다. 위의 90%를 제거하였으니 새가 찍어 먹듯 했다. 65kg의 체중이 50kg까지 줄었다. 그 당시 모 교육원에서 문예창작 수업을 받고 있었고 동인지도 두 권 발간했었다. 그러나 등단의 필요성을 절실하게 느끼지 못했고 그저 글 쓰는 것이 좋아서 즐겨 책을 접하고 써 보는 일상의 생활이었다. 글 재주가 우둔하여 대학 진학 때도 이과 선택을 했으나 문학은 아름다움의 상징으로 나를 매료시켰다. 병상에서 영육의 아픔을 통해 지난날의 삶이 한포기 풀과 다를 것이 없다고 느껴지니 헛되고 헛되며 헛되니 모든 것이 헛되도다 라는 전도서 1장의 말씀이 떠올랐다. 그러나 수 천년을 두고 글의 모태가 되는 고전은, 성인은 옛 사람이지만 그 영혼은 살아 이 시대에도 글의 본이 되어 삶의 지침을 주는 길잡이가 됨을 일깨웠다. 남은 여생 문인이란 이름으로 남고 싶은 욕망이 솟았다. 1991년 3월 동양문학에서 신인상을 받음으로 등단하게 되었다.

1976년 지금의 농원을 개설하여 과수원을 일구어 전원 생활을 한다. 경기도 이천 도드람산 자락이다. 324m의 높지 않은 산이지만 병풍 바위와 잔 소나무가 푸른 숲을 이루고 봄이면 진달래와 철쭉, 벚꽃 개나리로 상큼한 기분을 돋으며 부엉이와 뻐꾸기 숫꿩이 어울려 사는 산이기도 하다. 과수원에는 사과, 복숭아, 자두, 살구, 배, 앵두, 밤꽃 등으로 꽃동산을 이루니 도연명의 귀전원거를 연상하게 했다. 흙과 물의 조화 속에서 피고 지는 계절의 향기, 생물과 무생물의 무언의 대화는 세속화된 나의 마음에 스승이 되어 시 창작에 모태가 되었다.

나는 모 의과대학 예과 시절 교양 과목 국어 교재 〈학생과 문학〉이란 제목을 잊지 못한다. 딱딱한 공부를 하면서 항상 가슴에서 떠나본 적이 없다. 시도 때도 없이 손으로 그려보곤 했다. 지금 까지도 잠재되어 있다. 1961년에 문예 창작과 2학년을 졸업하기도 했다. 지금 까지도 글 수련을 받는다. 15년간 시와 수필을 교육원에서 교수님의 강의를 듣는다. 배움에 끝이 없으니 행복하다. 시와 수필을 쓰면서 나이를 잊게 하며 호흡을 맑게 하고 싶어서다.

지금은 설익은 문인이란 칭호를 면키 어려우나 본이 될 수 있는 글 한 편이라도 남길 수 있다면 글을 사랑하는 마음에 전부일 것 같다. 날마다 책상 위에 책이 쌓이고 읽어야 하고 쓰고 싶어지고 시간이 모자라는 삶이 신의 축복 인 듯 감사한다. 문단의 일원으로 글을 써야하는 책임 막중하나 소속감을 가지고 살며 책임 있는 글을 발표해야 하는 즐거움 더 없는 행복이 아니겠는가? 자연 속에서 나를 기르는 목자의 음성 들으며 오묘하신 대자연의 섭리를 찬양 하고싶다. 인적이 드문 산장에서 외롭지 않고 하루해가 _은 것은 글이 나와 벗이 되어 말을 주고받는 까닭일 것이다. 때로는 문우의 방문을 받으며 자연을 만끽하기도 하고 날아드는 우편물로 소속감에 젖어 자부심이 생기기도 한다. 계절마다 새롭게 느껴지는 감각은 산에서 사는 사람만이 느낄 수 있는 축복인 듯 싶다. 이백의 산중문답으로 등단의 의미를 되새긴다.

그대 무슨 일로 산에 사느냐 물으니 (問余何事栖碧山)
대답 없이 빙그레 웃고 있다 (笑而不答心自閑)
복숭아꽃 물에 떠 아득히 흘러가니 (桃花流水杳然去)
여기는 인간 세계가 아니구나 (別油天地非人間)

나의 문학수업은 아직도 끝나지 않았다

신 동 춘

나의 문학수업은 아직도 끝나지 않았다. 이제 막 시작하려는 마음이 강하게 요동치고 있다. 그러니 무슨 대단한 일이나 치루고 난 뒤처럼 지난날을 조용히 돌아보는 따위의 명상적인 글을 쓰기는 어렵다. 이것이 원고마감이 다 되도록 선뜻 말머리를 헐 수 없었던 이유의 하나인지도 모른다. 정말이지 이 나이에 또 하나의 문학수업을 꾀하는 마음으로 밖에 떠날 수 없는 또 하나의 여행을 눈앞에 두고 바라보는 요즘, 나의 심정은 그리 평온치 못하며 지금까지의 삶의 성과 같은 것은 지우개로 빡빡 문질러 없었던 걸로 하고 싶은 심사다. 그렇게 라도 해서 몇 년째 흠뻑 빠져 온 남미 작가 졸쥬 보르헤스의 흉내를 한번 내보고 싶은 것이다. 그러니까 열심히 수집한 도서관의 장서를 하루아침에 불태워버리는 그의 단편 속의 짱 소리 나게 찬란한 한 장면을 잊지 못해서 하는 말이다. 생이지지(生而知之)는 물론 아니고 학이지지(學而知之)도 못되어 평생을 곤이지지(困而知之)로 밖에 살줄 모르는 역마직성(驛馬直性)역의 살풀이가 아직 남아있는 것이다.

미당(未堂)이라는 이름의 거인과 상봉하게 된 첫 번째 무대는 춘천의 성심수도원의 외국인 수녀들이 경영하는 여자대학 캠퍼스였으며 내 나이가 우리 나이로 서른 넷, 그러니까 때는 1964년 봄이었다. 시인 선생님은 늘 웃고 계셨다. 서울과의 거리를 지도상의 마일수로만 계산해서 골랐던 이 여자대학은 그 때만해도 서울에서 4시간 반이나 걸리는 외진 곳이어서 무엇보다도 교수들을 유치하기가 힘들었다. 그런 형편에서 모셔온 교수님들은 대체로 난 체하기 바빴는데 유독 이 중로(中老)의 시인만은 수녀 교수님을 대할 때나 학생들을 접할 때나 동료교수들과 섞일 때 늘 희색이 만면, 그래서인지 나도 선생님을 대할 때는 곧잘 바보처럼 웃었던 것 같다. 후에 선생님께서 그렇게 말씀하셔서 그런 줄 알았다. 그러다가 영어도 배우고 맥주도 함께 마시자면서 천주교회 자원봉사로 와있는 마리아라는 젊은 독일여교수를 저녁에 초대해달라고 부탁하실 때는 그 표정은 더욱 이크스프레씨브(expressive)했다. 곤이지지를 타고나서인지 고생을 고생인줄도 모르고 신나게 살던 때의 이야기다.

집과 몇 푼 안 되는 재산을 우물우물 말아 삼킨 남편의 광산이라는 것이 막판에는 그 주인까지 현장으로 끌어갔다. 남의 손에 맡길 수도 없거니와 그럴 경비도 없이 손을 털게 된 아이들 아버지를 나는 어린 것 셋을 차고 기다리는 게 일이었다. 온다는 기별이 날아들면 장바구니부터 들고 나섰다. 1주일 정도 머물다 가버리면 일이 손에 잡히지 않는 날이 한창 계속되었다. 그런 대로 봉급이 괜치 않았던 것은 다행스러운 일이어서 장남 생일기념으로는 농가를 찾아가서 돼지 새끼를 사서 기르게 했으며 위로 두 아이에게는 바이올린과 피아노 레슨을 받게 했다. 이를테면 남하는 일은 다 따라했다는 사실. 주일에는 삼형제에게 손수 짠 노란 털쪼끼를 입혀서 나란히 앞세우고 성당엘 갔다. 그 때 죽림동 성당에 오록신부가 보좌신부로 부임하셨다. 지금은 우리 나라 굴지의 번역가이지만 그 때만 해도 새파랗게 젊은 신부(神父)초년생이었다. 〈강원일보〉를 평생의 일터로 삼게 된 평론가 김영기씨가 아직은 춘천에 철따라 오가던 시절이기도 했다. 아이 아버지와 마주치면 춘천 닭갈비집에서 어울려 가느다란 닭다리를 빨며 진로소주를 마시고 '동백 아가씨' 를 부르다가 남자가 느닷없이 '동해의 푸르름이…' 하고 기염을 토하기 시작하면 또 한 남자는 노다지가 묻힌 광산을 끌어댔다.

문학수업시대를 말하라는데 이 무슨 장황한 내 살림 이야기냐고요. 이 모든 것이 내 속에서 엉기고 발효하여 늦깎이 시인 하나를 만든 거라고 믿기 때문에 하는 말이다. 나 자신 시인임을 감히 자부할 수 있는 것이라면 말이다. 그 무렵 일기장에서 옮겨 쓴 몇 편의 토막 글들이『현대문학』3회 추천의 작품으로 햇빛을 보았다. 이건 전적으로 미당과의 해후가 빚어낸 운명적인 사건이다. 이것이야말로 네가 내게로 와서 시인이라 하여…가 그대로 들어맞는 일대사건. 그 무렵 나의 절박함은 내 삶 자체를 알알이 열애하게 했는데 무엇을 향한 간절함인지 모를 간절함을 시창작이라는 행위가 창출해 냈다. 시가 내게 힘을 주었는지 나의 절박함이 시를 낳게 했는지는 아직 모른다. 확실한 건 문학적 창작행위가 버티기 힘든 삶을 버티게 하는 힘을 준다는 확신만은 어쩔 수 없는 나의 믿음이다. 내 문학을 위해 동시대 작가들의 문학을 위해 또 하나의 도전을 시도하는 마당에서 지나온 족적(足跡)을 한번쯤 검증하는 것도 무의미한 일은 아닐터이니.

미당이 가고 없는 하늘아래 나는 폐 하나로 살아남아 그 때의 그 간절함을 되살리며 미당이 둘째를 무릎에 앉히고 풋풋하다고 하며 궁둥이를 토닥거리고 당신의 뺨으로 아이 뺨을 부비시던 소양강 강변의 어죽집의 점경(點景)을 뒤돌아 본다. 강물도 흘러가고 사람도 가고 없다. 그 비슷한 자리에 나는 나를 묻을 자리를 찾아 헤맨다. 사람은 자리 매김이 필요한 사치스러운 동물이기 때문에 멀리, 좀 멀리 와있다.

나의 등단 이야기

신 미 철

예술은 인간 영혼의 그리움이며 영원한 고향이라 할 수 있을 것이다.

더욱이 문학은 음악이나 미술등 다른 어느 분야 보다 인생의 깊이와 폭에 있어서 삶의 희로애락을 보다 심도 있게 손끝에 닿는 감각으로 가슴에 전달해 주는 곰삭은 높은 향기라고 생각된다.

그런 때문인지, 예술의 정수(精秀)라고 할 수 있는 문학의 향기에 매료되어 누구나 젊은 시절에 한번쯤은 작가나 시인을 꿈꾸어 보지 않은 사람은 별로 없을 것이라고 느껴진다.

그런 까닭에 좋은 문학작품은 우리들 가슴속에 불멸의 향기로 타오르는 뜨거운 불꽃임에 틀림없는 것이리라. 어느 시인도, 어느 작가도 나름대로 최선을 다하여 노력하며 자기의 목마른 꿈을 실현 시키고자 노심초사한 과정을 거치지 않을 수 없었을 것이다.

그런 범주에서 나 역시 예외는 아니었다. 소녀시절부터 문학에의 꿈은 가슴속에 파랗게 싹이터, 그 파란 꿈은 나이가 들면서도 집요하게도 미련을 놓지 못하고 끈질기게 따라 붙은채로 세월과 함께 마디가 크고 옹이가 될 줄 몰랐다.

결혼을 하고 애들을 낳아 기르고 나이가 30대 중반을 넘어서려는 데도 그 문학에의 꿈과 그리움은 영 저버릴 수가 없었다. 일부러 멀리 할수록 오히려 더 짙은 보라빛 우수 깃든 향수로 가슴을 메우는 것이었다.

그런 시기에 어느날 나는 신문에서 여성문학인회에서 개최하는 '전국주부백일장'이 초여름 경복궁에서 있음을 알게 되었다. 문득 언제까지나 혼자 꿈만 꾸고 있을게 아니라 이런 기회에 자신의 역량을 시험해 보고 싶은 생각이 들었다. 그 뿐만 아니라 신사임당의 탄신일인 5얼17일 주부클럽에서 개최하는 백일장에도 참석하였는데 그 해에 양쪽 백일장에서 다 입상을 하여 희망을 갖게 되었다.

그 다음 해에도 나는 또 다시 전년과 마찬가지로 두 곳 백일장에 참가하여 이곳 저곳에서 다 상을 받게 되었는데 〈숲〉이라는 제목으로 쓴 시가 우수작으로 당선되어 아침 KBS TV 방송에 출연하여 낭송과 함께 대담이 있었고 덕분에 청와대 육영수 여사의 초청을 받아 다른 입상자들과 함께 방문 했던 기억이 새롭다.(70년대 초)

그렇게 되고 보니 문학에의 꿈은 더더욱 강열하게 불타 오를 수 밖에...

열심히 시공부를 하면서 등단에의 발돋움을 하고 있을 때 그때 마침 남편은 해외 주재 발령이 남으로써 나는 가족과 함께 몇 년 동안 고국을 떠나 생활해야 하는 관계로 어쩔 수 없이 등단의 기회를 몇 년 뒤로 늦춰 보류하지 않을 수 없었다.

그러나 그 당시 나의 갈망과 꿈은 너무도 지극한 것이었기에 나는 이삿짐을 꾸려야 하는 바쁜 일정 속에서도 그 동안 써놓은 시 원고들을 정리하여 한국문학사에서 첫 시집 〈솔바람〉을 출간하게 되었다.

그 시집을 받아본 중견, 원로 문인들로부터 뜻밖에 많은 찬사와 인사를 받았는데 그 중에서 월탄 박종화 선생의 한국적 미와 향취를 은은히 풍겨주는 요즘 보기 드문 청운(淸韻)이 담박한 서정시라고 정성 어린 편지를 써서 보내주시어 지금도 간직하고 있다. 예상대로 나는 4년 가까이 해외(홍콩)생활을 마치고 귀국하였다. 귀국한 다음 해에 박재삼 선생의 추천으로 〈심상〉 신인 상으로 등단하게 되었다. 세월은 벌써 83년이 되는 해였다. 지금도 별로 달라진게 없지만 나는 등단했던 그 당시 활발하게 남들 앞에 나서거나 요즘 신인들 처럼 당당하고 발랄하다 못해 당돌한 것과는 거리가 먼 자세로 조용히 처신하고 있다.

원래 사교성이 부족한데다가 또 다시 해외 발령으로 나가 살다 보니 문인들을 가까이 접할 기회가 없었으므로 그런지 공연히 조심스럽고 부끄러운 마음에서다.

사실 글 쓰는 사람에게 중요한 것은 몇살에 등단 했나 무슨 감투를 썼느냐가 그리 마음 쓸게 못된다고 생각한다. 얼마나 자기를 연마하고 얼마나 끈질긴 노력으로 자기의 고유한 향기가 스며있는 작품을 열매로써 취득 할 수 있느냐 하는 것이 예술하는 사람의 최대의 꿈이요, 궁극적 목적이 될 것 이기 때문이다.

우리가 목이 마를 때 사이다나 콜라 보다 냉수나 보리차 마시는 것이 훨씬 갈증을 해소시키고 개운한 느낌을 가질 수 있듯이 쏟아져 나오는 우리의 신간들도 이제는 좀 더 마음을 기울여 영혼에 안식과 기쁨을 줄 수 있는 순수한고 자연스러운 것이 었으면 좋을 것 같다.

나의 등단 이야기

안 을 현

진갑을 지나 나의 육남매중 막내딸까지 싹쓸어 시집을 보내고나니 온 집안 구석구석이 다 비다못해 부산이 다 비고, 나혼자 버림받은 느낌에 망연자실하였다.

주말부부로 살고 있던 주인을 위시해 86세이시던 시어머님과 나의 건강은 매우 양호하였으므로, 앞으로 줄잡아 30년 이 많은 앞날을 무엇으로 소진할까하는 생각이 들었다. 남다른 재주며 특기, 취미 하나없이 자식키우고 칠대종부노릇밖에 해본 일이 없는 나였다.

고민끝에 한 십년공부하면 내 가슴속에 먹장같이 자리잡은 응어리를 반이나마 토해낼 수 있지 않을까싶어 문학공부할 길을 찾아보았다. 그러던 5월 어느날 제사상을 보러 자갈치 시장으로 가던 중이었다. 차안에서 보니 부산일보사옥에 대형 현수막이 걸려있었고, 거기에는 “부산 여류 시조시인 시화전”이라고 씌여 있었다. 호기심이 발동한 나는 커다란 장바구니를 들고 허름한 옷차림 그대로 차에서 내려 로비로 들어갔다.

로비에는 시화액자들이 걸려있었고 액자앞에는 한복을 곱게 차려입은 시인들이 서있었다. 나는 시인들께 구경을 해도 되느냐고 물어보았다. 흔쾌히 구경하라는 말에 뜻도 잘 모르면서 심금을 울리는구절들에 취해서 바쁜 마음이 요동쳤다. 장을 보고 집에 가서 제사를 뫼시고 다음날 오후에 공책을 가져가서 三十편이 넘는 글을 서서 필사하였다. 우리나라에도 이렇게 좋은 글, 아름다운 언어, 정감넘치는 구절구절의 시가 있구나하는 생각이 드니 나의 주제는 생각못하고 이것이다라는 생각이 들었다.

어릴때부터 웬만한 고시조는 다 외우고 있었으나, 좋다는 생각을 해본 적은 없었는데 액자속의 그림이 한층 더 빛내주었는지 한 눈에 반해버렸다.

열심히 쓰고 있는 중에 반가운 손님이 오신듯 시인들끼리 대화를 나누기에 돌아보았더니 "올 여름방학에 문예진흥원 지원금으로 대각사에서 상설시조학교를 개최하니 여러 선생님께서는 수강생을 많이 모아주세요"라고 부탁하고 가시는 분이 있었다. 나는 옆에 있던 아무나 붙들고 질문을 늘어놓았으나 나를 상대해주는 사람은 없었다. 그러던중에 신군자시인이 한글사전을 사라하며 몇마디를 일러주었다.

그길로 국어사전을 사서 밤새도록 읽고 쓰고 다 외우고 하였다. 나는 시도때도 없이 전화를 하였으나 신군자시인은 귀찮은 기색없이 다 받아주었다. 나는 문덕수선생의 〈시작법〉을 밤을 지새우며 공부하였고, 여름방학이 되자 상설시조학교를 2주간 빠지지않고 다녀 첫 수확을 거두었다.

"二月눈속 피는 매화 十月서리 이긴 국화 저마다 나름으로 한 철을 자랑하듯 동짓달 움트는 내시조 눈꽃으로 피거라"

강습이 끝나자 양원식회장님께서 초등학교 국어교과서 4.5.6학년 1.2학기 6권을 구해주시며 이 책속의 단어만 외우면 거의 문제가 없을 터이니 철자법은 나중에 생각하고 우선 단어부터 공부하라고 하셨다.

나는 어린시절 독립운동가아버지를 두어 항상 따라다니는 고등계형사때문에 일기도 편지도 한장 못쓰고 살아왔다. 나에게 오는 편지도 읽고나면 무조건 불에 태워야했다. 독립운동수사망의 단서가 되기 때문이었다.

하루는 시내에 문학당이 있다기에 찾아가 등록을 하였으나 두시간이 넘게 걸리는 수업은 시하의 며느리가 누리는 은밀한 외도로는 여간 힘든 일이 아니었다. 고민하던 중 시조집으로서는 처음으로 정위진선생님의 "소호리 소경"을 갖게되어 읽으니 너무나 아름다워서 내가 쓰고싶은 말들을 다 써버려서 나는 쓸 것이 없겠다는 생각이 들었다. 선생님께 전화를 거니 반갑게 응답을 주셔서 시어머님께는 자식들 반찬과 식량을 가져다준다고 말씀드리고 서울로 왔다. 마침 정선생님이 김광수선생님의 승낙까지 받아놓아 나의 시조공부는 쉽게 진전되었다. 언어의 가난에 찌든 내가 입문 6년만인 91년에 "눈꽃으로 피려나"라는 이름의 시조집을 내게되었다. 이때 정위진선생님께서 등단을 하고 시인들과 널리 어울려야 시야도 견문도 넓어져 글이 향상된다고 하셔서, 못이기는 척하며 91년도 9월호 문학세계신인상으로 부끄러운 등단을 하게 되었다.

차고 오르기 주춤거리기

엄 영 자

1994년 여름에 내가 살고있는 제주에서 고향의 문학 단체인 '모양문학회' 세미나가 있었다.

고향을 떠나 제주에서 살고있는 지가 30년이 넘었으니 고향 문인들 중에는 낯 익은 얼굴도 있지만 모르는 얼굴이 더 많았다.

문학회 회원들과 어울리는 저녁식사 시간에는 고향 소식들을 많이 들을 수가 있었다.

지나간 옛 시간들이 어제인양 내게 가까이 다가왔다. 내가 단발머리 여고시절 때 고향의 문학단체인 '모양문학회' 는 내게는 선망의 대상이었다. 모교의 선생님을 비롯해서 그때 이미 문학잡지와 신문에 자주 글을 실리던 분들이 많았으니, 내게는 하늘만큼이나 높은 경지에 있는 문학회였다.

이런 분들과 같이 '모양문학회' 라는 거대한 성에 입성하여 글을 써서 동인지에 발표할 수 있는 기회를 주신 분은 모교의 국어 선생님이셨다. 선생님은 내게 기회만 주신 것이 아니고 꿈을 주셨고 자신감을 심어 주셨다.

선생님의 주선으로 '모양문학회' 동인지에 내 시사 실렸고, 내 시가 활자 화 되어 나온 책을 나는 아마 수십 번도 더 읽어보았을 것이다. 회원들 중에서 제일 나이 어린 소녀로 회원들의 보살핌을 많이 받았다.

그때가 후에 등단의 과정을 거쳐 기성문인이 되었을 때 보다 문학에 대한 야망을 더욱 불태울 때가 아니었나 싶다. 결혼하기 전, 대학을 다녔던 몇 해 동안은 문학을 한답시고 동인지를 엮어 내고 동아리들과 어울려 다녔으니 그때까지는 문학과 나는 완전히 결별을 한게 아니었을 것이다.

많은 세월이 흘러가 버렸다. 고향문인들이 등단을 하고 기성 문인이 되어 문단에서 열심히 활동을 하고 있을 때, 나는 살아가야 된다는 현실에 충실한 생활인으로 변해 있었다.

모양문학회 회장이 세미나에 초대하며 시 한편을 낭송해 줄 것을 부탁해 왔다.오래 동안 시 쓰는 일을 멀리해 왔으니 자신이 없어 사양을 했지만, 거듭 부탁을 해 와서 수락을 하고 말았다. 밤이 깊도록 원고지를 붙들고 씨름을 했지만 낭패감만 가슴을 누를 뿐 좋은 시가 써지질 않았다. 자신의 능력을 은근히 믿었던 불찰이 후회되었다.

고향문인들이 떠난 뒤 나는 억척스럽게 꾸려나가던 삶이, 공에서 공기가 빠져나가듯 삶의 의미가 퇴색된 그림처럼 시시해져 갔다. 그뿐 이였으면 좋았을 텐데, 가슴앓이가 시작 되었다. 이런 나를 곁에서 지켜보던 남편은 다시 공부하라고 격려해도 용기가 생기지 않았다. 얼만가의 시간이 흐르고 난 후에 새롭게 마음을 잡고 책을 다시 들었다. 시를 다시 써보기 위해 여러 시인들의 시집도 읽고 이론서도 다시 공부하기 시작했다. 앞으로 공부하며 되지, 최면을 걸 듯, 뻔뻔스러운 자만의 방패 하나를 앞세우고 많은 망설임 끝에 1995년 3월에 나는 다른 사람이 나를 공인으로 인정하는 등단 과정을 거쳤다. 어지간히 수치를 모르는 졸부근성 이었지 싶다.

삶이 항상 둔탁한 방망이로 뒤통수를 치듯이, 문학이라는 회초리는 항상 나를 자근자근 때리며 절망의 모서리까지 몰고 갔다. 만만하게 생각하고 덤빈 것은 아니었지만, 늘 초조하고, 부끄럽고, 무능을 한탄하게 하고, 이토록 고통스러움에서 쫓기면서 발을 빼야지 수 없이 뇌까리기도 했다.

삶을 사는 것만으로도 두 어깨는 충분히 무거운데 무너질 것 같은 어깨에 짐 하나를 더 지다니, 자신의 능력의 한계점은 더 큰 절망감으로 나를 짓눌렀다.

문학인의 대열에 끼어 시집다운 시집 한 권을 엮어내지 못하고 7년의 세월이 흘러갔다.

부끄럽던 시간도, 부끄러움의 흔적도 남기지 않고 사라져 버렸다. 요즈음은 오히려 담담하다. 문학과 인연을 끊는다면 더욱 헤어날 수 없는 늪으로 발을 떼게 될 터이니, 느긋해지자, 천천히 걷자, 자신에게 타이름의 인내를 주문처럼 왼다.

자아에 눈뜨게 해준 문학, 고뇌와 기쁨을 동시에 내게 준 문학, 결코 나는 유명세를 타는 문학인이 못된다는 것을 스스로 잘 알고 있다.

내 시 한편이 이 넓은 세상에서 단 한 사람의 가슴에라도 울림을 줄 수 있다면 나는 시를 쓰는 시인이 된 것을 큰 축복으로 알 것이다.

시가 나를 버리지 않는 한 나는 시인으로 남아 있을 것이다.

힘든 데뷔 관문

왕 수 영

내가 데뷔했을 때는 문학지도 몇가지 뿐이었고 심사위원의 추천을 거쳐 문단에 나오는 것이 통례였다.

나는 연세대학교 국문과 사학년때 어머니날을 기념하여 교내 문학작품 모집이 있었는데 "오월의 모상"이란 시로 장원에 뽑혔다. 그때 심사를 하신 분이 박두진선생님이었는데 선생님이 수상식이 끝난 후 자택으로 오라고 하셔서 방문한 것이 나의 시 수업의 시작이었다.

나는 어릴 때 부터 무용을 했는데 고등학교 때 부터는 프로무용가를 지향했고 안무에 대한 공부를 철저히 하고 있었다. 이화대학에 다니는 언니들을 따라 나도 이화대학 체육과에 들어가겠다고 했더니 언니들은 결사 반대했다.

국민학교(소학교)때 부터 여러차례 시를 써서 상을 타기도 했지만 역시 무용이 나에게는 적성에 맞고 의욕적이었다. 그러나 온 가족이 반대를 하므로 할 수 없이 국문과를 택하게 되었다.

언니들이 너무 반대를 하니까 언니들 다니는 이화대학에는 가기도 싫었고 나와 무용을 하던 친구는 이화대학 체육과에 들어가게 되어 결국 연세대학을 택하게 되었다. 연세대학의 신문인 연세춘추에 가끔 시와수필을 발표하고 드디어는 은사인 박두진 시인을 만나게 되었다.

내가 현대문학을 통해 삼회의 추천으로 데뷔하기까지는 삼 년이란 세월이 걸렸다.

내가 박두진시인께 사사할 때 이화대학 국문과에 다니던 김옥교도 함께 였고 그녀는 나와 나란히 두번째 추천까지 거쳤으나 박두진시인의 너무나 엄격한 지도에 지쳐 마지막 세번째 추천의 도전을 포기하고 말았다.

그녀는 센프란시소코에 이주하였고 나는 외톨이가 되어 시에 대한 미련을 버리고 무용을 계속했는데 일년이 지난 후에 박두진시인께서 세번째 추천을 받으라는 연락이 있어 다시 시를 써서 선생님께 보이곤 했다.

1961년 현대문학 8월호에 선생님의 추천사와 함께 추천 완료로 문단데뷔했던 감격은 어제 일 처럼 생생히 떠오른다.

나는 현대문학 8월호를 다섯권 사들고 밤열차로 부산의 아버지에게 달려갔다.

일찍 어머니를 여의고 아버지에게 자란 나는 아버지에게 시인이 된 감동을 제일 먼저 전하고 싶었다.

새벽에 부산에 도착하여 집으로 갔더니 당시 병원을 개업하고 있던 의사인 아버지는 일직부터 환자를 보고있었다.

나는 막무가내로 아버지품에 뛰어들어 "나 시인이 되었어요"하고 울었다.

내가 데뷔하던 시절에는 서울의 명동에 〈갈채〉라는 다방이 있어 당시 유명한 문인들을 거기서 만날 수 있었다.

김동리, 조연현, 손소희, 한무숙, 강신재, 황금찬, 이범선, 황순원, 천상병, 김종원, 박재삼 등 많은 문인들이 갓데뷔한 병아리 시인을 축복해 주었고 데뷔하면 누구나가 주목해주어 병아리들은 가슴이 벅찼다.

나의 첫 추천작품은 시 〈불을 지르리〉였는데 첫번째 추천 부터 화제에 올랐었다.

세번째 추천으로 완료를 하여 문단에 데뷔한지 7년만에 첫 시집 〈화문의 영토〉를 출간했다.

당시에는 출판기념회를 거의 〈호수그릴〉에서 했는데 나도 선배 문인들의 뒤를 이어 〈호수그릴〉에서 출판기념회를 가졌고 선배 문인들의 축하를 받으며 행복에 젖던 때가 새삼스럽다.

일본에 살면서 일본말로 생활하고 일본어로 문장을 쓰고 일본어로 책을 출판하고 있지만 시만은 우리말로 쓰고 우리잡지에 발표를 한다.

한국국민은 누구나 시인이며 시를 사랑한다. 나도 그 속의 한 사람이다.

비록 이국 땅에 살고 있지만 우리말로 시를 쓸 때가 가장 편하고 객지의 고생을 이겨나가는데 큰 구원이 된다.

어질고 순후한 모국어의 마술사, 시인 박목월 선생님

유 안 진

몇 년전 〈지금 알고 있는 것을 그때도 알았더라면〉이라는 책이 있었다. 이 글을 쓰려니, 박목월 선생님에 대한 지금의 생각이 바로 "지금 알고 있는 것을 그때도 알았더라면" 선생님께 좀 잘 해드릴 수 있었을 텐데... 마음만큼 못되더라도 전화라도 좀 드릴 수 있었을텐데... 그때는 선생님이 왜 그렇게 두렵고 어렵기만 했던지, 어디서 우연히라도 마주치게 될까봐 걱정까지 했으니까. 내가 어린 만큼 선생님을 대하는 태도도 마음도 미숙하고 어리석어서, 차라리 가까이 가지 않음으로서 마음 편하려고 했었으니까.

처음 인사를 드리고 현대문학에 첫 추천을 받기까지, 2년 정도의 기간이었다. 65년 첫 추천 직후 지방의 어느 여중고교에 취직하면서 2회 3회의 추천을 받았으니까, 선생님을 직접 뵈을 수 있었던 것은 도합 10회 남짓밖에 못되었으리라. 그렇다고 선생님의 교실강의를 들으면서 대학을 다닌 처지도 아니였으니, 선생님에 대한 별다른 추억이 있을리는 없다.

그러나 아주 띠엄 띠엄 뵈왔지만, 선생님은 시에 너무나 엄격하신 도사(道士)이셨다. 습작원고를 가져가면, 선생님은 원효로 4가 로타리에 있는 삼정다방으로 나오시곤 했다. 헐렁한 한복차림으로 대님조차 매지 않으신 채, 스포츠형 머리를 크고 굵은 매디의 손가락으로 연신 쓸어올리시면서, 죄인처럼 내놓은 내 원고를 읽으시고는,

"차암 좋다" 한마디 하시고는, 입을 벌린 채로 턱을 들어 허공을 한참이나 바라보시곤 했다. 그리고는 기대에 찬 내게, 단호한 표정에 엄격한 어조로 말씀하시곤 했다.

"유군! 나는 시 몇 편 잘 썼다고 시인을 맨들어줄 수는 없네. 자네 알제? ㅇㅇㅇ보게. 시 몇 편 좋다고 시인으로 추천을 해 준 사람이 기백(幾百)은 되지러 아마. 그 중 아직도 시 쓰는 사람은 다섯 손가락도 못 꼽아. 문학을 전공하고 시인된 시인들도 힘들면 언제 시를 썼나싶게 시를 버리는데, 유군은 국문과 영문과도 아닌데, 시 몇편 좋다고 시인으로 추천했다가, 사는게 힘들어지고 바빠서 시 안쓰면 추천한 나는 뭐가 되노?"

이 말씀에 나는 시인되기를 포기했다. 절대로 날 추천해주실 분이 아니라는 생각이었으니까. 그후 가망 없는 나는 다시는 습작원고를 보여드리지 않기로 마음먹고, 이따금 원고나 뒤적거리다가, 마음이 바뀌면 우편으로 부치곤 했다. 그리고 아주 잊어버렸는데, 책방에서 현대문학을 보고 추천이 된 것을 알았다.

그랬다. 박목월 시인은 시인 하나를 추천하는데 그렇게 엄격했고 그렇게 인색했다. 훗날 그가 어떤 시를, 어떻게, 얼마나 오래 쓰며, 죽기까지 시인으로 살 것인지를, 짚어보고 헤아려보신 다음에야 추천해 주셨다. 그래서 어떤 시인은 추천받는 데만 11년이 걸렸고, 어떤 제자는 선생님댁 대문을 발로 박차고 울부짖으면서, 다시는 이문간을 넘어서지 않겠다고 소리치고 나왔고, 어떤 이는 박목월이라는 이름만 들어도 소름이 끼쳤다는 얘기를, 선생님의 20주기때 모여 성토하고 실토한 적도 있다. 그래서 선생님의 제자들은 고작 20명안밖이고, 또한 다들 어렸다. 대부분 학생이었던 어린 제자 중 몇몇은 선생님께서 친히 취직 시켜주셔야 했고, 나머지는 취직도 못했거나 했더라도 제 밥벌이도 못하는 어린 아이였었다. 이점이 선생님께는 매우 죄송스러웠다고 우리제자들은 회고한 적도 있었다. 그래서 선생님께서 좀더 오래 사셨더라면, 우리모두 시를 버리지 않고 계속 쓰면서도 제 밥벌이도 하고 있는 모습을 보여 드릴 텐데라고 탄식도 했었다.

2년간의 교직에서 대학원을 가고 싶은데 국문학으로 바꾸면 어떨까 의논을 드렸더니, 선생님께서는 그대로 교육심리학을 하라시면서 더 큰 집을 짓자면 기초가 넓고 튼튼해야하는데, 내전공이 더 도움이 될거라고 조언해주셨다. 또 내가 시골학교 교사로 있던 어느 첫눈 오는날, 예고도 없이 눈을 맞으며 정문으로 들어오시는 선생님을 보고 얼마나 놀라고 황송했던지, 그날 교장 선생님이 마련한 점심자리에서 처음으로 맥주를 따라드리다가, 그만 잔에 넘쳐버려 어쩔줄 몰라하는 내게,

"유군 맥주는 이렇게 따르는거야"하시며 시범도 보여주셨던 선생님! 그일 후 나는 어디서든 절대로 술은 따르지 않으면서, 목월 선생님께 맥주 따른 얘기를 하곤 했으니, 아마도 그런때마다 저 세상의 선생님도 순후한 아이웃음을 웃으셨을 듯.

'시'에 중독되다

윤 향 기

처음 시를 만난 것은 여고시절이었다. 그러나 시를 정말 사랑하게 된 것은 성년이 된 후였으며 사랑의 갈증을 느끼기 시작한 것도 그때부터였다. 먹어도 채워지지 않는 허기짐. 아이를 셋이나 낳아 업고, 안고, 손잡고 걸어도 전혀 포만감을 느끼지 못했다. 기저귀를 헹구면서도 파란 하늘에 손이 베이면 눈물이 흘러 내렸다.

내 그림자에 기대어 온통 눈물범벅인 여인이 또 다른 나라는 것을 알아차리는데는 그리 시간이 오래 걸리지 않았다. 이럴 수는 없어. 이건 아니야. 그늘에서 울지 말고 일어나야 돼.

얼른 눈물을 닦고 습기 찬 일상으로부터 해방되고 싶었다. 보이지 않는 길 밖의 어딘 가로 가고 싶었다. 하늘에 이를 수만 있다면 가지 끝에 매달린 한 점 이슬이라도 좋았다. 혼신의 힘을 다해 마지막 수액을 빨아올려 하늘에 닿는 가지로 키웠다. 하늘로 올라가는 유일한 통로가 되었다.

지구로부터 멀리 여행을 떠났다. 아무 것도 아니었다. 매달려있던 푸른 기억쯤은…….

평생교육원 박물관 대학, 문학센터에서 알찬 시간과 만났다. 상실감을 치유해주는 유일한 약, 나에게서는 마약 그 이상이었다. 낯설고 힘들었지만 멈출 수 없는 즐거움으로 늦은 등단을 하게되었다. 삶에 있어 없어서는 안 되는 명제로 부각된 나의 시! 시를 통하여 나를 인지하게되자 이제는 자신에게서 값진 존재감과 희열을 만끽할 수 있게 되었으며 가정과 더 없는 조화를 이루어나가게 되었다.

몇 번, 몇 번, 몇 번의 사계(四季)가 시에 중독 된 채 지나갔다.

말의 섬을 돌아 몸의 울림 역을 지나 영혼의 역 '시'에 무사히 도착했다.

조금 느리게 걷기 시작했다.

머언 길을 돌아와 내 안에서 나를 찾는 여유까지 생겼다.

한때는 구원이었고 희망이었던 사랑하는 시를 살면서
나의 백골 옆에 기꺼이 함께 누워줄 시를 쓰면서
울다가 지친 삶조차 살아있는 자의 행운이라는 것을
이. 제. 는. 안. 다.

나의 등단 이야기

윤 희 선

불타는 듯한 저녁노을이 무척 아름다운 날이었습니다.
서녘하늘엔 오색 채운(彩雲)이 머흘러가고 꿈결 같은 무늬들이 아로새겨졌습니다.
괜스레 마음이 설레였습니다.
필시 어떤 좋은 일이 있을려나……

소설을 썼습니다. 언제부턴가……
고만고만한 나이에 겪어온 세상사(世上事).
유리알 같은 투명한 심안(心眼)에 비친 모든 것, 등이 쓰지 않으면 견딜 수가 없어서 써내려 가기 시작했습니다. 그리고 시(詩)를,
'이것이 인생(人生)이구나!' 깨달음의 알음알이들,
불보살(佛菩薩)을 친견하듯, 남해 보리암에서의 기원
한 번 뿐인 인생을 '의미있게' 영위해야 겠다는,
바닷가 소라껍질을 줏어담듯 한 바구니 가득 찼을 때 나는 마침내 피리어드를 찍었습니다.

모처럼 아들과 한 편의 영화를 보고 집으로 돌아오던 어느 다리 위에서의 일이었습니다.

그날 나는 마침내 한 봉의 당선통지서를 받았습니다.
드디어 시인(詩人)이 된 것입니다.

박남수 선생님과의 만남

-받으실 수 없는 回信을 띄웁니다-

이 경 희

선생님을 처음 뵈온 것은 50년대말쯤 『문학예술』사 편집실에서 였지요. 김영태 시인과 함께 였습니다.

당시(57년) 저는 홍익미술대학 도서관에서 일을 하고 있었고 김영태 시인은 미술대 서양학과 학생이었지요. 김시인은 제 아우와 경복고등학교 동기생으로 형제처럼 스스럼 없는 사이라 도서관에도 자주 들르고 또 수업이 끝나면 하교길에 함께 와우산을 넘어 신촌 로터리까지 걸어나오면서 석양을 등에 지고 우리들의 키를 두배로 길게 비춰주는 환상적인 그림자를 따라 이런저런 그림이야기 문학이야기를 나누며 때로는 삶에 대한 강한 부정과 또 대로는 절망 속에서도 긍정적인 생각과 일상의 조그마한 희망들도 이렇게 우리키 두배의 그림자처럼 두배로 다가왔으면 좋겠구나 하는 생각도 했습니다.

어느날 김시인과 함께 지금 스카라극장(그때 수도극장) 건너편쯤이라고 기억되는 곳에 국제보도연맹 건물이 있었는데 그 목조건물 3층에는 선생님과 동향이신 예우 극작가 오영진 선생님의 극회사무실이 있었지요, 그 2층 구석방『문학예술』사에 선생님께서 나와 계신다는 것을 알고 찾아뵙게 된 것입니다. 처음 찾아간 저희들에게 선생님은 하시던 일을 밀어놓으시고 과묵하시면서도 편안한 분위기로 말씀을 많이 해주셨습니다.

김영태 시인은 그림으로나 글로나 그 끼가 뛰어나 단번에 예술가 형상으로 아마 선생님께서도 짐작되셨을 터이지만 저는 감히 시인이 되고자 하는 생각에서가 아니고 시와 함께 살며 시인을 동경하며 시처럼 살아갔으면 하는 좀 허황된 꿈을 지닌 다시 말해서 시적인 삶을 살아가고자 하는 것을 더 동경했는 듯 싶습니다. 그리하여 선생님 모습을 통해 선생님 생각을 통해 그렇게 시인처럼 살아갈 수 있을까를 배우고 싶었던 것입니다.

그후로 가끔 선생님을 뵈올 적마다 아! 선생님께서 꿈의 실타래의 실마리를 끌어내 주시고 계시는구나 하는 것을 차츰차츰 알아가게 되었습니다.

혜화동 로터리에 가나안 다방, 광화문 조선일보 뒤켠에 유성다방, 관철동 골목에 『심상』 편집실에서 선생님을 가끔 뵈올 수 있었지요.

선생님댁이 명륜동 1가에 있었고 저의 집이 명륜동 3가에 있어 선생님께서는 혜화동 가나안 다방에 가끔 나오시어 문우들과 담소하시는 모습을 뵈올 수 있었습니다. 거기서 한달에 한두번 뵈올 기회를 주셨습니다. 선생님을 통해서 참으로 시인으로서의 삶을 살아가시는 모습을 점차로 알게 되었습니다.

제가 습작노트를 들고 선생님 앞에 내어놓기를 주저하고 있으면 선생님께서 먼저 노트를 펴보라 하시며 정성스레 읽어주시면서 비유와 메타포에 관해 일깨워 주시던 안경 넘어 선생님의 눈빛과 말씀이 서언히 떠오릅니다.

또한 선생님의 시와 선생님의 삶의 모습은 참으로 똑같구나 하는 것을 깊이 느꼈습니다.

60년대 혜화동 모습이 40년이 지난 지금도 동양서림이 그곳에 있고 조그마한 우체국과 그 로터리의 분수도 크게 변하지 않았지만 주변 우석병원 자리에 높은 아파트가 들어서고 고가도로가 생기고 대학로가 들석들석 하지만 그 가나안 다방이 있던 골목은 지금도 크게 다르지 않습니다. 찻집은 없어지고 무슨 맥주집이 들어섰고 다만 세월만이 흐르고 사람들이 떠날 뿐이지요.

그때는 누구라도 대체로 그런 형상이지만 전쟁의 상처를 안고 제가 깊이 허무감에 빠져 인간능력의 무력함과 한계성에 대해 강한 회의를 느끼고 있을 때 선생님께서는 '인간도 자연의 일부임' 을 조용히 강조해 주셨습니다. 그때 그 말씀을 그 당시는 곧 수긍할 수 없었는데 시간이 흐를수록 그 말씀을 깨우쳐 가게 됩니다. 그리하여 지금은 저보다 어린 사람들에게 선생님 하신 말씀을 그대로 전하여 이야기 하고 있지요.

선생님은 저에게 희망의 실꾸리의 실마리를 찾아내 주셨습니다.

63년 5월 8일자 한국일보 지면 '신록여류시' 란에 〈분수(噴水) I〉, 〈길〉을 추천하여 시를 쓰도록 이끌어 주셨습니다. 선생님의 뜻을 따라 부정적인 것에서 긍정적인 것으로 이끌어 가고자 하는 마음이 바로 저의 시정신이 되었습니다.

80년 11월에 첫 시집을 준비하면서 멀리 이국에 계신 선생님께 진흥원의 지원을 받아 시집을 엮게 되어 그 기쁨을 먼저 알려드리고 싶었으며 또 졸시집에 선생님의 말씀을 받아 뽐내보려는 저의도 담겨있었음을 고백합니다. 얼마후 선생님께서는 그 단정한 필치로 과분한 서문을 보내주셨습니다. 선생님의 말씀을 따라 잘 삭아서 성숙하여 감미로운 포도주가 익어가듯 해야할 터인데, 반성과 자책으로 가득합니다.

그후 「청미회」 동인으로 참여해 시를 생각하고 또한 시를 살아가고저 흐른 세월이 벌써 40여 성상이 지났습니다.

고국을 떠나 낯선 땅에서 외로이 떠나신 선생님!

그 특유의 과묵하신 미소로 모든 문우들 후배들을 감싸주세요. 선생님의 시정신을 따를 수 있도록 이끌어 주시옵소서.

왜 문학을 하려 했던가?! 그리고 오늘

이 영 춘

내 젊은 날은 어둡기만 했다.

고등학교 때부터 "자살감"이란 별명이 붙었다. 그 이유는 너무 염세적으로 우울했기 때문이다. 염세적인 이유는 일찍이 부모품 봉평을 떠나 객지 생활, 즉 유학이란 걸 하다 보니 그리 되었다. 참으로 우울했다.

매일매일 집에 가고파서 울면서 지냈다. 그것이 '그리움의 정서'란 것을 나중에야 알았다.

새학기가 되어 아이들은 신이 나서 교정이 떠나갈 듯 환성을 토했다.

그러나 나는 외로이 2층 창가에서 녹아 떨어지는 고드름을 보며 숨죽여 울었다.

그 때부터 뭔가를 끄적이기 시작했다. 그리고 문예반을 열심히 쫓아다녔다. 또 한 가지 고백하자면 뭔가 다른 애들보다 못하다는 열등감도 한몫을 했다. 객지에 나오니 생활환경도 다르고, 말투의 억양도 다르고, 공부도 뒤쳐지고, 어느 하나도 신통한 것이 없었다. 그러니 결국 내 문학은 외로움과 열등감에서 시작되었음에 틀림없다. 이런 말은 다른 작가들도 많이 하지만 나 또한 사실임에야 어찌하랴! 이렇게 고교시절을 어둡게 보냈다. 그리고 지금은 그 기억들이 덕지덕지 박힌 나의 모교 교정에서 교장노릇을 하고 있다.

가난하던 대학시절, 역시 마찬가지였다. 돈이 없어 동대문에서 휘경동까지, 혹은 휘경동에서 종암동까지 걸어다니기가 일쑤였다. 그 일대는 내 우울의 혹은 문학의 그늘이 싹튼 산실이었다.

눈오는 겨울날 군밤 한 주먹을 사서 주머니에 넣고 동대문에서 휘경동까지 걸으며 푹 고개 숙인 이방인으로 군밤의 온기가 다 식을 때까지 걷고 또 걸었다. 마치 발끝에서 무어라도 찾으려는 사람처럼, 혹은 금방 이 지구를 벗어나 증발해 버리려는 사람처럼 그렇게 방황했다.

시라는 것은 한 줄도 못 쓰면서 그저 헤르만헷세의 "하늘을 가로 질러 구름은 흘러가고/ 흘러가는 들반을 가로질러 헤매는 것은/ 방황하는 우리 어머니의 자식일세/" 이런 시를 무지 좋아하면서 끝없이 끝없이 방황하였다.

그러면서 차츰 눈을 뜬 것이 쓴다는 일이었다. "시는 자연스런 감정의 발로"라는 폴 발레리의 말이 아니라 하더라도 자연스레 일기를 쓰듯 뭔가를 써야만 _다. 쓰고 나면 시원한 기분이 들었다. 마치 신들린 사람이 뭔가를 풀어내지 못하면 병이 난다는 듯이 말이다. 그래서 쓰기시작했고 등단을 꿈꾸기 시작했다. 등단이란 솔직히 말하자면 나를 드러내보자는 열등감의 역설적인 표현일 수도 있다.

당시만 해도 문예지가 5-6개 밖에 없던 시절이었다. 〈현대시학〉, 〈심상〉, 〈월간문학〉, 〈현대문학〉에 나름대로 열심히 투고했다. 어디에 먼저 걸리든 가장 먼저 걸리는 문예지로 등단하자. 라는 그 생각이었다.

1975년 어느 날 〈심상〉지에서 엽서가 날아왔다. "이번에 본선에서 탈락되었으니 좀더 분발하라고." 그러면서 관념어가 많아 이미지가 살아나지 않는다는 그런 격려의 말도 있었던 것 같다. 나중에 알고 보니 이건청 시인이 거기 〈심상〉에 근무하시면서 보냈던 것으로 기억된다. 또 나중에 어느 좌석에서 박동규 교수님은 우리 문예지로 나왔더라면 좋았을 것을......라며 흘리셨다. 물론 인사 치레의 말씀일 수도 있겠지만 인상깊은 말씀으로 지금도 내 귀에 남아 있다. 또한 〈현대시학〉 전봉건 선생님께서 어느 날 김규동 선생님과 같이 춘천에 오셨을 때 "이영춘씨

보러 일부러 왔다"는 말씀을 하셨다. 그래서 그분이 운영하시는 문예지로 다시 등단해 볼까 하는 생각이 들어 다시 등단할까요? 했더니 굳이 그럴 필요는 없다고 하셨다. 왜냐하면 등단연도가 중요하기 때문이란 것이다.

그게 1978년 가을, 춘천 공지천 이디오피아의 집에서였다.

등단은 이미 1976년 한국문인협회기관지인(당시조연현이사장) 〈월간문학〉7월호에 〈바다〉와 〈빛〉이 이동주, 김규동, 김요섭 선생님의 심사로 등단된 지 2년 후의 이야기들이다.

지금은 길을 가다가도, 혹은 목욕탕에서도 "어이! 김시인, 이시인, 박시인" 부르면 모두 다 돌아다본다는 말이 있듯이 시인도 많고 문예지도 많다. 그래서 희소가치도 적다. 그러나 내가 등단할 그 당시는 시인이라면 꽤도 멋있고 지적수준이 높은 사람들! 그래서 저축통장에도 "명사"라는 도작을 찍어 주기도 했던 시절이었다. 그래서 행복했다. 또 지금도 나는 행복하다. 왜냐하면 내 감정을 내 스스로 다스려 내 온 몸 속에 숨어 있는 어떤 정서의 한을 실꾸리 풀 듯 술술 풀어낼 수 있기 때문에 나는 내 삶에 대해 오붓이 감사할 뿐이다.

내 문학의 고향

이 옥 희

태풍이 지나간 하늘은 맑고 구름도 모처럼 제 색깔을 찾은 듯 깨끗하다. 2002년 6월은 월드컵 4강 진출로 지구촌 전체가 환호와 열기로 벅찼다. "우리대한민국" 가슴과 가슴이 한데 뭉쳐 용광로의 불길로 뿜어올린 화합과 신명의 순간들, 그것은 곧 우리민족의 끈질긴 집념과 저 밑바닥에 녹아있는 한(恨)의 뚝심 같은 저력이 아니고 무엇이였겠는가!

그러나 그 모든 것은 아쉬움을 남긴채 흘러간 시간에 불가할 뿐…기쁨뒤에 오는 쓸쓸하고 허전한 반대현상의 극복은 다름아닌 우리의 몫임을 깨달아야 할게다.

내가 처음으로 글을 쓰기 시작한 것은 초등학교 5년 때 산문 숙제를 발표한 것이 우수상을 받았는데 제목은 〈비오는 날의 우리 동네〉… 쏟아지는 빗속의 향학길은 진흙탕물에 발목까지 깊이 빠져서 꼼짝달싹 못하던 내 모습이 생쥐처럼 초라하였다는 줄거리다. 그리고 '방인근'의 소설 〈애인〉을 읽다가 '키스' 단어가 나왔는데 그 의미를 중학교 1년 때서야 알고 얼굴을 붉혔다면 요즘 아이들은 바보스럽다고 웃을 것이다. 또 3학년 때는 문예반을 이끌면서 교내 글짓기 대회에서 장원을 하였고 그 시에 음악선생(함이영)이 곡을 붙여 소녀회 노래로 불렸다.

6월이 오면 내 고향 부산 동산리 보리밭에 누렇게 익어가는 이삭들이 보고싶고 마알간 눈동자의 소년도 그립다. 57년 부산여고 3년때는 학원

문학에 점유(占有)시가 당선되어 이름이 알려졌다.

부산대학교 때는 조병철 선배와 동아대학교 조순, 김태수 외 몇 명이 일요회를 만들고 〈성화〉 동인지도 발간하며 조향 교수와 이승자 선생께서 현대시에 대한 이론과 낭송시간들로 문학도의 열정을 불사르기도 하였다. 내가 사회 첫 발을 내딛던 61년 어느날 동아일보 광고란에 여군장교모집(도미유학가능) 기사를 읽다가 나는 무엇에 홀린 사람처럼 그렇게 열망하던 문학의 길을 외면한 채 여군의 길을 택했다. 아마도 까마득한 미지를 꿈꾸며 더 넓은 자유천지로 날아가고픈 욕망이 그 문으로 들어가게 했는지도 모른다. 하지만 여군의 세계는 단절과 눈물로 얼룩진 자기와의 고독한 싸움이었고 그럴 때마다 나를 위로하고 일으켜 세운 것은 가슴 깊숙히 침잠해 있는 문학에의 염원을 시로 쓰는 일이였으니…

20여년 결코 짧은 흐름이 아니라, 청춘의 황금기를 고스란히 회색의 벽속에 가둔채 고뇌하고 인내하면서 선택한 내 인생행로에 충실했다. 도미유학(1969~70년) 국가고시를 치르고 미국 '아라바마주, 아내스톤' 여군학교에 입교하여 고등군사반 영어과정을 1년간 마치고 돌아와 교관실장(여군의 교육담당)을 하면서 때늦은 등단을 했다. (1974년 현대문학으로 '백치의 일상', '야영지', '햇살이 엉켜 흐르듯' 외 2편)

1976년 시집 〈햇살이 엉켜흐르듯〉 상재 후 황명 선생께서 시분과 회장하실 때 문인협회에 가입하였으나 적극적인 문학활동은 할 수 없었고, 참으로 안타까웠던 것은 내가 시인이라고 여군에 알려진 그날부터 내 군생활은 먹구름이 덮히고 미운오리새끼 꼴이 되어 걸핏하면 멀리 예하부대로 전속을 다니는 불행을 짊어졌다. 전라도 광주, 전주, 원주, 1군사령부, 그래도 1군사령부에 근무할 때는 개인 시화전도 열고 때문에 여군 상관들로부터 욕도 먹었지만 오히려 즐거웠다. 그 후 여군단으로 복귀하여 교수부장 직책을 맡고 하루 6시간씩 강의를 할때는 고달픔도 있었지만 가끔씩 문인들을 만날 수 있는 여유가 생겨 다행이기도 하였다.

미당 선생님은 출판기념 강연이 있을때면 내 짚차를 이용하셨는데, 한날은 유니폼 입은 내 모습을 유심히 보시다가 "참 신기하군 문과무(文武)를 겸비한 여성이 이렇게 아름다운 줄 몰랐구면…"하고 환하게 웃으시던 기억이 난다. 사람은 가고 그림자들만 남아서 애제자 수제자 라고 어디든지 나서는 이들을 보노라면 왠지 쓸쓸해 진다. 나는 이날까지 별로 자랑할 것도 하지도 못하고 살아왔다. 오직 주어진 내 길목만을 딛고 열심히 가능한 완벽하고 정직하게 있는 그대로의 모습으로 '외유내강' 아닌 '외강내유' 의, 그래서 인지 늘 혼자 부족한듯 살아왔다.

이제 모두를 비우고 덧없는 것들에 연연하지 않는다면 남아있는 삶은 보다 윤택해지리란 생각이다. 내 안에 도사리고 있는 어둠의 그늘까지 말끔히 걷어내면서…

오늘은 유리창에 앉은 햇살이 유난히 빛난다. 되돌아보면 내 시의 고향은 안개속에 둘러쌓인 산자락처럼 아쉬움 속에서 언뜻언뜻 형체를 들어내고 있다.

늦깎이 등단의 변

이 화 국

나의 등단은 1990년 월간 "현대시"를 통해서였다.

등단할 했을 때 나이는 자그만치 53세였다. 시를 쓰면서 등단 쪽에 조금만 관심을 두었더라도 그렇게 늦깎이가 되지는 않았을 것이다.
습작 기간이 8년여가 되었을 때 오히려 주위에서 등단 문제를 걱정해주었다.

결과적으로 등단이 늦은 것은 자랑도 아니고, 신중을 기하며 습작 기간을 오래 거쳤다고 해서 글을 더 잘 쓴다는 보장도 없다는 것을 이제 깨닫는다.

늦게 출발한 고로 남보다 더 열심히, 더 멀리 뛰겠다는 생각에 등단 10년 사이 시집을 6권 발간 했고, 등단하자 늙어버려 머리만 하얗게 세었을 뿐 무엇으로 보나 문단의 원로는 아니다.

문학인구 중에 시인이 제일 많아서 사실 같은 시의 길을 가면서도 누가 누구인지 알기는 어렵다. 때론 글 따로, 얼굴 따로 기억할 때가 많다.

이런 형편이니 늦깎이 등단 신인(?)의 얼굴을 남들도 알 리가 없다.

문제는 쎄미나라던가 심포지움이 있을 때, 문학기행, 정기총회 같이 사람이 많이 모일 때 알려진 중진들은 상좌로 안내 되거나 좇아가서 인사를 하는 사람이 많은데, 가끔 씩 나를 문단 원로인 줄 알고 정중히 인사하면서 자리를 비켜주는 사람을 만나면 오히려 당황스럽다. 원로, 중진도 아니고 그렇다고 신인도 아닌 나이 지금 65세다.

학창 시절에 뛰어난 문재도 없었으며 학생 백일장 같은데 나가 입상한 경력이 없음은 물론이다. 그러나 국어시간은 즐거운 시간이었고 대학을 국문과에 적을 두면서 시보다 소설 읽기는 게을리 하지 않았다.

그래서 꽁트나 수필, 단편과 중편을 수월찮이 써보기는 했다. 그러나 시에는 별 취미가 없었다. 김소월의 시 외에는 읽어도 그 의미가 마음에 닿지를 않으니 재미나 맛을 알 턱이 없었다. 철이 덜 나서 그랬을 터이다.

평이한 세상을 살면서 나이 먹고, 안일에 빠져 있을 때 풍파가 들이닥쳤다.

이 풍파에 깜빡 죽었다 깨어나니 세상이 다시 보였다. 그 때 나는 혼자였다.

문학소녀적인, 다분히 감상적인 그런 외로움이 아니었다. 골수에 사무치는 고독과 마주치는 순간에 시를 만나게 된 것이다.

시는 내가 세상적인 때묻은 것들을 잃었을 때 찾아와 주었다.

아마 시는 깨끗한 자리가 아니면 앉지를 않는 모양이었다. 지금도 그렇다. 생각에 조금만 먼지가 끼어도 금방 뒷모습을 보인다. 그렇게 운명처럼 시를 만나면서 인생의 가치가 뒤바뀌는 역사가 일어난 것이다.

이제 시 없인 못 산다. 그리하여 모래사장처럼 낮게 깔리어 시 하고만 논다.

〈모래는 바다가 좋다〉

모래는 키를 높이지 않는다 / 탑이 무너져 모래가 될지언정
모래는 자기 맘으로 탑이 되거나 / 높은 벽으로 서지 않는다
한번은 바벨탑을 쌓아 하늘로 / 올라 서보았던 모래
저 하늘의 별을 딸 수 없다는 / 슬픔을 배운 뒤론
모래는 키를 높이지 않는다
그 때부터 모래는 세상 제일 낮은 / 바다 곁에서만 산다
아이들이 모래 속에 / 조개껍질 같은 예쁜 손을 넣고

"헌 집 줄게 새 집 달라" 빌면 / 모래는 바닷물로 귀를 씻고
세상서 제일 낮은 바다가 좋아 / 바다와 몸 섞으며 몸 씻으며
아기처럼 엎치락 뒤치락 / 딩굴딩굴 바다하고만 논다.

지금은 등단제도에 문제가 많다는 생각이다. 단지 등단 연수로 따져 원로니, 중진이니 구분한다면 늦게 등단해 좋을 이유가 없다.

이를 먼저 아는지 시 몇 편 쓰고 등단이란 꼬리표를 단 사람들이 쏟아져 나온다. 내가 20대에 등단하고 휴면기를 두었다가 50대에 왕성한 작품 활동을 재개했다면 등단 40년의 연조가 되는 것인가 생각 해본다. 물론 잘 쓴 글로써 평가 받아야 하겠지만 장유유서(長幼有序)가 전통이었던 나라에서 나이는 원로급인데 등단이 늦음으로 신출내기가 되어 말석에서만 맴도는 일이 과연 기쁘지만은 않다.

늦게 철난 사람의 만시지탄(晩時之歎)이라고 해두자.

깊고 푸른 세계여

이 희 만

언제부터인가? 까마득히 먼 시간 나는 보고 듣는 것 느끼고 그리는 것을 글로 표현하고자 욕망하기 시작했다. 중학교 때 나는 '명경'이라는 동인을 구성하여 동인활동을 한답시고, '라이락 향기가 밤바람에 스친다'로 시작되는 수필을 써내느라 밤새 고심하던 추억이 있다. 그때에도 호사취미가 있어 '명경지수(明鏡止水)'에서 따온 '명경(明鏡)'으로 단발머리 중학생들이 문학써클 이름을 붙였으나 따로 거창한 문학관이 있었던 것은 아니다. 밤새워 읽은 책들 속에서 지구의 반대편에서도 명멸하는 수많은 별들과 세기를 관통하는 지혜의 바다 그리고 천년을 나는 새들을 볼 수 있었다.

그 땅에서 한 여성이 존엄성을 지키며 생존한다는 것이 만만치는 않았으나, 시대의 벽두부터 만주벌판의 눈바람을 맞으며 개명하신 선친의 가호아래, 배움의 길만이 나를 끝까지 세워주리라는 굳센 믿음으로 열심히 걸었다. 별따기보다 어려운 서울 명문고 진학 후 사춘기를 맞으며 나는 달랠 수 없는 근원적인 고독이라는 병에 걸리기 시작했다. 허무의 푸른 늪, 바람 앞의 티끌같은 시간들.

도대체 산다는 것이 무엇이랴? 무엇을 소원하며 이 길을 가고 있는가? 이 길이 끝나는 곳에서는 무엇이 시작되는가? 삶을 알기도 전에 나는 깊숙히 죽음을 뒤적였고, 그 그늘의 안온과 평화에 시도때도 없이 유혹

되곤 했다. 길들이 이미 집을 찾아들어간 늦은 밤의 어둠 속에 끝없는 물음에 지쳐 작고 조그맣게 구겨져서 귀가 하곤했다.

외로움은 숙명이 되고 시가 되고 수필이 되었다. 바람도 별도 달도 구원이 될 수 없다는 것을 알았을 때, 한 존재는 자신의 안목으로 세계를 해체하고 분석해가는 법. 자기 인식을 통해 생을 이해한 모든 여성의 운명처럼, 슬픔의 무덤을 하나씩 남기고 떠나버린 전해린처럼 사강처럼 실비아 플라스처럼 사는 것은 슬픔이었다. 서른살 이후의 생, 그 후에 따라올 남루한 생존의 터널. 내가 지금까지 살아 이 글을 쓰고 있다니... 겨울바람이 매서웠던 동숭동 거리에서 정신적 귀족인 나는 높은 산을 걸었고 이마는 희게 빛났다. 나는 내가 한국적이 아님으로 서양적인 줄 알았다. 교육이 신앙이던 나는 광대한 서구문화권인 아메리카에서 길을 잃기 시작했다. 내가 알고 있었던 서구문화는 부분적이였으며 말뿐인 개인주의였으며 외로움은 뼈가 시렸다. 아, 그 길없음 그 암흑이여. 모국어를 버리는 사람은 모국을 버리는 것이고 자아를 버리는 것이다. 어느 봄날 한국일보를 통해 따뜻한 소식으로 다시 온 문학. 일생을 시낭송하듯 말한마디 소홀함이 없으신 김선생님. 그 분의 배려에 다시 시작詩作에 손을 대며 나는 시세계를 넓혀갔다. 그 후로, 후덕하신 또 한 분의 선생님을 만났고, 나를 영국 멤피스 등 넓은 세계로 이끌어주신 또 다른 한 분의 선생님을 만나게 된다. 그러나, 이 소중한 만남은 후에 내가 한 스승을 만나 동양 문학세계를 찾아드는 긴 고행의 첫걸음이 되었다.

스승은 이국에서 길을 잃고 헤매이는 내게 문단데뷰를 통해 시인으로 일으켜 세우셨다. 그리고 오랫동안 써놓기만하고 흩뜨러져있던 구슬을 꿰어 〈섬과 섬으로 만나〉라는 첫시집을 엮게하셨다. 내게 주신 귀한 보살핌. 결초보은(結草報恩)의 은혜에 뼈가 저리다.

얼마전에 전집을 출간하셔서 서양문화권에 한문문화 천년의 향기를 장엄하게 뿌리신 스승. 문안하기 편지쓰기 선물하기 손님 접대등의 인간관계에 늘 두손 모아 합장하시는 분. 무지몽매(無知蒙昧)한 내게 무슨 큰 기대를 하셨는가. 스승 따라 92년 베이징의 학술대회를 비롯해 2년 후 미시간 대학의 학술대회를 참석하며 견문을 넓히게 된다. 그리고 서울문학인대회 후 남도지방 순례길에서는 문인 유지들과 사찰 문학관련지를 찾았고 조국의 산세와 물맛을 깊이 음미했다. 스치고 만난 사람마다 한 권의 백과사전, 역사며, 전설이라! 생자필멸(生者必滅)이라지만, 유수(流水)와 같은 시간을 붓삼아 다정하고 간곡하게 수놓은 스승의 전집은 마르지 않는 샘물에 닿아있다. 문학을 통해 영원할 수 있다고 믿는 그 때 우리의 '등단이야기' 는 시작되는 것이나 아닐까. 정원의 더그우드에 가을이 붉다.

출신이 어디유?

임 금 자

가끔 황당해지는 일이 있다.

문인들 모임에 둘러앉은 테이블에서나 화장실 줄서기에서 낯선 문인들과 가까이 부딪칠 때에 간단한 이야기도 오고간다.

그 중에 더러는 눈빛으로 더러는 입 속으로 "등단 출신이 어디냐?"고 묻는다.

물론 소리나지 않는 물음이기에 나 혼자만이 듣고 나 혼자만이 대답하고 혼자만이 쑥스러워 한다. 그 까닭은 나의 출신이 좋지 못하다는 데서 기가 꺾여 있다 할까? (출신? 기생출신도 아닌데...)

혹자는 신춘문예로 나왔다느니 이름 있는 문예지로 나왔다느니 거드름을 필때도 있었고, 혹자는 많은 문예지 이름을 줄줄이 나열하며 상업적이라고 비판까지 한다. 그 속에 나의 출신 등단지도 끼어 있어서 불쾌감을 갖게도 했다. 그래서 언제부터인가 나의 등단지를 밝히는데 주춤했던가?

문학소녀의 꿈은 결혼과 함께 일상에 묻혀버리고 불혹을 넘어서야 내 자신을 챙기게 됐다. 문화센터에 가서 본격적으로 문학공부를 시작한 것이다. 처음엔 수필 공부를 하며 겁 없이 동인지도 몇 권 냈으며 여러 지면에서 원고청탁도 받을 수 있어 보람과 희열을 느꼈을 뿐, 등단의 필요성은 느끼지는 않았다. 그저 쓰면 된다고 부지런히 썼을 뿐이다.

그 후 우리겨레 시조에 매력을 느껴 시조 공부를 하게 되었고 공부한 지 2년 가까이 됐을 때, 지도 선생님으로부터 등단 권유를 받았다. 관심이 없었기에 어느 곳으로 어떻게 나와야 된다는 정보도 알지 못한 채 지도 선생님의 지시만 따랐을 뿐이다.

1991년 어느 월간 문예지에 내 얼굴이 크게 나오고 글 5편과 신인상 소감이 실린 예쁜 책자를 보고 "나도 이젠 문인이구나"하는 실감에서 몸과 마음이 으쓱해졌다. 문예사조로 등단하게 된 것이다.

책 20권을 사서 친구들에게 나누어 주었을 때 "너는 역시 해내고 말았구나"하는 찬사 속에 이제부터 시작이라는 무거운 채찍을 느꼈다.

그 후 차츰차츰 문단 시야가 넓어짐에 따라 내 마음에 차지 않던 등단지를 무시하고 새롭게 나올 방법을 찾던 중 어느 선배님의 간곡한 만류에 나의 의욕은 주저앉고 말았으니...

등단 연도도 아까울뿐 아니라 무엇보다도 글을 잘 쓰는 것이 제일 중요한 일이 아니겠냐며 나의 허황된 생각을 깨우쳐주던 그 선배님, 덕분에 "출신이 어디유" 지금 누가 이렇게 묻는다면, 문예사조라고 서슴지 않으리라.

사실 그 곳 출신들의 활약은 대단히 성할 뿐 아니라 그 동안 많은 문인들을 배출했고 월간 문예지로서 굳굳히 발전하고 있는 문예사조이기에 앞으로 그 출신 중에서 대 문호가 나올지 알 수 없는 일이 아닌가?

나의 친정인 문예사조의 발전을 빌며 오늘도 나의 프로필에 이렇게 적는다. "등단지는 문예사조"라고.

엄마 잠지로 나왔어요!

임 명 자

등단이라는 말은 내게 있어 목에 걸린 가시처럼, 화장실에서 휴지가 적어 뒤처리를 잘 못한 사람처럼 개운치 않고 또 가끔 쑤신다.

흔히 요즘 시중에 나도는 말 중에는 30대의 미모에 이혼을 하고, 필히 그럴듯한 학부를 나와서 시를 쓰던 소설을 쓰던지 하여야 주목을 받고, 또 세인의 관심을 끌 수 있다는 식의 말이 나돈다.

이 말을 빌려 말하자면, 나는 30대도 아니고 미모도 없고 또한 이혼도 못한 나이에 시에 입문했다.

한참 꿈 많던 나이에는 사는 일들이 힘이 들어, 또 환경의 혜택을 받을 수 없던 곳에 사는 처지로, 그렇게 시간을 보낼 수밖에 없었다.

인간이 갖는 욕구 중에서 가장 끈질기고 가치 있는 것은, 자기가 하고 싶은 일을 하고 또 그것을 이루었을 때 가장 행복하다는 것을 가슴 저리게 느끼게 되는 시간에 나는 당도해 있었다. 무언가를 내안에 채우지 않으면, 몸도 마음도 그만 폴싹 꺼져서 땅속에 묻힐 것 같았다. 길을 찾아 나섰다. 내안에서 들리는 소리에 귀기울이며…….

그 길에 들어서, 세상을 다시 보는 눈에 황홀하려던 즈음에, 새로운 세상의 사람들은 참으로 다양하다는 것을 뇌의 한쪽에 씁쓸 이라는 어휘의 조합을 입력하게 되었다.

'시'라는 세상의 아름다운 말을 제쳐놓고 말이다.

'어디로 나왔어요?'

처음엔 그 말이 주는 뉘앙스를 알지 못했다. 그저 내가 하고 싶은 것을 찾았고, 꿈을 실현했다는 내 나름대로의 대견함이 이것저것을 따져 볼 것도 없었다. '시'가 속해있는 다른 세상의 질서에 대해서 아는 것도 없었었다. 그것이 문제였다. 앞으로 나아갈수록 무언가 안개 같은 것이 끼는 것 같았었던 시인 초년병시절, 만나는 사람마다 묻던 말. '어디로 나왔어요?' 그것에 끄달리지 않기로 마음먹은 지는 꽤 되었지만 그때마다 하고 싶던 말.

엄마 잠지로 나왔는데요!

아직도 '어디로 나왔어요'가 유통되는 곳에서 살아남는 일은 죽기살기로 피나게 글로 답 할 수밖에 없음을…….

나의 등단 이야기

전 덕 기

마음의 소원은 간절한데 처한 현실은 요원할 때, 할말은 많은데 말 할 대상이 없을 때 글로 쓴다. 내 심정의 분출구 역할인 것이다. 어느 것은 시로 어느 것은 수상문으로 또 편지문으로 눈물 콧물 범벅이 되어 다 쏟고 나면, 감정은 순화되고 평온을 찾을 수 있었던 것이다.

세월은 흘러가지만 버젓이 남겨진 삶의 모습들로 생생하게 기록된 내용들, 그런 글들을 읽고 다시 읽으며 내 자신을 다듬고 가꾸는 나의 소중한 삶의 기록들, 어느 날 내 작품을 검증 받고 싶었다. 시 한편을 골라 전북일보에 보냈다.

그 때는 내가 전주시청 사회과에 근무할 때다. 당시(62년도) 총무과 시정계장이 자기 책상 앞에 붙여 놓았던 신문 쪽지를 꺼내서 내게 보여주며 "내가 좋아하는 시라 오려 놓았지요"한다. 그것은 며칠 전에 내가 전북일보로 보낸 무제(無題)라는 시였다. 나는 너무 기뻐 그 시를 빼앗아 들고 내 방으로 뛰었다. 또 읽고 읽으며 이 대목을 이 구절을 다른 사람들은 어떻게 생각할까 하는 마음으로 수번 읽었던 일이 생각난다. 그 후부터는 전북에서 발행되는 전북일보의 〈옹달샘〉 전북매일의〈목요시단〉,〈수요시단〉,〈천자춘추〉등에 시와 수상문등을 자주 기재하게 되었다. 그리고 〈문예가족〉 동인활동과 〈전북문학〉동인지에 신작들을 계속 발표해가며 전북 문인협회 회원으로도 활동을 활발스럽게 하였다. 직장생활과 병행하면서 집안 살림, 문학동인들 속에서 또는 기독교 신앙인으로의 교회활동 등 여성단체들과 인연도 맺으면서 취미생활도 할 수 있었으니 전주 어머니 합창단 등, 발표회가 있을때는 합창단의 백뮤직 속에 나의 시낭송도 곁들었으니 신작 발표하는 것을 큰 낙으로 보람으로 여기며, 열심히 살고 열심히 발표를 했다.

그러던 중 1971년에 내 첫 시집을 출판했고 출판 기념행사도 전주서울은행 2층에서 개최하게 되었다. 그러나 그 책 뒤에 〈저자의 말〉에도 기록했듯이 당시 전주시립부녀직업보도소(윤락여성선도사업) 소장직을 맡고 있을 때라 그 사업에 보탬이 된다면 하고 사업자금 마련차, 당시 전북국회의원님들의 부인모임에서 성금을 갹출하여 일부는 부담하고, 일부는 당시 서울 삼화출판사 사장 윤기정 국회의원님의 후원으로 첫 시집 〈이슬이 내리지 않는 초원(草原)〉을 출판하게 된 것이다. 당시 3000부를 찍었으며 전북도내의 각 군수님들에게 할당분배로 책을 다 소화시켰던 것이다. 그리하여 전주시립부녀직업보도소와 부녀상담소의 직무수행상의 경제적 도움을 받는 과정으로부터 시작되었으므로 그 시집 뒤에 상세하게 기록했었다. 1958년도 서울을 떠나 대구에서 결혼생활 1년을 보내고 1960년도에 전주 시청사회과에서 공무원 생활을 시작했으니 내 생에 1년간만이 순수 가정주부로 살았다고 본다.

그리하여 내 첫 시집 〈이슬이 내리지 않는 초원(草原)〉으로 문단 데뷔가 된 셈이다. 첫 시집의 서문은 신석정 선생님께서 써 주셨고, 책 제재 글씨는 대서예가이신 강암(剛菴) 송성용 선생님께서 써 주셨으며, 항상 시작을 격려해 주신 장만영 선생님과 최승범 선생님께도 감사하며, 이 시집을 편집하는 과정을 지도해 주신, 시인 이기반 선생님을 잊을 수가 없다. 또 최승범 선생님과 이기반 선생님은 전주생활 전반에 걸친 문학적 수업에 직접 간접으로 지도해 주신 선생님들이시다. 나의 시인 활동의 황금기라고 할 수 있는 전주생활은 참으로 문향이 짙은 곳이요, 인정이 아기자기한 제 멋들을 키우고 살려 나갈 수 있는 향토 짙은 한국의 멋이 살아 있는 곳이었다. 우리의 거목이 시고, 컬컬한 음성에 마디 굵은 골격크신 신석정 선생님은 전북문학의 큰 바위이셨다. 뿐만 아니라 맑은 물에서 솟는 시상들, 청초한 하늘에서 뿌려 내리는 시상들을 갖게 하셨으니 이 어찌 우리네 마음이 맑지 않으랴. 전북문인들 속에서 한없는 즐거움으로 선생님과 문학기행을 하던 세월이 다시없는 삶의 황금기였다고 생각한다.

나의 등단 이야기

정 위 진

〈추억(追憶)〉

초가(草家)지붕 흰 박꽃이 어스름을 비워 내면
무엔지 그리움에 눈물 겹던 검은 머리
어디라 대이고픈 정(情)을 바람결에 실었네.

달빛에 흠뻑 젖어 백옥(白玉)이던 얼굴 마주보며
수양버들 아래서 밤은 그만 비단 이불아,
그는 지금 어디서 무슨 꽃으로 사위나.

세월이 흐를수록 꿈만 길은 두레박 끈
감기는 연륜(年輪)만큼 늘어가는 매듭
그 추억 정결히 풀어 삼장지구(三章之句)에 싣는다.

팔월의 푸른 땡감처럼 떫은 시조지만 나를 시조계에 입문하게 한 나에게는 소중한 작품이다.

그러니까 80년대 초 그때 나는 사정이 있어 깊은 시름에 잠겨 있을 때여서 매사에 의욕을 잃고 두문불출을 하고 있었는데 김혜배여사로부터 좋은 모임이 있는데 시조공부를 함께 하자는 권유를 받았다. 중병 후 아직 건강이 회복되지 못한 김여사의 권고 이고 보면 문병을 하기위해서라도 가봐야겠다는 생각에 지정한 날 그 댁을 방문 했더니 전년도에 김혜배여사가 신사임당상을 수상한 영향인지 한복을 곱게 차려입은 한 열명쯤 되는 귀부인들이 둘러 앉아서 시조 공부를 하고 있었다. 소개를 받고 보니 그중 반수 이상이 우리 모교의 동문이었고 또 김혜배여사의 따뜻한 호의로 하여 평소 낯갈이가 심한 성격인데도 자연스레 동화 되어 갔다. 그날 김남환선생님의 첫 시조집 〈시간에 기대어 흐르는 사랑을 듣네〉를 사고 박옥금선생님의 〈한 生 피는 뜻은〉을 얻고 해서 돌아와 읽으면서 고시조와는 달리 새롭고 편안함 마저 들어 나도 한수 지어 보고싶어서 앞서 간 이의 대상(大喪)이 가까워 오기에

〈대상(大喪)을 맞으며〉

아리는 깊은 상흔(傷痕) 가슴을 저며 오고
달빛도 옷깃에 스며 뼈에 닿는 아픔이여
물처럼 스며진 일월(日月) 하마 대상(大喪) 맞는 나.

해오름 산사(山寺) 뜨락 잎 지우는 목련(木蓮) 한 그루
회오리 타는 불길 가슴에 묻어 두고
가신 임 명복을 빌어 고요로운 꽃내음.

다음번 모임 시간에 갖고 나갔더니 모두 반가와 해주었고 박옥금선생님이 중앙일보 독자란에 투고를 해 주어서 다행히 실리게 되고 호평도 받고 보니 조금씩 의욕도 생기게 되어 시조를 계속 쓰면서 본래의 다작하는 버릇이 발동해서 쓰고 쓰고 많이도 썼다.

월하(月河) 리태극선생님께 보여드렸더니 〈가을 하늘〉을 초회천으로

뽑아 주셨고 연달아 시조집 〈하늘 문(門)〉을 상재 했으며 그 해 시조문학 가을호에 위 시조 〈추억〉 으로 천료가 되기에 이르렀다.

돌이켜 보면 아득한 시절 여학교 2학년 때부터 소설을 쓴다고 흉내를 내면서 문학에의 꿈은 움 텄고 학급학예회에 연극 줄거리를 써서 선생님께서 살을 붙여서 공연을 했고 또 〈대구지부보〉라는 군 신문에 작문이 실리자 여학생 타임지에도 작문이 실리고 화가도 실리고 또는 지십자사(志十字社)에서는 나의 응모작문에 상을 보내 오는 등 소녀의 가슴에 싹을 틔우고 봉오리를 맺게 했으며 점점 부풀어 오르게 해서 마음은 한껕 들뜨게 되었다. 김혜배여사와의 친분도 그 시절 일본 어느 신문에 둘이서 나란히 작문이 실리고부터 시작 됐으니……

하지만 완고한 가정의 딸이라는 굴레로 하여, 또 치열해 가는 전쟁탓도 가세해서 결국 대학 진학은 허락되지 않았고, 따라서 나의 필생의 꿈도 개화(開花)를 못 본채 지고 말았었는데 이제 중년을 훨씬 넘어서 비록 소설로서는 아니지만 그래도 우리 나라 전통시인 시조로 문학의 언저리에나마 들게 됐으니 나로서는 기쁨이었다.

오늘 여섯번째 시조집을 펴 내면서 누구보다도 먼저 내 손을 잡고 진심으로 기뻐해주고 격려도 해줄 김혜배여사의 그 따뜻한 손은 이미 없어……

눈시울이 뜨거워 온다.

아들이 만들어 준 시인

조 정 애

그해 강원도에서 2박 3일간 열리는 여름 해변 시인 학교에 가자고 전화를 받은 것은 7월말 경이었다. 내게 전화를 건 사람은 서울대를 졸업하고 집권당 중앙위원으로 활동하고 있는 S선배였다. 당시 나는 살고 있는 집을 명도 해달라는 내용증명서를 받아놓고 있었다. 마음이 울적하던 차에 잘 됐다 싶어 즉시 주최측에 참가 신청을 했다. 지루한 장마가 계속되고 있었다. 출발하는 날 아침에도 비가 왔다. 갑자기 그 선배한테서 취소하겠다는 연락이 왔다. 이래저래 나도 시들해졌다. 나는 꾸려놓은 배낭을 한쪽으로 밀어 놓으며 아들에게 몸이 아파서 못 가겠다고 했다. 그러자 아들이 벌컥 화를 내며 말했다.

"실망스럽군요. 대처수상은 하루 서너 시간도 자면서도 열심히 책을 읽어 그 많은 정치인들을 제압할 수 있었다고 하더군요. 어머니가 시인 학교에 가게 되면 나는 어쩌면 시인의 아들이 될지도 모른다는 꿈에 부풀어 있었어요. 부질없는 꿈이었군요. 뭐든지 좋아요. 10년 후에 꼭 이루고 싶은 일이 있으면 지금부터 한 번 시작해 보세요. 제가 힘 껏 도와드릴께요."

그때 아들은 마포에서 목동으로 옮겨간 양정고등학교를 다니면서 무척 고생을 하고 있었다. 나는 아들의 말을 듣고 벌떡 일어나 앉았다. 더 암담했던 시절에도 새벽같이 일어나 아이들과 함께 달리면서 꿈을 얘기하지 않았던가. 한번도 흐트러짐이 없이 지혜롭게 살아오지 않았던가. 초발심으로 돌아가야 한다고 생각했다. 나는 쏟아지는 빗속을 뚫고 시외버스 터미날로 달려갔다. 그리하여 강원도 행 버스에 가까스로 몸을 실을 수 있었던 것이다. 돌이켜보면 참으로 아슬아슬한 순간이었다. 그날 버스 속에서 하염없이 기쁨의 눈물을 흘렸다. '다 컸구나. 이젠 아들이 어머니에게 보답을 하고 있는거야.' 해변에 도착했을 때 나는 온갖 시름을 털어 버리고서 공부에 몰두했다. 가슴에서 북받치는 시에 대한 뜨거운 열정을 확인했다. 나의 아버지는 일본 게이요대학 영문과를 나왔고 미군정 때 육 사단 사령부에서 통역 책임자로 일해다. 적산을 관리하는 요직에 있으면서 많은 사람들에게 집을 구해 주었고 살길을 찾아주었다. 육이오가 나던 해 겨울, 그러니까 내가 네 살이 됐을 때 아버지는 여객선 초춘호 침몰사고로 돌아가셨다. 어쩌면 나는 그때부처 시인의 길을 걷기 시작했는지도 모른다. 해변 시인학교에서 나는 〈바다〉라는 시를 썼다. 돌아가서 아들에게 선물하리라 마음먹었다. 그런데 뜻밖에도 그 시를 발표할 기회가 빨리 찾아왔다. 때마침 해변 시인학교를 취재하러 온 KBS TV 방송 팀이 내가 자작시를 낭송하고 있을 때 그 모습을 촬영했고 그걸 전국으로 방영했던 것이다. 나는 강원도 해변에서 시세계에 눈을 떴고 새 삶의 둥지를 틀었다. 그건 환골탈태였고 천지개벽이나 다름없었다. 일년 뒤에 나는 문학공간지에 시를 발표하면서 시인으로 데뷔했다. 불 같은 시심(詩心)을 토해내면서 나만의 세계를 향해 질주하기 시작했다.

그 후 나는 숱한 고난과 아픔 속에서도 시처럼 자식들을 껴안고 살았고 두 아들딸을 무사히 결혼시켰다. 그리고 30년 동안 나를 힘들게 했던 남편을 끝내 물리치고 시인이라는 이름 석자를 온전히 찾을 수 있었다. 하나님은 나를 버리지 않고 기적처럼 한 소설가를 내게 다시 보내주었다. 나는 그와 더불어 새 삶을 시작했고 내 마지막 소망인 문학의 길을 열심히 가고 있다. 2000년 7월 초하룻날에 십 년 동안 기른 거북이 두 마리를 한강에 방생했다. 그해 그들이 동면하기 전까지 우리는 날마다 한강을 찾았고 우리가 부르면 영락없이 고개를 내밀곤 했다.

이 삭막한 강가에서 이런 추억과 설화를 간직하게 될 줄은 꿈에도 몰랐다. 그 동안 남쪽 바다가 그리워 발을 구르며 살아왔는데 이젠 한강을 제집처럼 드나들며 파란만장했던 서울 살이 삼십 년, 문단생활 십이년의 세월을 넘기고 있는 것이다. 나는 누가 뭐래도 이 땅의 아름다운 산하를 넘나들며 글을 쓰는 행복한 작가다. 나는 좋은 글을 써서 내 행운을 세상에 보답하고 싶다. 지난날 나는 두 권의 시집을 상자 했다. 올 여름에는 〈시집가는 딸에게 주는 지혜〉 등, 두 권의 산문집을 탈고했다. 그것은 나의 유언과 같은 것이다. 그리고 아직 발표하지 않은 시집 다섯 권 분량의 시들이 내 재산으로 쌓여 있다. 앞으로도 계속 열심히 글을 쓸 것이다. 함께 문학의 길을 가는 남편과 꽃과 시와 거북이가 가져다주는 이 일상의 행복을 나는 목숨만큼이나 소중하게 여긴다. 다시 한 번 '나를 시인으로 만들어 준 건 아들이었다' 라고 자랑스럽게 말하고 싶다. 나는 아들로 인해 시인으로 거듭났고 시로 인해 아름다운 삶을 살수 있게 됐다. 처음으로 햇볕 속으로 나를 끌어올려 놓은 것이다.

꿈속에서도 시를 썼다

차 옥 혜

나는 1984년 11월 한국문학 신인상으로 늦깎이 시인이 되었다.

그러나 시는, 문학은 어린 시절부터 내 삶이었고 본능이 아니었을까.

내 문학의 피인 넋은, 보이지 않는 세계에 귀를 기울이고 인간과 자연의 아름다움을 추구하고 존중하며, 이웃과 시대의 아픔을 끌어안고 모든 사람들이 보다 나은 세상에서 살수 있기를 늘 기도하며 실천하던 기독교인이고 이상주의자였던 부모님에게서 받았다. 내 문학의 뼈인 모국어는, 부모님과 교회 선생님들의 성경말씀과 동화와 외할머니의 옛날이야기에서 생겼고, 즐겨 읽은 소설책들과 명상집들과 시집에서 자랐다. 그리고 내 문학의살인 서정은, 고향 전주의 산과 들과 냇물과 하늘과 외할머니가 살던 호남평야와 동진강과, 동물과 화초를 사랑하며 즐겨 기르던 어머니에게서 움텄으리라.

나는 글을 배우면서부터 감동을 글로 쓰는 버릇이 생겼다. 8살 때 친할머니가 돌아가시자 나는 초상마당을 벗어나 뒷산에서 슬픔을 글로 쓰고 있었다.

초등학교 3 학년 때 글짓기 숙제로 써간 '어머니' 라는 제목의 시가 어른이 써준 것이 아니냐고 선생님이 야단을 쳐 억울하여 엉엉 울기도 했다. 국어시간이 즐거웠고 중학교와 고등학교에서 문예반 반장을 했다. 중학교 때부터는 내 글이 전라북도 도내와 전국 글짓기 대회에서 여러 번 장원도 하고 우수 작으로 뽑혔다. 한편 나는 중고등학교에서 줄곧 학급반장과 학생회장과 적십자 단장을 하며, 전라북도 웅변대회에 나가기만 하면 일등을 하여, 선생님들은 나보고 훌륭한 정치가가 되라고 했지만, 내 마음은 이미 문학의 향기에 빠져있었다. 고등학교 때는, 헤르만 헷세의 내면적이고 사색적인 작품들의 영향과, 아버지가 주관하던 기독학생을 중심으로 한 일 운동체인 사마리탄 참여로, 참된 삶에 대해 고민하기 시작했다. 섬과 농촌과 고아원 등지에서 어둡고 아픈 세상살이를 응시하기도 하고, 남들이 한참 입시로 바쁜 고삼에 20일간 절에 들어가 절 주변의 숲 속에서 명상을 하기도 했다. 전주천 다리에 걸려 있는 하늘과 구름과 노을과 별들과 바람과 숲이, 인간의 참 모습을, 세계와 우주의 비밀을, 진리의 길을 알려준다며 나를 끌고 다녔다.

아름다운 자아를 찾고 싶어 고뇌하던 내 정신의 고향을 지나, 나는 서울에서 대학교를 다녔고 직장인이 되기도 하였으며 사랑하는 사람을 만나 결혼을 하고 두 아들의 엄마가 되었다. 간간이 독서를 하며 글을 썼지만 진지하지 못했다.

1982년 3월 오랫동안 생활에 매몰되었던 나에게 지진이 일어났다.

남편이 독일 대학에서 객원교수로 연구생활을 하러 가족과 함께 떠나기 위하여 이사 짐을 싸던 날 밤, 프로판가스통이 폭발했다. 남편은 불을 뿜는 가스통을 끌고 나와 큰 화재를 막았지만 전신화상을 입었다, 남편의 그 처참한 모습과 순간 붉게 타던 하늘은 나를 깨뜨렸다. 나는 중환자 실 앞에서 글을 쓰기 시작했다. 두 달 후, 남편이 대충 나아, 우리 가족은 독일로 갔고, 나는 그 곳에서 뜻밖의 중병으로 수술을 받았다. 마취에서 깨자 불편한 몸으로도 글을 썼다. 아마도 글쓰기는 나에게 있어, 기도이며, 죽음과 고통을 극복하는 힘이며, 희망의 미래로 통하는 문인 것 같다. 나는 꿈속에서도 시를 썼다.

나는 시인이 되어 세상과 교감하고 싶어졌다. 1984년 독일에서 귀국하여 문예진흥원 문학강좌에 참석하고, 문예진흥원 주최 전국 주부 백일장에 나가 내 시가 우수 작으로 뽑혔다. 신문사 문예강좌도 들어보았다. 그 해 고은 선생님 추천을 받아 한국문학 11월 호로 등단 했다. 내 시가 당선된 책을 들고 제일 먼저 부모님에게 달려갔다. 한 세상을 손에 쥔 듯이 기뻤다.

그러나 그 기쁨도 잠시였다. 시의 길은 만만하지 않았다. 조금만 게으름을 피워도 시는 금새 내앞에서 사라진다. 좋은 시는, 세계와 우주를 향한 마음의 창을 항상 열어두고 사랑으로 만물을 껴안고 호흡하며, 열정을 가지고 온 몸으로 수도자처럼 정진할 때만 나에게 얼굴을 잠시 보여준다.

등단은 한 번으로 끝나지 않는 것 같다. 시는 예술은 평생 끊임없는 열정과 보이지 않는 등단을 거듭 요구하는 것이 아닌가.

슬픔으로 가는 모험

최 선 영

"슬픔보다 더 오래 남아있는 것을 우리는 본적이 없다." 이것은 릴케의 말이다. 영화로움은 티끌처럼 순식간에 날아가버리고 슬픔은 고통의 심연에서 가장 순수한 넋으로 우리의 가슴을 다스린다.

희망의 높은 절벽에서 떨어져 본적이 없는 사람은 절망의 의미를 모르며, 절망을 겪어보지 않은 사람은 고통도 슬픔도 알지 못한다. 갈구의 수레바퀴에서 빠져나와 마치 행복이 아주 불가능하다고 단념했을 때 오는 평정(平靜), 그것은 슬픔의 속성이다. 슬픔은 조용하며 움직이지 않지만, 인향애(人向愛)와 자연애(自然愛)가 잠재한 형이상학적 고뇌라 할 수 있다. 그래서 체험된 고통의 승화로서의 슬픔은 가장 존귀한 자기진실이 되는 것이다.

시를 쓴다는 것은 슬픔으로 가는 모험이라고 나는 생각한다. 슬픔은 시를 잉태하고 있는 보고이며, 거기에서 태어나는 시는 슬픔의 아름다운 결정체라 살 수 있다. "가장 아름다운 것은 가장 슬픈 것을 노래하는가" 쉘리(P.B.Shelly)의 이 언구(諺句)는 슬픔의 추구가 곧 아름다움 추구라는 것을 일러주고 있다.

나는 소녀기의 시절부터 비극을 사랑했다. 소포클레스(Sohhocles)의 비극을 읽고 베르레느(Paul Venlaine), 릴케(R.M.Rilke)의 시를 읽으면서 눈물을 흘리곤 했다. 그러다가 시에 손을 대기 시작했다. 물론 제대로 시작(詩作)을 하게 된 것은 대학졸업후였지만 슬픔을 사랑하다가 겁도 없이 시에 손댄 것이 여기까지 오게 되었다. 마치 물이 흐르듯 그렇게 시를 따라 온 세월이 43년이 되고 보니 지나온 세월이 꿈결만 같다. 그러나 내가 발견한 시의 세계는 안식처와 같은 장소는 아니었다. 그것은 오히려 시인에게 끊임없는 모험을 요구 했고 그 모험은 위험하고 두려운 불안을 동반 하는 것이었다. 시작(始作)이 있을 뿐 끝이 없는 시의 세계는 그러나 나로 하여금 자신을 확인하게 하는 여로라는 것을 확인하게 해 주었다.

1959년에 나는 문학지 자유문학(自由文學)을 통해 시단에 등단했다. 그 당시 관문을 통하는요건은 3편의 시였다. 나는 김광섭선생으로부터 2편(素心, 역사)을, 김종문선생으로부터 1편(온실)을 각각 추천 받았다. 그 후 1964년에 첫 시집 〈램프를 끌 무렵〉을 출간했다. 그 시집에 서문을 써 주신 분은 김광섭선생이었다. 나는 선생의 서문에 의해 일어섰고 시의 길을 찾아 앞으로 나아가게 되었다. 여기에 서문을 소개한다.

서문(序文)

선영은 나의 명단에 있는 한 여류시인이다. 나는처음 한편으로 그의 시를 알고 그의 시인됨에 접하였다. 그의 시는 아련한 시인, 그와 같이 있다. 그런 인상을 나에게 주었다.

어떤 때에는 촛불의 시인이다가 하늘이 맑으면 오월의 푸른 메뉴를 들고 정원에 나온다.

대수롭지 않은 오이 사라다와 샴펜으로 꿈꾸던 유리궁전은 나려 앉는다.

서러운 것이야 깔려도 있지만 신선한 감각으로 사상을 표출시키면 우리는 그의 서정에 따른다. 자연 그대로가 아니고 곧잘 골라서 형성한다. 애절하게 들어앉아있지않고 그렇게 자기를 실현하는 예술에 나는 조용히 예감한다.

그래서 지금 자기의 세계를 더듬어 가는 첫 이정표 하나를 우리앞에

깍아 세운다. 그 어느 구석에 작은 글씨로나마 날더러 몇자 쓰란다면 아름다운 서정은 지성이 조각한다.

시인 선영에게는 그런데가 있으므로다.

1964년 11월 5일

김 광 섭

나는 그날 이후, 나의 시적방향을 가늠했고 시로 가는 길이 일종의 숙명 같은 것임을 예감했던 것이다.

나는 시작(詩作)을 할 때마다 김광섭선생의 서문의 한귀절을 상기한다. "아름다운 서정은 지성이 조각한다" 서정의 호수에 침몰하지않고 그것을 어떻게 지적인식으로 길어 올리느냐에 대해 나는 언제나 고뇌해 왔고 또 고뇌하지 않으면 안될 것이다. 아마 이 문제는 나의 시작(試作)이 계속되는 날까지 과제로 남을 것이다.

친구에게 치른 거한 불고기 값

최 정 자

남편이 출장간 사이, 시어머니를 속이고 주부백일장에 나갔다가 시(詩)에서 1 등을 한 것이 1968년이다. 종이 한 장만 있어도, 몽당연필 한 자루만 있어도, 시어머니와 남편의 눈을 피해 시를 쓸 수가 있다는 것을 알아차린 그 해 였다.

그 해 이후 나는 시를 쓰는 일이나 책을 읽는 일에 제재를 가할 사람들의 곁을 떠났다. 대신 내 건강은 끝을 달렸다. 더러는 등단이라는 길을 가지 않겠느냐는 권고를 했지만 내가 그만한 시를 쓴다는 자신이 없었고, 내 건강 또한 너무도 나빴기 때문에 처음부터 꿈도 꿀 수 없는 길이었다.

그러나 나는 사정이 허락하는 한 시를 공부하는데 열심을 다 했다. 친구들과 그룹을 만들어 공부하기도 했다. 함께 공부하던 친구들이 한 사람씩 등단을 하기 시작했다. 그들이 나보다 늦게 시를 쓰기 시작했음에도 문단으로 가는 길은 먼저 밟아가고 있는 것을 보면서, 나아질 줄 모르는 자신의 건강과 무능력 앞에 나는 참담하기만 했다.

어느 날, 뒤늦게 시를 시작했으면서 누구보다 먼저 등단한 H시인을 만났다.

"최정자, 불고기 사라."

"무슨 뚱딴지 같은 소리야?"

"L선생님께서 최정자 시를 추천하시고 싶단다. 시 쓴 것 가지고 오란다."

까다롭기로 유명하신 L선생님께서 내 시를 추천하시고 싶다고 하셨다면 불고기를 살만도 했다. 목숨이 오늘내일 하는 몸으로 다 포기 한 채 살면서도 문단에 추천은 받아야겠다는 욕심이 일어났으니 나도 어지간했다. 병치레하기도 어려운 내가 친구에게 불고기를 거하게 샀다.

나는 내가 쓴 시를 여러 편 L선생님께 가지고 갔다. 선생님께서는 반겨하시면서 두고 가라 하셨다. 몇 개월에 한 번씩 시를 선생님께 갖다 드렸다. 그렇게 하기를 삼년쯤 했다. 여전히 시를 가져오라셨지만 추천되었다는 소식이 없었다. 말이 삼 년이지 기다리는 소식 없는 삼 년은 길기만 했다. 그러면서도 나는 자신을 돌아보게 되었다. 내가 무엇 때문에 문단에 들어가야 하는가? 반성도 했다. 같은 고향 친구인 소설가 K에게 하소했다. 삼 년을 기다려도 소식 없는 등단의 절차를 과연 밟아야 하겠느냐고-

"야, 야, 기다려, 나는 작품을 갖다 드리기 시작한지 4 년이 지나도 소식이 없어 다 포기하고 까마득히 잊고 있었는데 결국 맨 처음 갖다드린 그 작품으로 나도 모르게 추천이 되었더라. 그것도 친구가 알려주어 알았다. 어른들의 깊은 뜻을 우리가 모르는 거야."

나는 어차피 그토록 어려운 것이 등단의 절차라면 이쯤 해서 포기해야 한다고 마음먹었다. 얼마 살지도 못할 건강인데 내가 밀고 들어가면 누군가가 또 밀려날 것이 아닌가?

그런 내 몰골을 보다못한 친구 J시인과 당시 출판사를 운영하던 L시인이 그럼 시집을 내는 것이 어떠냐고 제안했다. 나는 눈 깜짝할 사이에 염치가 발동했다. 건강도 처지도 금새 잊고 그들에게 덜컥 시집을 마끼고 말았다. 곧 이 세상을 떠날 것이라면 시집인들 무에 그리 욕심났던지 나도 모른다.

그렇게 나는 첫 시집〈달개비 꽃〉부터 만들었다. 물론 L선생님께서 왜 추천을 받아 등단은 해야 하는데 그렇게 하느냐고 만류 하셨지만, 건강이 다되었기 때문이라고 말씀 드리고 대신 서문을 받았다.

첫 번 째 시집 〈달개비 꽃〉을 만들고 나서 끝을 달리던 건강이 어쩐 일로 좋아지기 시작했다. 시집은 냈지만 등단은 못 한 채 문인들과 만나던 때, 박재삼선생님께서 부르셨다.

"최여사, 결혼식을 하지 않고도 애기 낳고 살 수는 있어요. 그러나 결혼식은 하는 것이 좋아요."

박재삼선생님은 어쩌면 내가 건방져서 그런 절차를 싫어한 줄로 아셨는지 모른다. 그렇게 선생님께서는 내 원고를 직접 들고 〈시문학〉사로 가셨고 그리고 몇 개월 후 등단의 통보를 받았다.

'이분이(李紛伊),'란 이름으로 신춘문예 응모, 당선 후 본명 사용

한 분 순

작가 지망생들이 가장 바라는 일은 문단 데뷔일 것이다. 해마다 1월1일자 신문 1면을 장식하는 신춘문예 당선작. 그 작품들에 작가 지망생들의 시선이 집중되는 것도 신춘문예가 그만큼 화려한 등단 관문이기 때문이다.

데뷔 전 나도 신춘문예 당선작과 당선자의 이름을 살펴보며 열심히 읽었다. 대학 졸업 후 곧바로 취직이 된 나는 직장 일에 매달려 창작 작업에는 손도 대지 못할 때였다.

69년 늦가을 무렵, 우연히 거리에서 동창생 한 사람을 만났다. 두툼한 가죽 가방을 들어보인 그는 신춘문예 준비를 위해 강원도 상원사 적멸보궁으로 간다고 했다. 그 말에 나는 섬광 같은 것이 번쩍 스치는 듯한 자극을 받았다. 그 동안 선후배는 물론, 동기생까지 속속 등단하는 것을 보며 부러움을 품어온 터였다. '문단 데뷔를 위래 가방 가득 원고뭉치를 싸들고 유명 사찰까지 찾아가는 동창생. 그런데 나는 무엇을 하는 것인가.' 자괴감 같은 것이 몸 속 깊이 파고 들었다.

신춘문예 마감 일이 가까워 왔다. 마음은 급한데 도무지 작품이 써지지 않았다. 창작에 앞서 기자 초년병인 나에게는 기사 마감하는 일이 더 바빴던 것이다. 무거운 부담만 안고 앓다 드디어 마감 일. 그 마감 일을 넘기고야 겨우 작품을 제출할 수 있었다. 날짜를 지키지 않은 일 때문에 일단 당선의 기대는 접었다.

낙선을 우려해서 이름도 본명이 아닌 필명을 썼다. 이분이(李紛伊), 한글로는 '이쁜이' 라는 생각을 머리에 두고 지어낸 이름이었다.

12월 15일. 나의 생일이기도 했다. 저녁 무렵 퇴근해 집에 돌아와 있는데 초인종을 누르는 소리가 났다. 나가보니 낯익은 우편 배달 아저씨였다. 등기 우편물을 내밀며 도장을 찍어 달랬다. 집안으로 들어와 무심코 봉투를 뜯어본 나는 뛸 듯이 기뻤다. 신춘문예 당선 통지였던 것이다. 드디어 바라던 '시인이란 아름다운 직함을 갖게 되었구나' 싶어 세상을 손안에 쥔 느낌이었다.

나의 문학 수업은 이미 초등학교 시절부터 시작된 일이기도 했다. 방학숙제로 내준 일기를 나는 하루도 빠짐없이 기록해서 제출했고 선생님의 칭찬 한 마디에 방학 후에도 일기 쓰는 일을 계속했던 것이다.

그 후 여중 3학년 때 이승만 대통령 탄생일을 기념하여 전국 초, 중, 고생을 대상으로 수업 첫 시간에 백일장을 실시했다. 제목은 〈우리대통령〉. 그 백일장에서 나는 중등부 대통령상을 수상하는 영예를 안았다. 59년 5월이었다. 그로 해서 경무대(지금의 청와대)에 초청되어 이승만 대통령과 프란체스카 여사의 환대를 받고 금 탁상시계까지 선물로 받아왔다. 이 일이 나로 하여금 문학의 길로 들어서게 한 직접적인 계기가 된 것이다.

아무튼 나는 운 좋게도 단 한번 도전에, 그것도 마감 일을 넘긴 상태에서 신춘문예 당선의 행운을 잡았다. 70년 1월 신춘문예 시상식장에 나온 고 박목월 선생이 나를 보시자 "아, 바로 너였구나. 어쩐지 시어가 곱고 해맑은 시구에 탄탄한 구성이라 생각했데이." 경상도 사투리가 약간 섞인 말씨와 흰 이를 살짝 드러내며 웃어 보이던 모습은 지금도 잊혀지지 않는다.

신춘문예 준비를 위해 강원도 상원사로 떠나던 동창생은 그 해 최종심에 턱걸이를 한 채 낙선의 고배를 마셨다. 그 후로도 10년 동안 한 해도 거르지 않고 그 동창생은 신춘문예에 매달렸다. 드디어 80년 1월1일. 나보다 꼭 10년 뒤에 서울신문 신춘문예와 동아일보 신춘문예에 당선했다. 동기생이면서도 문단으로는 10년 후배가 된 셈이다. 어쨌든 꿈을 달성한 그 동창생은 너무 기쁜 나머지 매일 술 속에 빠져 살았다. 어느 월요일 아침이었다. 출근하여 막 취재를 나가려는데 전화 한 통이 걸려 왔다. 그 동창생의 사고를 알리는 내용이었다. 늦은 밤 술 취해 집으로 돌아가다 근처 얕은 개울물에 빠져 영영 돌아오지 못할 저 세상으로 떠났다는 전갈이었다.

상가로 달려갔다. 고 박용래 시인이 대전에서 상경해 눈물을 줄줄 흘리고 있었다. 간간이 탄식하듯 "시인처럼 죽었구나, 아무개야 너는 시인처럼 죽었어" 하며 끊임없이 눈물을 펑펑 쏟아내던 기억은 지금도 생생하다. 10년을 하루 같이 갈망하던 신춘문예 당선의 꿈. 그 꿈이 하나도 아닌 둘이나 한꺼번에 이룬 기쁨이 얼마나 컸겠는가. 아쉬운 것은 꿈을 이루자 오래지 않아 딴 세상으로 훨훨 날아가 버린 일이다.

30여 년이 훌쩍 흘러버린 나의 문단 데뷔 시절이나 마찬가지로 올해도 섣달 초순이면 신문사 편집국 문화부마다 수천 통씩 응모 작품들이 산더미처럼 쌓일 것이다. 그들 작가 지망생들에게 당선의 영예가 주어져 문학 병이 치유되기를 바라는 마음이다.

나의 등단 이야기

함 혜 련

내 글이 활자가 되어 독자 앞에 나타난 것은 국민학교 3학년 때의 일이다. 그 때 전국 아동문예 콩쿨에 강릉 삼락 국민학교에서는 내 글이 전교 대표로 뽑혀 서울로 우송되었기 때문이다.

그리고 1949년 경, 강릉에서 현대문학이며 현대시의 시조가 된 '청포도(靑葡淘)' 시동인지가 태동할 당시, 강릉 사범학교 제자이며 후배인 내가 하나 뿐인 10대 후반 소녀 멤버로서 거기에 가담했다. 황금찬(국어선생), 최인회(국어선생), 김유진(선배), 이인수(선배), 합쳐 5인 멤버인 그들은 장소를 옮겨가며 한 달에 한 번씩 동인회를 가졌다. 그 때 각자 작품을 들고 와 품평회 또는 감상회 비슷한 것을 했다. 그러던 어느날 그 때 이미 '현대문학' 에서 2회의 추천을 마치고있던 최인회 선생님이,

"혜련이는 저 앞에서 나를 보고 어서 오라고 손짓을 한다. 그 만큼 작품이 앞서 있으니 어서 '현대문학' 지에서 추천을 받아라" 했다.

그 반면에 내 국어 담임이던 황금찬 선생님은 "너는 세상에 시를 쓰러 나왔다. 그만큼 시가 좋으니 추천 같은 것 절대로 받지 말고 그냥 문단에 당당히 나가라" 했다. 나는 담임선생의 말을 믿었다.

1954년 경, 서울에서 박목월 선생님을 처음 만났다. 대구에서 환도한 이래 서울에 전학 못시켜 집에서 놀고있는 아들 남규 군과 딸 동명 양을 마침 내가 근무하던 학교에 입학시키는 일 때문이었다. 그 때 선생님은

대단히 반가워 하시면서 첫 마디가

"'청포도' 동이지에서 가장 신선한 함혜련의 시를 보고 대체 어떤 소녀인가 보고싶었다 지금이라도 작품을 가지고 오면 '현대문학'지에 추천을 하겠다."

그 뒤에도 나를 만날 때 마다 재촉을 하시었지만 나는 못들은 척 했다. 또 다른 한편 서울 동성고등학교에 와 계시던 최인회 선생님은 나를 보기만 하면 은근히 타일렀다. "어서 '현대문학' 에 작품을 보내어 추천을 받아요." 그래도 나는 못들은 척 했다.

1956년 경, 돈암동에서 신혼살림을 하던 때이다. 우연히 그 동리에 사신다는 박기원 시인이 우리 집에 찾아 오셨다. 첫 대면이었다. 대청 마루에 앉으시자 말자

"내가 '청포도' 에서 함혜련의 시를 읽고 감탄했는데, 글쎄 그 멋쟁이가 시를 안 쓰고 이렇게 집에 있는 것은 너무 손해요. 어서 시를 쓰시오."

그 뒤로도 몇 번 더 그렇게 오셔서 그 말을 되풀이 하셨다.

그런 얼마뒤에 나는 또 우연히 집 부근의 임수일 선생을 알게 되었다. 임 선생은 그 때 마침 모윤숙 선생이 주간하다 그만 둔 '문예'지를 어어서 몇 년 간 주간하고있을 때였다.

"작품을 보내면 즉시 추천을 할 테니, 추천인은 함 선생이 마음대로 지적하세요. 내가 받아 올테니까요."

그제서야 나도 이제는 무엇인가를 해야겠다는 생각이 조금 들어 그야말로 부엌에서 밥하다 말고 참으로 오래 만에 시랍시고 두 편을 끄적거려 '문예' 로 우송했다. 추천인은 박기원 선생. 박목월 선생님에겐 부끄럽고 면목이 없어 박기원 선생님을 추천인으로 지적했던 것이다. 1959년 4월 호. '아침에의 기도', '요들 송' 과 박기원 선생님의 추천사가 나갔다.

하지만 나는 그 뒤에도 한동안 시를 쓰지않았다. 그러다가 어느날 문득 무슨 빚에 쫓기듯이 서둘러 나는 아이 셋을 키우면서 쓴 일기장에서

뜯어낸 글 몇 편을 들고 참으로 오래만에 내 낯익은 원효로 4가의 박목월 선생님을 찾았다. 선생님은 십 여년 동안 소식이 없던 나를 마치 돌아 온 탕자 반기듯 하셨다. 그리고 그것을 한참 읽어 보시더니.

"참 좋습니다.이런 모성의 시는 아직 우리 나라에 없었어요. 어서 시집으로 묶어 세상에 내 보여요. 아마 놀랄 것입니다. 글쎄, 지금이라도 '현대문학' 에 추천을 할까?"

한참 생각 끝에, "에이 이제는 그냥 시집으로 나가세요." 하면서 시집 이름 '문 안에서' 도 골라 주셨다. 1969년 나의 첫 시집 〈문 안에서〉는 그렇게 해서 태어난 것이다. 나는 그 동안 '문예' 에서 추천 받은 것을 박목월 선생님에게는 숨기고 있었다.

그 다음 몇 권의 시집을 더 내면서도 나는 어디에서도 추천 받은 일은 밝히지 않았다. 그게 무어 그리 대단하다고. 한데 근년에 들어서는 나도 할 수 없이 문단 등단 경력을 시집이나 글 뒤에 부친다. 그 만큼 그것이 요구되는 나라의 문단이 되었기 때문이다.

그리움으로 돌아보는......

허 영 자

전쟁의 상흔이 아직 채 가시지 않은 1957년 초봄에 나는 대학생이 되었다. 숙명여자대학교 국어국문학과에 입학을 한 것이다.

만약에 숙명여자대학교 국어국문학과가 아닌 다른 대학이나 다른 학과를 지원하였더라면 나는 오늘 문인이라는 이름으로 불리워지지 못하였으리라 생각한다.

나는 이 대학에서 훌륭한 문인선생님들을 만나 지도받고 가르침을 받았기 때문이다. 곽종원, 조연현, 정한모, 김남조, 안수길 이런 선생님들의 가르침이 아니더라면 어찌 시를 쓰는 시인이 될 수 있었겠는가.

특히 그때 30대의 청초하고 아름답던 김남조 선생님께서는 나의 습작들을 읽어주시며 격려를 아끼지 않으셨다.

4학년 봄, 4.19 학생운동이 일어났다. 나의 전 생애 동안 8.15해방, 6.25동란, 그리고 4.19혁명은 큰 충격을 받은 사건들이었다. 특히 4.19는 그 주체가 대학생들이었고 나는 그 대학생들 중의 하나였기에 더욱 뚜렷이 나의 인생에 각인되어 있다.

그해 가을 숙대 강당에서는 〈문학의 밤〉 행사가 있었다. 그때는 각 대학마다 봄이나 가을에 〈문학의 오후〉, 〈문학의 밤〉등의 이름으로 작품 발표회가 있었고 그때마다 수많은 사람들이 모였었다. 박목월 선생님을 초청문인으로 모신 그날 저녁 행사에도 숙대 강당이 꽉 찰만큼 많은 사람들이 모였다. 나는 선생님께서 시키신대로 사회도 보고 또 작품 낭독도 하였다.

다음 날 곽종원 선생님께서 부르셨다. 박목월 선생님께서 나의 습작들을 보고 싶다고 하셨다면서 써놓은 작품을 가져오라는 분부셨다. 나는 몇 편의 시를 곽선생님께 갖다드렸다.

그랬는데 1961년 봄. 목월선생님께서는 그 중 3편을 〈현대문학〉지에 실어 추천해 주셨다. 그때는 3회의 추천을 거쳐야 비로소 등단이 가능하였는데 곧 이어 또 3편, 그리고 〈사모곡〉이라는 제목 아래 쓴 3편을 최종작품으로 1962년 추천을 마치게 되었다.

"허군은 너무나 빠른 시간에 시인이 된 거야"

이런 말씀을 목월 선생님께서는 하셨다. 나는 그 말씀의 뜻이 무엇인지 처음에는 잘 몰랐지만 많은 문학지망생들이 등단하기 위하여서는 수년 내지는 많게는 10여년이나 걸리기도 한다는 것을 알고는 선생님께서 실로 속성으로 나를 추천하신 것을 알게 되었다. 하기에 나는 그만큼 조심스러웠고 또 열심히 공부하여야 한다는 각오도 컸다.

그런데 지금껏 잊지 않고 있는 일은 세 번째 추천을 받은 〈사모곡〉에 얽힌 이야기이다.

다음에
죽은 다음에도
또 세상 있으믄

자비하신 석가세존
그 말씀대로
삼월에 제비 오는 세상 있으믄야

엄마야 오늘같이

바느질하는 엄마 옆에서
바늘에 긴 실 꿰어 드리지

새아씨 적
옛말은
인두에 묻어나고

〈중략〉

〈눈밝애 귀밝애〉라는 소제목으로 〈사모곡〉속에 들어 있는 글인데 애초에는

다음에/죽은 다음에도/또 세상 있어

라고 썼었었다. 목월선생님께서는 이 대목을 지적하시며

"언어 감각이 이래가지고야 어찌 시인이 될 수 있겠는가"

고 꾸중을 하셨다. 두 번의 추천을 아주 쉽게. 그리고 과찬의 말씀을 들으며 마친 나는 이 느닷없는 꾸중 말씀에 정신이 번쩍 들었다. 그리고 부끄럽기 짝이 없었다.

작품을 다시 들고 돌아온 나는 고심 끝에 "또 세상 있어"를 "또 세상 있으믄"으로 고쳐서 썼던 것이다. 그때 선생님의 꾸중이 있었기에 그후부터 나는 퇴고에 퇴고를 거듭하는 습관, 그리고 시어 선택에 더욱 신중하게 되었다.

등단 이후 나는 김선영, 김혜숙, 김숙자, 김후란, 박영숙, 추영수씨와 함께 〈청미〉동인회에 참가하게 되었다. 이런 훌륭한 지우들을 만난 것은 시업의 길에 있어서 실로 큰 축복이 아닐 수 없었다.

등단 40년에 가까운 오늘, 다시 생각해보면 그 어렵던 시절 시를 쓰며 위로를 받고 시를 읽으며 희망을 찾을 수 있었던 것은 좋은 선생님들과 훌륭한 문우들들 만났었기 때문이라는 것을 절실히 느끼게 된다.

저 노을을 그림자로 깔아놓고

허 윤 정

나는 두메산골 지리산 골짜기에서 태어났다. 경남 진주에서 백리를 서쪽으로 들어가면 산 그림자 드리워진 맑은 강물, 두류산 양당수가 흐르고 남명 조식 선생의 덕천서원과 명암 정식 선생의 무이구곡(武夷九曲)이 있는 아름다운 마을에서 태어났다. 그 골짜기에는 나의 생가가 돌담의 낮은 지붕으로 남아 있다.

어머니가 생전에 그 마을에서 생활하셨고 또한 내가 태어난 고향이기에 나는 그 곳을 자주 드나들었다. 아들 넷 가운데 태어난 나는 바쁜 농촌에서 귀하게 자라날 수 없었다.

그런데 어머니에 대한 나의 정은 대단하였다. 다른 형제들은 나를 효녀라고 말할 정도로 어머니의 말을 잘 들었고 나보다 오히려 어머니를 위하여 생의 초점을 맞추고 젊음을 살아온 듯 싶었다. 온라인 시스템으로 어디를 가도 내 그림자를 확인하시고 전화 통화가 안되는 날이면 어머니는 사위의 대학으로 전화를 걸어 아내를 혼 좀 내어주라고 명하신다. 그런 어머니가 나를 버리고 눈을 감으셨다.

마지막 임종시 그날 부음을 듣고 부산 동아대학 병원 영안실로 어머니보다 내가 먼저 도착했던 것이다. 조금 늦게 도착하신 어머님의 창백한 얼굴 하얀 이마엔, 머리카락이 갈대 잎처럼 내려와 말없이 눈을 감고 계셨다. 그 날 김천 문학 세미나를 마치고 삼 일 전에 뵌 어머님을 오후에 만나 뵈려 내려갈 참인데, 동료 문인 서명회 여사와 어느 산장에서 자고 있는 새벽에 부음을 들었다. 그 때 서 여사는 나를 부산까지 데려다 주었다.

그 날 통곡으로 이별한 어머님은 수년이 지난 오늘까지 아무런 소식이 없다. 어머님 생전에 나는 어머님을 위하여 문학을 하고 싶어했다. 세상에 이름도 날리고 커다란 문학상이라도 하나 타면, 어머님이 얼마나 기뻐하실까 하는 생각을 하면서 문학의 길로 접어 든 것이 어언 20년을 넘어섰다.

1959년도 경남 여고 시절에는 학교 교지에 〈노스탤지어〉라는 제목의 시와 제목은 잊어버렸지만 한 편의 논단(論壇)이 실렸다. 그 때부터 문학의 길을 걷기 시작했던 것이다. 그 당시 부산은 불 산이라 하여 화재가 빈번했다. 그 때 우리 부모님은 국제시장에서 한지 도매업을 운영하였는데, 대형 화재로 인하여 가산이 기울어졌다. 이러한 환경 속에 6 남매가 자랐다. 부모님은 아들보다 못생긴 나를 공부를 많이 시키려고 하였던 것이다. 공부를 많이 시켜야 시집가더라도 소박을 맞지 않고 살아갈 수 있다고 생각하셨기 때문이다.

그러한 환경 속에서도 문학의 꿈을 저버리지 않고 문학 소녀시절을 보내고, 결국은 진학의 꿈을 포기하게 되었던 것이다. 그러나 언제부터인지 나는 문학을 포기할 수 없었다. 결혼하고 삼 남매를 낳아 기르는 아이의 엄마와 넉넉지 못한 교육자의 아내로서도 그 꿈은 포기하지 않았다.

나는 각종 백일장과 문예 작품모집 등에 참여하였다. 1974년 오월 신사임당 여성 주부백일장에서 시 〈길〉이라는 작품으로 장원을 했고, 그 해 심사위원은 김남조 선생님과 홍윤숙 선생님이셨다. 1975년 전국여성 주부백일장에서 입상하고, 1975년 100만원 고료 여성 중앙 문예작품모집에서 시 〈비석〉이 당선되어 문학의 꿈이 시작되었다. 그러나 가정생활과 문학의 길이 얼마나 어려운지 포기와 갈등을 거듭하면서 문학은 손놓지 않았다. 그 후에 현대문학지의 1978년 초회 추천과 1980년

완료추천으로 내 나이 41세에 파하(巴下) 이원섭 선생님의 추천으로 문단에 등단하게 되었다. 그 때의 기쁨은 이루 말할 수 없었다.

그 때 남편은 미국에서 유학하여 철학박사 학위를 받고 돌아온 같은 해 같은 달이어서 우리 집안은 겹경사로 축제 분위기에 젖어있었다. 그리고 중앙일보에서는 "40대 두 여류가 문단에 데뷔"라는 기사가 사진과 함께 크게 보도되었다. "문단 데뷔 연령이 근년 들어 높아지고 있는 현상은 등단이 그만큼 어려워졌다는 이유와 함께 재능 있는 젊은이들이 문학 쪽에 기울이는 관심도가 낮아졌다"고 평한 글이었다. 그 때 소설에는 김경남, 시에는 허윤정이었다.

그것은 어머님께 드린 작은 효도라고 생각되었던 것이다. 그 후에 어머님을 위하여 밤마다 문학의 꿈을 키워왔지만 아무런 기쁨도 안겨드리지 못하고, 어머님과 나의 인연은 이승과 저승 너무 멀고 아득하기만 하다.

상실의 늪에 빠진 이 단절의 시대, 핵분열과 같은 변화에 현기증을 내면서 오디세우스를 기다리는 페넬로페의 운명처럼 나는 밤마다 슬픈 무늬의 천을 짜리라. 혼자 저벅저벅 산그림자 밟으며, 나는 나의 내면을 해체하리라. 그리고 죽음이 대문 앞에서 문고리를 흔들어도 나는 후박나무 그늘 아래 저 노을을 그림자로 깔아놓고 노래하리라. 시여, 사랑이여, 눈물이여.

"무모하고 철없던 천둥벌거숭이"

홍 윤 숙

해방 후 '국대안(國大案)'이라는 이른바 국립서울대학 안이 발표되면서 경성여자사범대학은 없어지고 남녀 사범이 하나로 통합하여 서울대학교 사범대학으로 출범하게 되었다.

우리는 어디서 오는지도 모르는 지시를 받아 날마다 국대안 반대투쟁에 나섰고, 그러는 사이 임학수 교수님, 변두갑 교수님, 주 교수님의 행방도 묘연해지고 교사도 용두동에 있던 경성여자사범대학 교사에서 황금정, 지금의 을지로 6가 국립의료원 옆의 옛날 남자 사범대학 교사로 합쳐지고 말았던 것이다. 후에 들은 바로는 주 교수님도 6.25때 월북하셨다 하니 나는 그 소식을 전해 들으면서 내 꿈의 반을 잃어버린 것 같은 상실감에 한동안 마음이 쓸쓸했었다. 그러나 나는 이미 미술과는 인연이 먼 교육학으로 전공을 정해 학부로 올라가 있었으니 그때에 느꼈던 상실감은 나 자신도 알 수 없는 모순이 아닐 수 없었다.

생각하면 시대의 거센 물결에 자신도 모르게 떠밀려다니던 시절이었다. 만일 경성여자사범대학이 그대로 존속해 있었고, 주 교수님이 월북하지 않으셨다면 나는 미술에 대한 향수를 다시 불러일으켜 어쩌면 지금쯤 그림을 그리고 있을지도 모르는 일이다. 내 안에 열린 무수한 창들, 꿈이란 말로 묶을 수밖에 없는 그 숱한 청춘의 가능성들은 그러나 언제나 위태롭고 무모하고 미지일 뿐이었다. 언덕길을 굴러내리는 굴렁

쇠 같던 시절, 무모하기에 순수했고 열기에 차 있었기에 상처를 두려워하지 않았다.

지금도 발갛게 눈뜨고 나를 바라보고 있는 나의 20대. "눈만 크고 목이 긴 아이". 햇살 속에 저 혼자 푹푹 무르익던 감성 그러나 "이 세상 초록 빛" 그 허망한 놀이에 눈멀어 "가시나무 들찔레덩굴에/마구"찔려서 "언제나 자욱이 목이 메는 안개' 속을 혼자서 "돌아오던 저녁 길" 사방에 통행금지 푯말이 길을 막던 안타깝고도 막막하던 날들 그 길고도 짧은 날들을 나는 흔히 말하는 사랑도 하고 이별도 하고 시도 쓰고 연극도 하고 바람처럼 몰려다니면서 데모도 하고 쫓겨 다니기도 하고 그러던 어느날 변교수께서 글 쓰고 싶은 사람들 나와 함께 어디 좀 가자고 했다. 우리들 이혜옥과 조정희 셋이 변교수를 따라 간 곳이 나중에 알고 보니 문학가 동맹이었고 그 곳에서 우리는 무슨 종이에다가 이름을 써서 제출했는데 그게 입회원서였었다. 도장도 지장도 없이 낸 입회원서, 거기서 변교수가 소개한 사람이 이병철시인 이었다. 동국대학 전신인 혜화전문을 나온 시인으로 제자후배들이 많이 찾아왔다. 고원씨도 거기서 만난 친구였다. 그날 이병철씨는 "작품이 있으면 언제던 가지고 오시오...발표할 지면을 알아봐 줄 테니"라고 했다. 남의 얼굴도 잘 쳐다보지도 못하는 수줍은 안동출신으로 변교수와 가까운 사이 같았다. 나는 가슴이 뛰었다. 깨알같이 밤마다 끄적거린 몇 권의 노트가 떠올랐다. 다른 두 친구는 문학을 좋아했지만 아직 쓴 것은 없었던 것 같았다. 그날 밤 나는 몇 권의 노트에서 추리고 추려 밤을 새다시피 고쳐 가지고 다음 날 사무실로 나갔다. 선생은 한번 훑어보더니 "이것 좋소 냅시다" 하고 뽑은 것이 〈가을〉이었다. 마침 그때가 가을이었으니 시기적으로도 적합하다 생각한 것 같았다. 이렇게 해서 〈가을〉이 故 김용호 선생이 주간으로 계시던 '문예신보' 에 발표되었던 것이다(47년 10월인지, 11월인지 기억은 안 나지만...).

모윤숙, 노천명 선생말고는 시를 쓰는 여류가 거의 없었던 시절이라

그랬는지 계속하여 ‘민성’, ‘신천지’, ‘민주일보’, ‘새한일보’, ‘예술평론’ 등에서 청탁이 오고 〈신상에서〉, 〈낙엽의 노래〉, 〈강가에서〉, 〈너의 장도에〉(나중에 환별로 게재), 〈가마귀〉 등을 연달아 발표하게 되었다(47년에서 49년 사이). 그리고 50년에 6.25가 터졌다. 〈상아탑〉에 〈다시 강가에서〉를 발표한지 얼마 안되었던 것으로 기억한다. 나의 등단시절은 요즘처럼 철저한 수련과정을 거치지 않고 기성시인에게 사숙한 일도 없이 무모하게 던진 미숙한 풋과실 같은 시절이었다.

필명에 관하여

황 성 이

문학 소녀였던 나의 시 작업은 숙명 여고 교지로부터 이화여대 '녹원' 지등, 아울러 공초 오상순선생님의 '청동문학' 을 거쳐 꾸준히 이어져 내려 왔으며 그 중에도 청동 문학지에 싸인 하였던 나의 짧막한 시들은 한 교회의 찬송가 가사로 쓰여지기도 하였다. 아마도 나의 문학의 본질은 무의식적으로 신을 숭모하고 찬미하는 종교적인 성품인가 싶었다. 나는 여러 자녀들의 어미가 된 이후로는 미련할 정도로 삼종지도를 아슬아슬하게 걷느라 허리가 휘도록 발이다 부르트는 가운데 어느덧 시심은 온데 간데 없어졌으나 아주 우연히 박혜원 여사를 가까이 자주 뵈옵는 가운데 그의 고매하고 맑디맑은 인품에서 그만 나의 두텁게 녹이 쓸었던 시심이 어느날 불현듯이 투명하게 닦여져 나와 급기야는 등단까지 하게 되었다.

곧고 바른 심신이 이를데 없이 맑고 아름다운 박혜원 여사는 여자나이 사십이 되도록 그녀의 어머님을 간병하느라 혼기를 다 놓치셨다가 긴 투병 생활 끝에 어느덧 병든 어머님이 작고 하시고 나서야 뒤늦게 역시 아주 귀한 어느분과 결혼 하시게 되었다.

고질적인 지병을 안고 병드신 어머님을 향한 그녀의 심청이와도 같은 효심이 그녀의 지고한 정신 생활을 이승의 고귀함 속에 영위할 수 있도록 저 하늘이 그렇게 점지해 주신 듯 하였다. 그리하여 나는 현대 시학지를 통하여 전봉건 선생님의 시 추천으로 등단하게 되었다. 이제와 생각하니 나는 종교 예술의 신앙적인 바탕을 본질로 지닌 시인이 였으나 한편 스페인적인 정열적인 다혈질 속에 불타는듯 지고한 종교와 아름다운 예술세계에 전력 투구 하고자 몸부림 치기도 하였으나 나의 동양 여성으로서의 삼종지도적인 이중성은 그야말로 현실과 종교가 뒤범벅이 되고 말았다. 굳이 등단을 하지 않아도 맑은 시심을 지니고 향상된 삶을 충분히 누릴수 있으리라 사료된다. 시 추천을 받고자 어느 문학지 사무실에 들렸을 때 나의 본명인 황혜연으로 작품을 제출 했으나 이미 함혜련선생님이 활동하고 계심으로 달리 새로운 필명으로 이름을 바꾸라는 조심스러운 권유를 받고서는 곧바로 그자리에서 '황성이' 라는 필명이 신비로운 새처럼 탄생하게 되었다. 그 후 미당 서정주 선생님에게 나의 필명에 관하여 고견을 들어 보았더니 미당 선생님께서는 '황이' 가 어떻겠느냐고 '황이' 로 흔쾌히 매듭을 지어 주셨다.

그러나 필명 황성이 그대로 아직까지 통용되고 있다. 어느 가을날 산적한 우편 배달 업무에 쫓기는듯 바빠 보이는 한 청년이 자신을 황성이 여사님이 아주 젊은 여성인줄로만 알았노라고 말해 주었다. 그때 나는 이름도 연륜에 맞게 달라져야 하지 않을까 하는 다소 늙음에 관한 초조감이 들기 시작 하였다. 그래서 이제부터는 산문을 발표 할때면 황윤희로 하고 있다. 역시 시는 그대로 황성이의 필명으로 쓰고 있다. 나의 첫 시집 〈거울속에서〉의 서문을 써 주셨던 모윤숙 선생님의 자상하고도 대범하신 하늘 같은 가르침을 영혼속에 깊이 받아왔으며 월탄 박종화 선생님께서는 신사임당과도 같은 고매한 인품을 지니고 언어를 갈고 닦아 부단히 연마하도록 하라고 일러 주셨다.

어렵게 등단하여 훌륭하신 선후배님들의 아름답고 힘있는 삶의 초월적인 향기에 휘감기는 행복과 정신적인 영화로움을 잠시나마 간직함을 신의 은총으로 알고 가슴깊이 받아 드리며 전능하신 신께 깊이 머리 숙여 감사 드린다.

작고 하신 많은 문우님들과 존경 하옵는 스승님들에게도 깊은 감사 드리며 아울러 그분들의 명복을 빈다.

02 소설

김녕희 · 김선주 · 김정례 · 김지연 · 박기원 · 박순녀 · 박시정 · 박완서 · 송숙영 · 안 영 · 오정아
이규희 · 이정호 · 정연희 · 채정운 · 최미나 · 한말숙 · 허근욱

원 웨이 티켓

김 녕 희

소설이라는 열차의 원 웨이 티켓을 끊은 지 만 41년. 그 열차는 뒤로 가지 않는다. 못 간다. 왕복표가 아닌 것이다. 편도이므로 오로지 앞으로 나갈 따름이다. 그 열차의 목적지를 나는 모른다. 나의 생이 끝나지 않았으므로.

지독히도 내성적인 기질 탓에 여럿이서 하는 운동 같은 것은 전병일 수밖에 없었다. 일제시대 유치원에 다닐 때는 말없는 수줍은 아이였고, 여중시절엔 불 안땐 방에 누런 군용 담요를 들쓰고 숨어서 S언니가 갔다준느 책들을 이슥하도록 읽곤 하였다.

나의 본격적인 활자중독증은 수원여고 시절부터였다. 여러 동생들을 피해서 혼자 방 속에서 책읽기를 좋아한 내가 들 수 있는 특별 활동반은 문예반일 수밖에 없었다. 네 다섯 명 정도였다.

1953년 고2때였다. 인천일보사주최 경기도 중고등학교 문예작품 모집에 시와 산문이 당선되는 바람에 내심 우쭐하여 당연히 대학은 국문과라고 정하고 말았다. 그때 시상식에서 만난 인천여고의 이화순은 나의 평생 친구가 되었다. 당시 인천일보사에 계시던 시인 이인석 선생님은, 내가 문단에 나온 후, 모임 같은 데서 뵈오면 인사성 없는 나를 먼 곳에 사는 그리운 딸이라도 본 듯 반가워하시곤 하였다.

전후 1950년 대말, S여대생인 이화순과 나는 지금의 신세계백화점인 동화백화점 4층에 있는 음악실엘 거의 매일이다시피 드나들었다. 그 곳엔 음악과 내 기호에 맞는 커피가 있고 생전 처음 보는 키 큰 열대식물들이 있었다. 생 머리를 길게 느린 E여대생이 유리로 된 방에서 신청곡을 틀어주었다. 또한 숱 많은 앞 머리칼이 흐트러진 홍익대생이 콘테로 내 옆얼굴을 스케치하여 아무 말 없이 탁자에 놓고 가곤 하였었다. 명동서점 단골이던 시절, 까뮤의 〈이방인〉과 〈전락〉, 싸르트르의 〈자유의 길〉등을 작가가 되는 지름길인양 옆구리에 끼고 다녔다.

프랑스의 신예 프랑소와즈 싸강의 쎈세이셔널한 〈슬픔이여 안녕〉이 나오고 일본에선 신진 여성 작가의 〈만가〉가 출간되어 화제를 불러일으켰다. 모두 소녀와 연상의 유부남과의 연애사건을 다룬 소설이었다.

1960 년대에 접어들어 명동 쎄시봉에서 원색 의상에 긴 목걸이를 하고 짙은 화장을 한 천경자 선생을 보고 경의로움을 느꼈던 생각이 난다. 갈채 다방과 동방싸롱 대포집 은성에서 은사이신 조연현 선생님과 손소희 박재삼 시인 등을 뵙고, 잠 없는 밤을 보내며 검고 짙은 커피를 벗삼아 소설을 향한 열망의 꽃을 키워 나갔다.

그 후, 은사이신 박영준 선생님이 단골로 나가시는 〈가화〉다방에서 이무영 유주현 선생님께 작품 지도도 받고, 커피를 비롯해서 오트밀이랑 단팥 빵을 맛나게 먹곤 하였다. 경향신문사 지하 다방에서 정한숙 선생님과 담소를 나누는 막 장편 〈인간의 길〉이 당선된 수녀 같은 김의정 씨를 부러운 눈으로 바라보던 기억이 새롭다.

얼마나 순수하고 행복한 열정의 시절이었던가. 엄격하신 박영준 선생님은 내가 응모한 H일보 장편이 최종심에서 낙선하자, 1961년 현대문학 7월과 11월호에 추천을 완료해 주셨다. 박 선생님은 1200매의 장편 쓴 걸 보시고 이만하면 지구력도 있고 튼튼하다고 여기셨다는 후일담을 들려 주셨다.

첫 작품 〈우기의 문〉이 발표되자, 시인 김영태 선생은 나보다 젊은 친구여! 큰 나무로 발전하게. 하는 엽서를 보내주었고, 추천 완료작인 〈수평의 서단〉이 나오자, 신태양사에서 천승세 선생이 인터뷰를 요청해서 나를 흔들어놓았다. 그 때는 일간지에서 그 달의 작품 월평을 평론가들의 대담 식으로 발표하던 시절이었다. 기대되는 신예여류작가라고 원형갑 김상일 김우종 선생들께서 칭찬을 해주셔서 모자라는 숫보기인 나는 내가 뭐가 될 것이라고 단단히 믿어버렸던 것이다.

그해 1961년 등단 동기생으로 "자유문학"의 구인환, 유현종 선생과 "현대문학"의 나와 정을병 선생이다.

긴 세월이 흘러가고 말았다. 42년은 결코 다시 되돌릴 수 없는 기인 세월인 것이다.

배반감 중에서 자기한테 당한 배반보다 더 극심한 아픔이 있을까. 사랑하는 사람에게 당한 배신감보다 더 참담한 것은 자기 자신에게 당한 배반의 비애이리라.

내가 1961년 원웨이로 끊은 소설이라는 이름의 열차는 지금도 달리고 있다. 어디쯤 그 열차가 가고 있는지 나는 알지 못한다. 편도이므로 되돌아올 수도 결코 멈출 수도 없다. 내 호흡이 지속되고 있는 한 내 생이 멈출 수 없듯이, 내가 탄 소설이라는 이름의 열차 또한 달리고 있을 수밖엔…….

운명처럼 들어선 작가의 길

김 선 주

인간은 이 세상에 태어나면서부터 선택의 여지가 없이 이미 예정된 길을 가게 되는 것일까? 지금와서 지난날들을 돌이켜보면 그런 생각을 하게 되는 때가 종종 있다.

초등학교를 다닐 때부터 나는 소설책을 무척 좋아했었다. 어디서든 책만 읽을 수 있다면, 그 이상의 행복이 없을 것만 같았다. 그래서 휴일이면 소설책을 한 보따리 들고 골방으로 들어가곤 했었다. 그곳에 있으면 아무도 나를 찾을 수 없었기 때문이었다. 문을 걸어 잠그고 작은 창문으로 들어오는 빛 아래에서 나는 온종일 책을 읽었다. 점심도 거르고 땅거미가 지는 저녁 때에 눈도 제대로 못뜨고 비틀거리며 나오면 식구들은 유령이라도 보는 듯이 나를 쳐다보곤 했다. 나를 찾아서 친구들 집이며 온 동네까지 뒤지고 난 뒤였기 때문이었다. 그래도 나는 소설 속의 이야기에 푹 빠져 있어서 부모님의 야단 따위는 별로 무섭지도 않았다. 그래서인지 작문 시간에 글을 써내면 매번 선생님의 칭찬을 받았다. 학교 대표로 뽑혀서 여기저기 백일장에도 나갔고, 잡지에 응모를 하기도 했다. 그때마다 상을 타서 친구들의 부러움을 사기도 했다.

여학교에 다니면서 문예반에 들고 습관처럼 소설에 탐닉했지만, 나는 피아노라는 악기에 새롭게 흥미를 갖게 되고 매료되기 시작했다. 건반 위를 구르는 영롱한 소리는 이 세상의 그 어떤 것보다 나의 가슴을 설레이게 하는 것이었다.

고등학교에 들어와서 불어라는 언어를 배우게 되었을 때, 이번에는 불어에 빠져들게 되었다. 불어를 익히면서 내가 좋아하는 문학과 음악이 그곳에 다 있는 것만 같았다. 그래서 대학 입학 원서를 낼 때, 나는 주저없이 불문학과를 선택했던 것이다.

하지만 막상 불문학과를 다니면서 문학에 대한 정통 수업을 했던 것은 아니었다. 그 당시 나에게는 어떤 전문가적인 의식이 없었고, 다만 가슴을 울리며 감동을 주는 소설책을 즐겨읽는 아마추어적인 기질 밖에 없었다. 당연히 나는 독자로서 만족했고, 결혼하여 사랑하는 사람과 자식 낳고 보금자리를 꾸미며 행복한 삶을 꾸미는 길만이 나의 목표였을 뿐이었다.

그런데 막내아이를 낳고 나서부터 비로소 목마름이 시작된 것이다. 이상하게도 언젠가 잊어버렸던 긴요한 약속을 기억해 낸 사람처럼 무엇인가 빚진 느낌이 들어서 아득해지기도 했다. 많은 시간이 지난 뒤에 내가 깨달은 것은 그 잊어버린 약속의 상대가 바로 나 자신이라는 사실이었다.

그것은 마음만 먹으면 무엇이라도 할 수 있다는 자부심으로 충만했던 젊은날의 오만함과 자신감의 상실이기도 했다.

나는 지난 날들을 찬찬히 돌이켜 보았다. 그리고 무엇인가 나를 위해 다시 시작해야겠다는 결심을 하게 되었다. 나는 글 잘 쓰는 아이로 통했던 어린 시절을 떠올리며 다시 소설을 읽고, 글을 쓰기 시작했다. 마침 동아 문화센타에서 소설작법 시간이 있다는 소식을 듣고 등록을 했다. 그러나 그때까지도 내가 작가가 되고자 하는 마음에서는 아니었다. 작가란 나보다 더 유식하고 유능한 사람들만이 될 수 있다는 생각을 하고 있었기 때문이었다. 나는 다만 가슴을 태우는 목마름을 달래기 위해서 쓰고 또 썼을 따름이었다.

마침내 나는 작가가 되었다. 월간문학 신인 작품상 모집에 응모한 단편소설 〈갈증〉이 당선되었기 때문이었다.

어린시절부터 유난히 소설책을 좋아했고, 별 노력없이 글을 쓰기만 해도 상을 타던 것이 먼 훗날 작가가 되는 밑거름이 되리라고는 상상조차 하지 않았다.

하지만 그때부터 진짜로 험난한 고통이 나를 기다리고 있었다. 올바른 문장과 깊이 있는 사고와 원숙한 가치관에다가 독특하고 예술적으로 승화된 작품을 쓴다는 것은 끝없는 시련의 연속이었다.

만약 이런 고통을 미리 알았다면, 나는 작가가 되는 것을 두려워하고 거부했을 것이다. 그러나 나는 겁없이 들어선 이 길을 운명처럼 예정된 내 길로 받아 들이지 않을 수 없었다.

그것은 작가라는 이름에 대한 강한 책임감이기도 했다. 작가가 된 후, 새벽 2시 이전에 잠자리에 들어본 적이 별로 없다.

목구멍까지 차오르는 목마름 때문에 들어선 이 길이 나에게 더욱 더 애타는 목마름을 안겨주고 있다. 하지만 나는 즐겁게 노력하고 있다.

글 쓰는 일이 내가 이 세상에 태어날 때 받아든 필생의 숙제라는 것을 비로소 절실하게 깨달았기 때문이다.

그대 길이 되어

김 정 례

방황하며
길 잃은 아이처럼 서있지 말고
그대 길이 되어 가거라.
-안도현의 시 중에서-

1976년은 내 인생에 있어 커다란 전환기에 이르러 있었다. 그냥 전환기에 이르러 있었던 것이 아니라 스스로 전환하지 않으면 안되는 막다른 골목으로 내몰린 것이다.

아이 때문에 겨우 봉합 관계였던 그와의 결별을 실행에 옮겨야 했다. 〈라이언의 처녀〉처럼 우리는 재산을 분할하여 나누어 갖고 갈라섰다. 그는 내 반대에도 불구하고 새 사업을 착수하여 돈이 다급한 상태였으므로 갈라서는 조건으로 내건 '재산 분할 건' 에 동의 하였다.

우선 지겨웠던 가정불화와 부부싸움에서 벗어나 평온을 찾고 싶었던 내 소망은 이루어졌지만 문제는 앞으로 살아나가야 할 일이었다. 돈벌이 일에서 한동안 완전히 손을 떼고 있어 새롭게 무엇인가를 시작하기가 막막했다.

나는 인생의 길 위에서 갈 길을 잃고 방황하며 서있었다. 어떻게 해야 하나? 어디로 가야 하나? 도무지 희망의 기미가 보이지 않는 막막한 장래를 내다보며 사는 것 자체가 싫어졌다.

차라리 죽어버릴까? 하는 강렬한 자살 유혹을 받았다.

내가 죽어도 저 빛나는 태양은 변함 없이 빛날 것이고 나무들은 철따라 잎이 돋아나고 지고 다시 돋아나겠지. 세상은 아무 것도 변하지 않는데 이 세상에 있었던 흔적조차 없이 나는 먼지처럼 사라지겠지…

슬퍼서 눈물이 났다. 그런데 문득 내 안에서 어떤 소리가 들려왔다. 길이 없으면 네 자신이 길이 되어 가라. 그 길이 소설이어도 좋고…

그때 나는 생각했다. 어려서부터 소설가가 되리라 목표를 정하고 단 한 번도 흔들림이 없었으나 정작 소설가가 되는 신춘문예나 문예지의 신인 등용문에 적극적으로 나서지 않았었다.

신춘문예에 응모할 소설을 쓰기 시작했다. 그러나 마음만 급할 뿐 소설은 제대로 써지지 않았다. 신춘문예 마감을 앞둔 그해 초 겨울은 추위가 일찍 찾아와 날씨가 몹시 싸늘했다. 나는 한 밤중이면 써지지 않는 원고를 접어놓고서 밖으로 나가 무릎을 꿇었다. 시멘트 바닥에서 올라오는 찬 기운으로 무릎이 시리고 아팠으나 오랜 세월 내 삶에서 비켜놓았던 신앙에 대해 깊은 반성으로 절절한 기도를 드리는 가운데 영감처럼 소설의 막혔던 부분이 이상하게도 풀렸다.

초고가 완성되자 영자 언니가 먼저 읽어 보고 괜찮다,라는 평에 용기를 얻었다.

손소희 선생님께 초고 원고를 보여드리자 읽어 보시고는 문장을 꼼꼼히 고쳐주셨다. 선생님 문체와 내 문체가 달라 내가 좀 뚱한 표정을 지었더니 손선생님 말씀이 박 아무개 선생은 동리선생께서 문장을 전부 뜯어 고치다시피하여 원고지의 빈 데가 없을 정도였다고 하셨다.

동리선생님은 내가 서라벌 재학시절 학교 수업시간에 과 학생들의 숙제 작품을 나에게 읽게 하였는데 그때처럼 또 내 작품을 낭독하게 하여 들으셨다. 다 들으시고는 아무 말씀이 없으시더니 그날 밤 한밤중에 전화로 "청 공작을 죽여라!" 하시는 것이다. 무슨 밀명 같은 말씀이 너무나 황당해서 나는 “하하하” 웃음을 터뜨렸다. 물론 선생님이 무슨 말씀을 하시는지 그 뜻은 충분히 알았다. 내 소설에 등장하는 청 공작을 죽이는 것이 소설을 더욱 극적상황으로 만든다는 조언의 말씀이셨다.

나는 선생님의 말씀대로 청공작을 죽였다. 그리고 그해 한국일보 신춘문예에 당선되었다.

소설가로 데뷔한지 25년 세월이 흘렀다. 그런데 나는 또다시 방황하며 길을 잃은 아이처럼 서있다.

20년만 더 썼으면

김 지 연

1964년 서라벌예대 문예창작과 재학중 여상(女像)지의 제 3회 여류신인문학상에 소설 〈비탈〉을 응모하여 수상했다.

당시 여성지는 〈여상〉과 〈여원〉 뿐이었고, 두권 모두 여류신인상 제도를 두고 있었는데, 문단데뷰와는 전혀 상관없이 소설실습 시간에 발표했던 작품을 인기있던 여성지에 한번 투고해보았던 것이다. 시에는 신달자씨, 소설에는(심사. 유주현), 김석라(학교때 자칭 지어쓰던 필명)가 선정되어, 시상식에서 역시 학생이었던 신달자씨와 처음 만났다.

그리고 이후에도 문단등단이라는 특별한 목적이나 의식도 없이 (상금에 관심이 많았다) 66년도에 동아일보 신춘문예에 단편소설 〈천태산 물녀〉로 응모했다. 예결심을 거쳐 최종결선 2편까지 올라 작품평은 필자의 것을 우선으로 호평(심사. 김동리)하면서, 최종 당선자는 양문길씨의 〈부두주변〉이 선정되었다.

마침 그 해 진주 경남일보에 취직이 되어 하향했는데 신문사에서 대구매일신문의 〈매일문학상〉 작품응모광고를 보게 되었다. 당선작 상금이 5만환으로 당시 동아일보 신춘문예 3만환보다 높아 우선 눈을 끌었다.

그래서 동아일보 최종결선 두편중에서 탈락된 작품의 초고를 다시 정리하여 매일신문사로(67년) 보냈다.

예상대로 극찬(?)의 평과 함께 당선(심사. 박영준, 방기환)으로 거금 5

만환을 받았다. 지방지이기는 했어도 당시 전국 제1의 야당지였던 탓인지 의외로 파급효과가 컸다.

필자의 스승이면서 동아일보의 심사위원이셨던 김동리 선생님께서 작품 한 편을 현대문학사로 송고하라는 편지를 보내주셨다.

당시 문단등단의 권위지였던 현대문학에서는 소설 2편, 시 3편으로 추천완료를 시켰는데, 신춘문예나 신인문학상에 당선된 작가가 현대문학 추천과정을 또다시 섭렵하기를 원하면 신춘문예당선을 1회 추천으로 인정하고 1편으로 추천완료를 시켰다.

그해 연말에 선생님의 지시대로 단편소설 〈산영(山影)〉을 현대문학사로 올려보냈고 다음해인 68년도에 김동리 선생님의 추천으로 현대문학 추천과정을 끝냈다.

결국 여성지(64년)와 신춘문예(67년)와 문학지(68년)의 다양한 추천과정을 거치면서 나름대로 탄탄한 데뷰과정을 밟았다고 자부하고 있다.

지금 생각하면 왜 그땐 문단등단에 대한 절박함이 없었던지 또한 거칠것없이 오만스러웠던지. 요즘의 문단데뷰를 위한 후배들의 피나는 노력과 칠전팔기의 끈기와 의지의 치열성을 보면서, 또한 문학지와 출판사의 상술을 앞세운 작가배출과, 작품의 질과는 상관없이 작가를 마구 양산하는 저질 문학지의 행태를 보면서 격세지감을 느끼기도 한다.

당시 자신감이 오만을 불렀을지도 모른다. 20대 중반의 한창 나이인 '젊음' 때문에 오만했고 또한 중.고등 학교때 신문사(국제신문, 세계일보, 학원 등)의 학생문예란에 투고만하면 어김없이 척척 게재되는 바람에 어느 곳이든 경쟁을 해서 낙선될 것이란 생각을 하지 않았다.

하물며 동아일보에 최종 두편을 놓고 고심하던 선생님이 결국 〈부두주변〉에 손을 들었는데도 필자는 내 작품이 당선작보다 우수하다고 자만했고, 그 자만심은 매일신문 심사위원들의 〈중앙일간지의 여느 당선작들보다 더 빼어난...〉 운운의 심사후기에서 극에 달했던 것이다.

어언 소설을 쓰며 먹고 살아온지 40년에 가깝다. 젊었어도 상금에 예민했던 것이 힘들게 살 전조였던지 소설쓰면서 두집살림(친정,시가)사느라 더러는 독자비위를 맞추기도 하면서 참 많이도 써왔다.

그러나 수많은 작품중에서 독자와 평자는 젖혀두고 스스로 만족하는 작품이 과연 몇 편이나 될지, 아직 구체적으로 점검해보지는 않았다.

등단과정이란, 결국 글쓰기의 기본훈련을 쌓는 수련기간 이상일 수 없는데, 이즈음은 〈탯줄이 내 평생을 좌우한다〉면서 작품의 질과는 상관없는 '매스컴문학군단' 쪽에 혼신투구를 한다니 뭔가 크게 잘못되고 있는 것 같다.

어쨌거나 작가는 작품이 말을 하는 것 외에 더 무슨 탁월한 삶의 방법이 있겠는가. 그저 너와 나 우리모두 계속 열심히 쓰고 볼 일이다.

필자 역시 남은 삶은, 간절하게 쓰고싶은 것만 써볼 생각이다. 길게 잡아 20년만……

시상식 날 첫 애를 낳다

박 기 원

숙대를 졸업하고 신문사 기자로 있으면서 나는 수필을 먼저 쓰기 시작했다. 여러 지상에 발표하고 나름대로 혼자 습작 기간을 가진 셈이다.

1954년 결혼을 하고 직장도 그만두고 전업주부가 되면서 집에만 있게 되었다. 그 당시만 해도 신문사에서 여기자는 전무상태였고 물론 나는 내 신문사에서 홍일점이였다. 그렇게 사회생활을 하다가 막상 집에서 살림만하고 남편만 기다리다 보니 어쩐지 이대로 내가 폐물이 될 것 같은 불안감과 자책감이 들기 시작했다. 그러는 동안에 여원잡지사에서 소설 응모가 있다는 광고를 보았다. 당시 여성지는 〈여원〉 하나 뿐이었다.

그때 나는 첫 애를 임신중이였다. 남편이 출근하고 나면 그 때부터 글쓰기를 시작했다. 제목은 귀향(歸鄕)이였다.

내용은 일본에 가서 대학 물리학 연구실에서 수제자로 연구중 8.15 해방을 맞아 연구를 중단하고 고국으로 돌아온다. 그가 고국을 다시 찾게 된 이유 중의 하나는 첫사랑 선희 라는 여인이 있기 때문이다.

고국에 돌아온 그는 소용돌이치는 난국의 물결에 제 자신이 발을 붙일 곳이 없다는 것을 절감한다. 한 인간이기 전에 하나의 사상(思想)이 그를 뒤쫓아 다녔다. 한편 첫사랑 여인 선희는 딴 남자와 결혼해 아이 하나를 낳고 병사(病死)한 후였다.

그가 찾아온 고국은 그에게 절망과 아픔만을 주었다. 그런 내용의 한

지식인의 고뇌와 사랑의 슬픔을 그렸다. 탈고를 하고 여원지에 원고를 접수는 시켰지만 나는 자신이 없었다. 그런데 그 귀향(歸鄕)이 뜻밖에도 많은 응모자를 물리치고 여원지 최초의 소설 당선작이라는 명예를 얻게 되었다. 지금같이 많은 여성지가 있는 게 아니라 단 하나 뿐인 여성지 〈여원지〉의 당선은 대단한 화재거리였다. 나도 물론 기뻤고 특히 남편이 축하해 주었다. 그러니까 사실상 그 때부터 나는 소설을 쓰는 여자가 돼버렸다. 소설이 당선되고, 시상식과 상금을 받는 날 나는 유감스럽게도 첫 애를 낳고 얼마 안돼 더구나 겨울이라 외출을 못했다. 그래서 그 뜻 깊은 시상식 날 나는 못가고 남편이 대신해 갔었다. 여러가지로 그 해는 나에게 일생 잊지 못할 뜻 깊은 해였다.

첫 애 순산하고 또 소설이 당선되고 내 인생의 획기적인 해였다. 그러니까 엄격한 의미에서 문단에 등단한 셈이다. 글을 쓴다는 것은 그 때부터 나에게는 숙명적인 작업이 되었다. 밖에 나가는 것을 별로 좋아하지 않았던 나는 살림 하며 4 남매를 기르면서 틈틈히 글을 쓴다는 것이 하나의 즐거움이였다. 그 때만 해도 문예지가 드물 때였고 어떤 잡지던 당선되면 일단은 문단에 등단한 것이 된다. 그런 의미에서 나에게 있어 여원지는 운명적인 만남이었다. 그 당시 여원지 사장이셨던 김사장님도 벌써 고인이 되셨고 인연을 맺었던 여기자 분들도 50년이 가까운 세월 속에 모두 어디서 어떻게 사시는 지 소식이 묘연하다.

새삼 세월의 무상함을 느낀다. 그리고 음으로 양으로 나를 어린애 같이 보살펴주던 남편 이진섭 씨도 나를 두고 떠난지 20년이 된다. 이 글을 쓰고 있으니 이 나이에 나는 소녀같이 눈물이 난다.

성공회(聖公會) 옆골목

박 순 녀

정동방송국- 60년대 초, 그 곳이 나의 근무처였다. TV는 아직 없었고 방송매체는 라디오뿐이었다. 그 곳에서 내가 하는 일은 신간 소개였다. 잡지사나 출판사에서 오는 책들을 대충 추려서 15분짜리 프로로 편성, 소개하는 일이다.

내가 문예계에 속해 있고 또 원고를 쓰니까 우리 계장님(아동작가 최효안)께서 〈인생역마차〉 원고를 한번 써보라고 했다. 어찌하오리까 하는 인생상담 프로인데 당시 아주 인기가 있었다. 나는 밤이면 가슴 밑에다 베게를 밀어넣고 길게 엎드려서 그 원고 60매를 단숨에 써내려갔다.

그런데 이 원고가 별로 하자가 없이 방송에 나가면 다들 꼭 들었고 잘 썼다고들 했다. 그러자 아동극도 써달라고 부탁이 오고 명작(名作)소개도 해달라고 부탁들을 했다. 고정적인 내 프로가 신간소개인데 이 프로가 매주 나가고 인생역마차, 명작 소개 또 아동극까지 한달에 한 번 정도로 쓰게 되면 내 수입이 괜찮았다. 내 원고 수입이 제일 좋았을 때가 그 당시였다.

그런데 소설을 쓸 생각은 왜 했을까. 방송 원고를 썼더라면 머지않아 TV 시대가 오고 드라마 전성시대가 와서 나는 어쩌면 뜨는 방송작가가 될지도 모르는데... 물론 거품처럼 허망하게 사라지는 드라마 작가로 끝날 지도 모르지만.

나는 방송국의 일을 하면서도 가슴 한쪽이 늘 허전했다. 물론 그 이유를 나는 알고 있었다. 불후의 명작을 남기는 소설가가 되고 싶은 것이다. 나에게 그런 천분, 재질, 끈기 같은 것이 있느냐를 떠나서 말이다. 불후를 마치 자기를 위해서 있는 말처럼 생각하는 한 때가 있다. 그러다가 차차 자신을 알아가게 된다. 자기가 서 있는 자리가 보이는 것이다. 하지만 불은 이미 점화가 되어서 우리를 태운다.

내가 소설 쪽에 구애하고 있는 것을 아는 몇몇 분이 꼭 소설을 쓸 생각이 있으면 방송 일을 그만두라고 했다. 한 가지 일에 집중하라는 뜻인 것 같았다. 나는 그 말을 따랐다.

자 이제 어떤 방법으로 소설가가 될 것인가.

누가 말하기를 우리처럼 척박한 땅에서 글을 쓰자면 지독한 가난, 지독한 사랑, 지독한 병- 이 세가지 중의 하나는 경험해야 한다고 했다. 머리에 든 것이 별로 없기 때문에 체험으로 가라는 말인 것 같았다. 사실 체험보다 강한 것은 없을 것이다.

나는 한 3년 동안 모든 것을 놓고 닥치는대로 책을 읽었다. 조금 창피한 고백이지만 나는 소설을 쓰자고 뜻을 세우고 나서 그 소설에 거름이 되라고 바친 시간은 요 3년 뿐이다. 물론 사랑이니 가난이니 병 같은 것을 나도 경험을 하지만 그것은 내 소설하고는 무관한 체험이다. 살다 보니까 그런 것이 나에게 찾아 왔을 뿐이다.

3년- 나는 책을 닫고 습작을 시작했고 60년에 조선일보 신춘문예에 응모했다. 가작이었다. 불후의 명작은 이미 나하고는 관계가 없는 것이 되었지만 그래도 가작이 서운했다. 그러나 나는 조선일보 출신으로 간주되었고 나에게 원고를 써달라는 데도 더러 있었다. 말하자면 나는 문단에 데뷰가 된 것이다. 62년에 나는 사상계(思想界)에 또 투고를 한다. 그런데 이번에도 또 가작이었다.

에잇, 경력을 말하라고 할 때 "당선!"하고 싶은데. 하지만 그때 나를 가작으로 밀어내고 당선이 된 작품이 너무나 신선하고 그야말로 유니크

했다. 저게 천분이고 재질이구나. 나는 지금도 그 작가를 부러워한다.

좋은 작가가 있다는 것은 나무나 축복이다. 좋은 작가가 있어야 내가 있는 자리가 보인다.

당선에서 밀려나 조금은 힘이 빠져서 걷던 길– 정동방송국(지금은 다른 건물이 들어섰다)에서 덕수궁 쪽으로 조금 내려가면 거기에 성공회가 있고 그 아름다운 건물을 그때는 아름다운 줄도 모르고 지나쳤었다. 내가 문단에 데뷰한 시절도 그렇게 아름다웠었는데 나는 모르고 힘이 빠져서 걸어갔었네.

나의 등단 이야기

박 시 정

몇 해째 작품을 통 쓰지 않아서 모국어도 서틀어지고 현재 신학공부를 하고 있어 문학에 소원해져 있으나 소원한대로 적어볼 까 한다.

나의 생애에서 가장 진솔한 사랑의 경험을 떠 올리라면 국민학교 입학하기 전의 한 두해가 될 것 같다. 내가 고열이 나며 심하게 앓을 때 밤새워 찬 물 수건으로 열을 내려 주시며 간호 해 주시던 외할머니의 손길, 겨울방학에 내려 가면 추위에 꽁꽁 언 손을 당신의 손 안에 넣고 따스히 녹여 주시던 친 할머니의 애틋한 손길. 친 할머니의 따스한 손 안에서 내 손이 녹으면 친 할머니는 다락에 숨겨 두셨던 연시, 꿀엿을 내 주셨다. 그 때 그분들의 사랑은 전인적이며 한 치의 간격도 없는, 그분들과 완전히 일치되는 사랑이었다. 외가의 친척들의 정성 어린 정, 친 할아버지 형제분들의 친척들이 큰일 때마다 오고 가며 나누던 의식을 지키는 가풍과 가족애는 진솔하며 훈훈한 것이었다.

육 이오 사변이 나서 외가가 있던 군자면과 친 조부 댁이 있던 경기도 광주군 우산리(현재 천진암이 건설 중이다.)로 피난 가서 지내던 시절도 공포와 빈곤속에서도 진실하게 나누던 친척애가 나의 가슴 밑바닥에 남아 있다. 외가에서 소래가 가까웠는데 바닷물을 막은 뚝이 십리는 되게 길었다. 경사진 뚝에 기대어 앉아 하얀 모래밭에 밀려나있는 바싹 마른 푸르른 파래들을 방석같이 무릎에 얹어 놓고 멀리 떠 있는 기선들을 바라보며 "전쟁이 끝날 날이 있을 것 인가? 저 바다로 한없이 가면 어디가 될까?" 어린 가슴으로 의문하였다. 암담함 송에서도 "저 하늘 위에는 반드시 예수님이 계실거야. 예수님께서 이 전쟁을 끝나게 해 주실 걸." 하는 믿음이 있었다. 그러한 믿음은 우리 집에서 하숙하고 있던 신학생의 전도로 어려서 세례받아 기독교신자가 되어 있었던 덕이었다. 추계 이모댁에는 뒷뜰에 감나무가 서 있었는데 늦가을에 잎을 다 떨구운 감나무에 높고 푸른 하늘을 배경으로 감이 주렁주렁 달려 있던 모습은 늘 선명하다. "심심하쟈? 감나무가지 꺾어줄게." 하시며 벙어리안 아들을 시켜서 꺾어 온 탐스러운 감나무가지를 받아들 때의 감격이 생생하다.

외가의 피난지에서는 일요일에 외사촌들과 교회에 갔었는데 귀가길에 개펄에 여기 저기 놓여 있던 바위 밑에 고인 물에서 새끼 게, 하얀 모시조개들, 불가사리들을 들여다 보는 것이 흥미 있었다. 갯가에는 이름 모를 바닷풀들이 무성하게 자라 있었다. 햇볕이 쨍쨍하여 갯벌의 흙은 바삭바삭했는데 발걸음마다 밟혀지는 갯흙의 감촉이 보드라왔다. 외사촌들과 어울려 지내서 외롭지는 않았으나 임시의 피난지 생활이라 "우리는 평시의 생활로 돌아갈 수 있을까?" 하는 불안이 늘 가슴을 짓누르고 있었다.

9.28후 잠깐 환도했다가 다시 피난가야 해서 그 때는 우산리의 친조부댁으로 갔었다. 할머니들, 큰어머니, 어머니, 작은어머니들이 모두 양갓집 따님들이라 가난하기는 하나 지체있고 진솔하였다. 그 흰옷 입은 간소함과 진솔함은 나의 인격형성에 중요한 영향력이 되었고 피난생활이었으나 다래끼를 메고 수수이삭을 자르던 모습, 방앗간에서 곡식을 찧던 모습들이 근면하고 진솔한 소박함의 기억이 되고 있다. 국민학교가 광주 읍에 있어서 수많은 개울물들을 건너 30리 길을 걸어야 했는데 새벽 4시에 일어나 밤 10시 경에나 귀가하게 되는 고된 통학이었으나 마중 나와 주시고 겨울에는 햇솜을 둔 버선, 벙어리 장갑으로 추위를 견디게 해 주시던 친할머니의 정성으로 어려움을 극복할 수가 있었다. 마을

을 벗어나 첩첩한 산자락의 굽이를 바라다 보면 30리 길을 타박 타박 걸어야 할 일 까마득했으나 산굽이 끝에 보이는 푸른 하늘에 반드시 예수님이 계실거라고 믿었고 그 예수님께 의지하는한 예수님께서 구원해 주실 거라는 믿음을 가졌다. 환도 후 잿더미가 된 집의 가난 가운데서도 절망하지 않았던 힘은 "예수님의 존재의 힘"과 동화책들이었다.

중학교 국어선생님이 정양완 선생님이셨는데 아버님이 국보학자 정인보 선생님이셨다. 국어교과서에 나오는 작가들이 대부분 선생님의 아버님의 친구분들이셔서 그분들을 활자로부터 인간화 시켜서 소개 시켜 주셨다. 국어시간은 국어교과서를 초월한 살아있는 언어학이자, 문학이자 역사였다. 아버님이 인민군에 납치당해 가시면서 따님에게 주셨다는 만년필이 늘 선생님의 손 안에 들려 있었다. "우리 아버지가 주신 만년필..." 하시면서 울먹울먹해 하셨다. 선생님은 독서광이셨다. 읽으시던 책을 밥상 앞에 앉으시고도 놓지 못하셔서 어머니께서 늘 안타까와 하셨다고 한다. 선생님의 영향으로 제자들도 열심히 문학작품들을 읽었다. 주로 앙드레 지드, 모파상, 헤르만 헷세의 작품들이었다. 문학 비평가이신 윤병로 선생님의 인도로 몇 번 백일장에 참가한 기억이 있는데 박 영준 선생님과 박 경리 선생님의 심사 위원이셨던 때가 있었다. 비원의 영화당 뜰에서 백일장이 열렸을 때는 글을 지으며 선조 임금님 때 영의정이 되셨던 조상님은 이 뜰에서 장원에 급제하셨을 것이라고 생각했다.

연세대 졸업후 한국어 학당에서 한국어 교사로 있는 동안 아일랜드 신부님들의 영향으로 카톨릭 신자가 된 것이 나의 문학하는 태도와 정신의 기반이 되었다고 할 수 있겠다. 박영준 선생님의 추천을 받아 소망대로 현대문학을 통해 등단했다. 〈그들의 시대〉와 〈초대〉라는 작품이었다. 미국에 평화봉사단에 한국어 교사로 가 있는 동안의 경험을 쓴 〈날갯소리〉가 비평가들의 평을 많이 받았다.

나의 등단 무렵

박 완 서

요새는 40대나 50대에 뭘 새로 시작한다는 게 흔한 일이 되었지만 내가 등단할 당시(1970년)만 해도 40세에 문단에 나타난 가정주부를 신기하게 바라보는 분위기였다. 여성동아에 장편 나목이 당선되어 문인의 반열에 올랐는데 당선을 알려주러 온 두 명의 기자도 나를 이리저리 떠보기만 하고 선뜻 당선 소식을 알려주지 않았다. 다행히 원고지에 옮겨 쓰기 전에 노트에 깨알처럼 박아 쓴 초고를 가지고 있어서 내가 그걸 쓴 본인이라는 걸 납득시킬 수가 있었다. 그런 일로 열등감을 느꼈다고 까지는 할 수 없어도 상당기간 문단이라는 데 소속감을 느낄 수가 없었다. 마침 장차 70년대 작가라고 불리게 될 20대 작가들이 기라성처럼 빛날 때였다. 등단한 지면이 여성지이기 때문도 있었겠지만 작품에 대한 제대로 된 평가는 없이 40세에 등단했다는 사실만이 꼬리표처럼 붙어 다닌다는 건 여간 곤혹스럽지가 않았다. 심사평 중에는 잘 썼지만 순전히 자기경험을 녹여 매끈한 소설 한 편을 빚은 거기 때문에 일회적인 작가로 끝날지도 모른다는 우려의 소리도 있었다. 새겨 들을 만한 뼈아픈 소리여서 그 후 원고청탁이 있을 때마다 그게 비록 몇 장 안 되는 잡문일지라도 최선을 다하려고 애썼다. 처녀작이 마지막 작품이 되는 작가는 되고 싶지 않았으니까.

나도 열심히 썼지만 운도 좋았다고 생각한다. 지면이 지금처럼 많지 않은 때였는 데도 여러 좋은 지면에서 청탁을 해주었고 중앙 일간지에서 아직 신인에게 연재소설을 쓸 기회도 주었다. 어느 틈에 다작하는 인기 작가가 되어 있었지만 처음 등단할 당시 느낀, 어쩐지 나처럼 나이 먹은 여편네가 끼어들 데가 아니다싶은 거리감 때문에 문단이란 데를 무조건 어려워하고 수줍어했다. 여러 좋은 지면의 고른 혜택을 받았지만 문예지나 신문사 편집실에 드나들어 본 적이 없다. 원고 심부름은 당시 고등학생인 큰 딸이 전담해서 해주었다. 그때만 해도 잡지사나 신문사가 광화문 근처에 몰려 있었고 딸이 다니는 고등학교도 그 근처였다. 등교할 때 원고를 들려 보내면서 귀중품을 철부지에게 맡기는 것처럼 여러 번 잘 간수하고, 바로 전달하라고 주의를 주고 나서도 문득문득 불안해 하곤 했다. 버스 간 같은 데 놓고 내릴 것은 상상만 해도 식은땀이 났다. 그러면서도 직접 원고를 갖다 줄 엄두를 못 냈다. 원고가 도중에서 없어질 것 같은 불안감은 처녀작을 우송할 때부터 비롯된 버릇이었다. 나목은 천 삼백 장 정도의 분량인데 부피와 무게가 꽤 됐다. 그걸 낑낑대며 신설동 우체국까지 들고 가서 등기로 해달라고 했더니 달아보고 나서 요구하는 우송비를 나는 터무니없이 싸다고 느꼈다. 내가 귀하게 여기는 것만큼 그 쪽에서도 특별 취급을 해주고, 그 대신 보통 소포 이상의 우송비를 받았으면 싶었다. 분실되면 큰 일 나는 거라고 몇 번 강조했지만 직원은 무표정하게 받을 만큼만 받고 소포뭉치를 뒤쪽으로 던졌다. 소포만 모아놓는 철사로 엮은 커다란 망태 속으로 내 원고뭉치가 난폭하게 던져지는 소리에 나는 가슴이 철렁 내려앉았다. 저게 제대로 우송이 될까, 도무지 미덥지가 못해 발길이 잘 떨어지지가 않았다. 그럴 거면 손수 신문사까지 갖다 주면 될 것을 그까짓 것도 할 용기가 없는 주제에 작품에 대해선 왜 그렇게 자신이 만만했던 지 심사위원이 끝까지 읽어만 준다면 당선은 틀림이 없다고 생각했다. 심사위원이 누군지도 모르면서 몇 장 안 읽고 던져버릴 것 같은 예감으로 속을 끓인 것은 내가 워낙 졸필이라는 자격지심 때문이었다. 글씨에서도 연령과 교양

심성 등, 어느 정도 쓴 사람의 인품이 나타나게 마련인데 내 글씨는 우리 아이들까지도 엄마 글씨는 국교생 글씨라고 놀릴 정도로 초등학교 3학년 정도에서 지능이 멈춰버린 것처럼 치졸하다. 그래도 또박 또박 알아보기 쉽게는 썼는데 그 후 다작하는 작가가 되면서 망가지기 시작하더니 내가 쓴 글씨를 내가 못 알아볼 악필의 경지에까지 이르렀을 때 워드 프로세서가 등장해 나를 구제해 주었다. 텔레비전도 키고 끌 줄만 알지 예약 녹화니 뭐니 하는 복잡다단한 기능에 대해선 겁부터 나서 아예 알려고도 안하는 나 같은 기계치가 지금처럼 PC가 일반화되기 전부터 기계에 도움으로 원고를 작성할 엄두를 낸 것은 내 악필을 판독해야 하는 기자들에 대한 최소한의 예의였다. 거의 모든 작가들이 컴퓨터로 작업을 하면서 글의 길이는 늘어나고 밀도는 떨어진다는 우려하는 소리도 있지만 받아쓰기라면 모를까 머리와 가슴을 쥐어짜야 하는 작업이 손끝 재간에 그다지 크게 영향 받을 리는 없으리라고 생각한다. 나의 경우를 돌이켜보아도 나이와 함께 정신의 기력은 떨어지는 데다가 파지 내는 걸 아까워할 필요 없이 원고를 마음껏 고치다 보니 수작업 할 때보다 하루 쓸 수 있는 원고의 양은 훨씬 줄어든 반면 만족도는 약간 높아진 것 같다. 무엇보다도 원고가 도중에서 없어질까 봐 전전긍긍하지 않아도 되고 악필을 미안해하지 않아도 되는 게 그저 신기하고 고마울 따름이다.

그리운 갈채와 청동의 시절이여

송 숙 영

내가 문단에 고고지성을 지른것은 1960년 겨울이었다. 1960년초에 첫회 추천을 받고 1960년 말에 추천을 완료했으니까 햇수로는 일년만에 소설가로 고고지성을 질렀다고나할까? 그때 동방 싸롱과 갈채다방에서 뵈었던 선배님들 중에는 이미 고인이 되신 분들도 많다. 김동리, 손소희 선배님이 그렇고 강신재 선배님도 작년에 작고하시고 한무숙, 임옥인 선배님, 박계주 선배님 등등 너무 많은 선배님들이 고인이 되셨고 우리는 그 아름답고 늠늠하던 모습을 다시는 뵈올길이 없다.

1960년대만해도 명동에 나가면 르네쌍스라는 다방도 있었고 청동에 가면 공초선생님이 시인들과 늘 덤덤한 대화를 나누고 계셨다. 전쟁으로 혼자서 일주일후면 돌아간다고 피란을 나왔던 어린 소녀는 이제 할머니가 되었어도 가까운 개성에 못 가보고 있다. 그림에 재주가 있었던 나는 그림을 그릴 그림물감과 캔버스 살 돈이 없어서 펜하나만 가지면 나를 표현할 수 있는 소설로 문단에 나와서 스물여섯살 어린나이에 〈원근법〉과 〈타인들〉이라는 소설로 현대문학지에 고고지성을 질렀다.

유명한 작가가 되겠다는 절실한 욕망도 없었고 그냥 소설쓰는 것이 좋아서 소설을 많이 썼다. 졸작도 있었고 좀 잘 쓴 소설도 발표하면서 벌써 42년을 지냈다. 나는 노래를 잘하는 사람은 혼자서도 노래를 잘하고 여럿이 있는데서도 혼자 노래하는 것이 좋아서 노래를 하듯이 그렇게 목청높여 소설을 썼던 것 같다.

그때 나는 글 쓸 서재나 그런 것이 없고 하숙집은 너무 추워서 다방에서 주로 글을 썼는데 원고지 70장 메꾸는 것이 큰 대하소설만큼이나 어려웠다. 처음에는 여중 일학년때 나의 국어담임선생님이셨던 고영진 선생님은 그때 학원사에 계셨는데 나더러 너는 작문을 잘하더니 기여코 소설을 쓰는구나하고 격려를 해주셨던 것이 생각난다. 또 그무렵 많은 삽화를 그리셨던 여중때의 미술담임 우경의 화백은 섭섭해하시면서 "너는 그림을 그려야 되는데 소설을 쓰는구나, 정 그림이 하고싶으면 늙어서 그려. 너는 늙어도 십년만 열심히 그리면 대단한 화가가 될수있어" 그렇게 말씀 하셨다. 지금 우경희 선생님은 미국에 계신데 아직 살아계신지 궁금하다.

나는 수도 잘 놓고 공작도 잘 했는데 국어시간만되면 동대를 나오신 고영진선생님의 말씀이 귀에 쏙쏙 들어오는 문학소녀이기도 했다. 나의 첫번째 처녀작은 '찹살떡 사려' 하고 외치며 다니는 가난한 소년을 짝사랑하는 소녀의 이야기였던 것 같다.

사랑은 영원히 작가들이 다루고 싶어하는 주제이지만 나는 지금도 제대로 된 사랑의 이야기를 쓰지 못하고 있다. 왜냐고? 너무 힘이 들어서인 것 같다. 그리고 진솔한 사랑과는 너무도 거리가 먼 사랑부재의 시대를 살아가다 보니 내 자신이 삭막하고 황폐한 사막을 오래 걸어와서 그런 것인지도 모른다. 커피 전문점에서 나오면 커피향기가 배고 술집에서 나오면 술냄새가 몸 어디에선가 난다. 그것이 인지상정인데 나의 몸에서는 무슨 냄새가 날까?

소설가들에게서는 종이 냄새가 날 것 같다. 아니 나에게서는 아무 냄새도 안난다. 무색무취 그것이 나일까? 나는 그렇게 삭막한 인간이 되어버린 걸까? 아무튼 내가 문단에 나오던 1960년대는 지금보다 훨씬 낭만이라는 것이 있고 전쟁때문에 가난에 찌든 살림들이었지만 지금보다는 옛날스러운 인정미가 있던 시절이었던 것 같다. 지금도 아직 동방

문화 싸롱이라는 건물은 있고 (작년도 까지는 있었다.), 갈채도 정동도 그자리는 없어졌지만 우리들 문학소녀 문학청년들의 가슴속에는 아름답고 꿈 많던 시절로 기억 저편에 또렷이 자리잡고 있는 추억들이 많다.

1960년도 그때의 모습은 한말숙 선배의 긴 단발머리로 기억이 되고 김동리, 손소희 선배님의 연문이 명동에 큰 파도처럼 출렁거리던 낭만적인 시절이었던 것만은 고향의 추억처럼 잊혀지지 않는다. 그리고 아름답고 우아한 최미나님도 나와 함께 김동리 선배님의 추천을 받고 문단에 거의 같은 무렵에 데뷰를 했는데 허영자 시인과 김후란 여사의 청초한 모습도 그리운 옛날의 명화들이다. 또 박정희 시인은 특히 나의 친한 친구였는데 그 가냘프고 앳된 미소는 여전하건만 우리는 이미 파파노인이 되어가고 있는 나이이다. 글이나 쓰자. 암말 말고 들어앉아 세상에다 대고 크게 소리칠 수 있는 명작이나 한 두편 남기고 가세나. 어이 친구들이여 더 늙어서 기운 떨어지기 전에 걸출한 명작을 남기세나. 그리하여 문학인으로 태어나 고생하고 산 보람을 심고 가세. 그리운 친구들이여 건강하게 지내세들 그려. 보고싶은 얼굴들이여.

호롱불 밑에서 밤을 지새며

안 영

우리가 여학생이던 시절에는 너 나 없이 책을 많이 읽었다. 시나 소설을 읽지 않으면 친구들과의 대화에도 낄 수가 없을 정도로 문학과 더불어 살았다. 그리고는 틈만 나면 독서 토론회를 벌였다. 운동장 가 크로바 잔디에서, 교실 옆 등나무 아래 벤치에서,

책 살 돈이 없으니까 학교 앞 서점에서 몇 십원씩 주고 빌려다 보는데 좋은 책이라고 소문이 나면 이름을 적어 놓고 차례를 기다려야 할 지경이었다.

광주여고 때, 국어를 가르치시던 최정순 선생님의 영향도 컸다. 세계명작을 줄줄이 꿰면서 재미나게 이야기해 주시면 우리는 넋을 잃고 소설 속 주인공이 되어 먼 동경의 세계로 둥둥 떠오르곤 했다.

나는 언니 오빠 덕분으로 더 많은 책을 읽었다. 방학 때면 조부님 계시는 광양에 내려가 등잔불을 켜 놓고 책을 읽었다. 어떤 땐 방문에다 담요를 쳐서 불빛 새어나가는 것을 막고 책을 읽었다. 기름이 귀하던 시절, 잠도 안 자고 책만 읽냐고 조부님한테 혼날까봐 언니랑 꾀를 부린 것이었다. 그런 속에서 우리의 감수성은 자랄 대로 자라 마침내 멀리 바다로까지 뻗어 나갔다.

여름 밤이면 조부모님을 속이느라 댓돌 위에다가 헌신발을 나란히 놓아 두고 둘이서 시오리길 너머에 있는 남해바다까지 산책을 나가곤 했

던 것이다. 세 살 위인 언니는 나보다 더 기억력도 좋고 감수성도 예민해서 소설 이야기를 하면 끝이 없었다. 우리는 한적한 시골길을 걸으며 밤 깊는 줄도 몰랐었다. 그러다가 바닷가에 이르러서는 신나게 노래를 부르고 시를 읊었다.

우리가 가장 좋아하던 시인은 정지용님.

"얼굴 하나야 손바닥 둘로 포옥 가리울 수 있지만, 보고픈 마음 호수만 하니 눈 감을 밖에." '호수' 를 읊고 나면 연달아 향수를 읊었다.

"넓은 벌 동쪽 끝으로 옛이야기 지즐대는 실개천이 휘돌아 나가고...."

그렇게 문학성을 키워온 나는 고 3때, 진학을 앞두고 많이 망설이게 되었다. 6, 25 때 부모님을 잃고 조부모님 보살핌으로 광주여고를 다니는데 그게 너무 죄송해서 진학을 포기해야 되지 않을까 하는 생각이 들어서였다. 그리고 또 하나 책을 많이 읽다보니 무언가 인생 공부를 많이 한 것 같고, 이제 이 정도면 세상을 살아갈 수도 있겠다는 자만심이 생기기도 해서였다. 그 때의 그 주제넘고 건방진 생각은 지금도 참 많이 부끄럽다.

그런데 국어과 최정순 선생님의 사랑에 힘입어 나는 진학을 했다. 대학물을 한 일년만 먹어도 크게 성장할 텐데 무슨 소리냐고 야단을 치셨다. 그리고 마침 조선대학교에서 장학생을 모집하고 있으니 당장 원서를 내자는 것이었다. 생각할수록 고마운 분이시다.

대학에 들어가 문학을 전공하면서 더 많은 작품을 읽었다.

뿐만아니라 본격적으로 우리 문학을 접하게 되었다. 처음엔 시를 더 좋아해 많은 시인들의 시를 베꼈다. 한 자 한 자 정성껏 베끼고 있으면 그렇게 행복할 수가 없었다. 그 때 베낀 시공책이 모두 네 권. 지금도 보배처럼 간직하고 있다.

물론 소설도 많이 읽었다. 친근하기 이를 데 없는 우리 소설을 재미나게 읽어 가면서 나의 마음은 차츰 이태준님, 이효석님, 그리고 황순원 선생님들게 사로잡혔다.

졸업 후, 나는 교사가 되고 싶었지만 채용고시가 없어 공무원 시험에 응시했다. 덕분에 고향인 광양군청에서 3년을 근무했다. 그 때의 일이다. '현대문학' 정기 구독은 물론 월급받기가 무섭게 책을 사다 읽었지만 그 좋아하는 독서로도 내 짙은 홀로감을 해소할 수가 없었다. 나는 무엇인가 쓰지 않고는 견딜 수가 없었다.

나는 마침내 소설 비슷한 것을 한 편 썼다. 그리고는 평소 내가 좋아하던 황순원 선생님께 정중한 편지 한 통과 함께 처녀작 "피어리어드"를 보냈다. 그분의 답장이 오면 글을 쓰고, 그렇지 않으면 읽는 것만으로 만족하리라 단단히 결심을 하고서.

운 좋게도 선생님의 답장이 왔고, 그로부터 우편 지도를 받아 마침내 "현대문학"으로 등단을 했다. 1965년 3월의 일이다.

나의 문학 수업

오 정 아

20 여년에 걸친 나의 문학수업 기간은 보랏빛 꿈과 낭만이 영근 그러한 화려한 나날은 결코 아니었다. 고독과 회환의 시간 속에서 방황하는 통곡의 나날에서부터 비롯된다. 문학에 대한 나의 관심이 싹트기 시작한 것은 중학교 2학년 때부터이다. 나는 고등학교 1학년 때 장편 소설 1천 5백 매를 탈고했다. 학교 교지에 2 차례 연재하다 원고를 잃어 버렸다. 그러나 난 하나도 애석하지 않았다. 고 조연현 선생의 '장편소설의 첫걸음' 이라는 글을 읽고 뜨거워오는 얼굴을 식힐 수가 없었다. 조연현 선생의 문장은 잠자고 있는 나의 의식 세계를 일깨워 주는 그런 힘을 지닌 내용으로 점철되어 내 가슴을 몹시 쥐어 흔들고 있었다. 나는 동국대학교에 입학하여 그분의 강의를 직접 들을 수 있는 영광을 누리고 싶었다. 양주동 박사의 '다독과 정독', '면학의 서' 등도 나로 하여금 문학에서의 뜻을 더욱 확고히 해 주었다. 나의 쓰라린 문학 수업은 다시 시작되었다. 그것은 고독과의 끈질긴 싸움이었다. 명절 · 크리스마스 · 공휴일- 전신으로 엄습해오는 이 형언할 수 없는 고독을 이겨내려고 무릎을 꿇고 앉아 열 손가락을 잘근잘근 깨물며 분연히 밤을 이겨내기도 했다.

나는 신춘문예에 무릇 7번이나 도전하여 7번 모두 낙선되고 말았다. 나는 원고를 가슴에 안고 산 밑 변두리 어느 집 부엌 방을 얻어 이사해

버렸다. 땅거미가 지기 시작하면 아무도 만나지 않고 밖에도 나가지 않았다. 겨우 출근 시간에 닿게 출근하고 퇴근 시간이 오기가 바쁘게 아무도 날 기다리는 사람도 없는 골방으로 부리나케 찾아 들어 이불을 뒤집어 쓰고 신음 소리를 내고만 있었다. 어느 날 나는 전기 장판 과열로 죽을 뻔 하였다. 나는 원고를 정리하였다. 두근거리는 가슴을 진정시키며 고 조연현 선생을 찾아 나섰다. 그 분의 제자가 되기로 맹세한 지 실로 17 년 만에 원고뭉치를 들고 그 분을 만나러 가고 있는 내 심장이 자꾸만 뛰어왔다.

"선생님, 이 작품이 저의 마지막 작품입니다. 이 작품으로 재능을 인정받지 못한다면 전 소설가의 꿈을 포기하겠습니다."

그 분을 만나 내뱉은 처음이자 마지막 말이었다.

"그건 심사위원이 알아서 하겠지요."

울먹이며 문인협회 출입문을 밀고 나오는 내 등뒤에서 그분의 조용하나 쌀쌀한 음성이 고막을 때려왔다. 종로 네거리까지 나왔을 때 내 눈에서 눈물이 질금질금 흐르고 있었다. 나는 엉엉 소리내어 울면서 골목길에 몸을 비켜섰다. 내 문학에 대한 마지막 결산의 순간이었다. 내 능력을 '목각 숫사슴' 에서 인정받지 못한다면 나는 철저한 생활인으로 돌아가리라. 20여년의 고통과 회환의 나날들을 청산하는 마지막 시점에서 나는 부끄러움도 잊은 채 울고만 있었다. 그렇게 실컷 울고 나니 마음이 한결 가벼워졌다. 이제 낙선된다해도 한 점의 부끄러움이나 후회는 없으리라. 어느 한 가지를 위해 최선을 다했다는 그 자체도 어떤 결과가 오더라도 기꺼이 순응하리라.

1981년 1월, 나는 모든 것을 잊어버리고 집에서 쉬고 있었다. 그러던 어느 날 새벽 뜻하지 않게 심사위원님의 전화가 걸려왔다. 그 분은 나를 보자마자 활짝 웃으며 칭찬을 펴 붓기 시작하는 게 아닌가. 나의 악필이 신춘문예의 낙선의 원인이 되었었다고.

"작품에서 피가 뚝뚝 흐르고 있어요. 험난한 문학 수업의 흔적이 역력히 엿보여요."

1981년 5월 〈현대문학〉지에 "목각 숫사슴" 이 초회 추천을 받았다. 그 해 11월호에 "겨울 아이"가 추천 완료되었다.

먹물

이 규 희

고등학교 일학년 때였다.

여름방학이 막 끝나고 첫 번째로 맞는 운동장 조회시간.

교장 선생님과 몇 선생님들의 인사 말과 금과옥조 같은 훈화가 지나간 다음이었다.

당시 국어 교사셨던 시인 한성기 선생님이 문예작품 감상이 있겠다고 한 끝에 학생 하나를 호명했다.

호명된 그 이름이 바로 나였다.

너무나 뜻밖의 일이라 나는 속으로

"왜 부르지?"

하는 의문을 가진 채, 앞으로 나갔다.

선생님이 들고 있던 얄팍한 원고지철을 나에게 건넸다.

"아니, 이건?"

그건 내가 방학숙제로 써낸 〈장마일기〉라는 원고였다.

아마도 그 순간 나의 얼굴은 분홍빛이었으리라.

교정에 피어있는 패랭이꽃을 보는 순간 같은 가벼운 환희가 내몸을 관통해 흘러가는 걸 느꼈기 때문이다.

설레는 가슴을 자제하면서 나는 침착하게 조회대의 계단을 올라갔다. 계단은 왜 그리 끝이 없으며, 조회대는 또 왜 그다지 높던지...마침내 조회대 위에 올라선 내가 고개를 들었다. 순간, 내 눈앞에서 먹물이 꽉 터졌다. 캄캄했다. 먹물은 한없이, 한없이 번져 나가고 있었다.

내가 쓴 글씨를 있는 힘을 다해 잘 읽는다고 했지만, 나에게서 원고를 돌려 받은 한 선생님이 조회대로 바람처럼 올라가 큰 소리로 다시 읽어 나갔다. 교정이 쩌르릉 쩌르릉 울리었다.

내 원고지만 선생님의 멋진 낭독을 통해 들으니 그럴 듯 했다.

겁을 집어먹으면 먹물이나 터트리는 한 마리 오징어 꼴이 되어버린 나는 자리에 돌아와 함초롬히 서 있는 수밖에.

대전사범이 그해 처음으로 남녀공학이 되어, 근 이십 대 일이라는 높은 비율을 뚫고 들어간 한 학급 뿐인 여학생들은 소수에 몰리어, 어디에 있는 지 잘 눈에 띄지도 않았다. 운동장을 가득 메우고 있는 숯검정 같은 제복의 남학생들 위력에 파르르 떨었던 나의 몰골이 지금도 생생하다.

아마 그때 나는 처음으로 장차 내가 글쟁이가 될 수도 있을지 모른다는 작은 씨앗을 주먹 안에 움켜쥘 수 있었던 듯 싶다.

허나 씨앗을 얻었다고 다 움을 틔우란 법은 없다.

내 머리 위에 두께를 헤아릴 길 없는 완강한 얼음 층이 있다는 걸 나라고 모를 리 없었다.

천신만고 끝에 〈속솔이뜸의 댕이〉라는 처녀작을 써 제도권 문단에 나의 얼굴을 겨우 내비쳤을 때, 나는 머리 위의 그 두텁디 두터운 얼음층을 여지없이 깨어버린 줄만 알았다.

아니었다.

그건 착각이었다. 그 완강한 얼음층 밑에서 나는 아직도 기껏 먹물이나 뿜어내는 주제이니까.

세번째의 기회

이 정 호

‘일생에 기회가 세번 있다. 기회란 머리가 있을 뿐 꼬리는 없다.’ 나는 이 말을 종종 인용한다. 문단 데뷔라는 기회 이전의 몇 가지 선택이 없었더라면 문단 데뷔의 기회도 없었으리라는 체험에 의해서.

6.25와 홍남철수, 그때 피난민으로서 대한민국 땅을 밟은 것이 나의 인생의 첫 기회였다.

9.28 북진으로 함남 S군에서도 체제가 바뀌었던 그 시절, 나는 군청 학무과에 있었다. 가계를 살펴야 했던 처지라 일을 해야겠고, 인민학교 교사 3년 동안 어찌되었거나 북한체제를 아이들에게 고취시킨 양심이 걸려서 아이들 앞에 다시 나설 수가 없었던 것이다. 이때 학무과로 찾아온, 고모뻘이 되는 먼 친척이요 은사였던 L씨의 말.

“너 이번에 신랑감을 잡지 못하면 시집 못간다. 서울에서 대학 출신이 많이 왔어. 대한청년단에서 나하고 같이 일하자.”

대한 청년단이 무슨 일을 하는 곳인지 딱이 알지도 못하면서 귀가 솔깃해진 것은 말할 것도 없이 ‘이번에 신랑감을 잡지 못하면...’ 이란 말 때문이었다. 소극적이고 내성적이었던 나의 피속어느구석에 그런 용기가 있었던가 설명이 되지 않는다.

두달이 못가서 정국이 바뀌어 후퇴하라는 지령을 받고 청년단이 S군을 탈출하는데 나는 그 대오에 서슴없이 낀 것이다. P와 약간 눈이 맞았다는 그 이유보다는, 그동안 시(詩)랍시고 자유주의 경향의 글을 쓰면 P가 모조지에 멋뜨러지게 써 가지고 (그는 미술이 전공인데 글씨도 달필이었다) 가두에 붙였다. 글 아무개, 글씨 아무개 하고 밝혔으니 그쪽 사람들에게 밉보이면 어떻게 된다는 것을 익히 알고 있는 터라 우선 피해야 한다는 결심이 섰고 흥남에서 L.S.T를 탔다. 혈혈단신이였다고는 하지만 P를 의지하는 심산이 전혀 없지는 않았으리라.

두 번째의 기회는 대학에 들어간 것이다. 옛날 성동구청 앞 개천을 따라 들어가면 신부좌극장이 있었다. 그 근처에서 단칸방 살이를 하던 1954년 초. 느닷없이 P가 대학공부를 해 보라는 것이었다. 두 돌이 되어가는 아이도 문제려니와 그것보다 교문을 떠난지 7년, 그저 피난민때가 꾀죄죄하고 머리는 텅 빈 먹통이 다 되었는데 대학이 웬 말인가 싶었다.

"뭐 한국의 대학이 별거 아니야. 물이나 먹어 보라구. 정 힘들면 그만두면 되지. 목을 맬 일은 아니잖아?"

하며 대학입시 문제집이라는 책을 하나 던져 주었다. P가 나의 대학진학을 권유한 동기가 즉흥적이거나 단순한 감상이 아니었을 것이라는 두어가지 추측이 있기는 하였다. 그러나 지면상 그 얘기는 생략하고……

수도사대(2년제)라고 지금 세종대학교의 전신으로 명동의 세종호텔 그 자리였다. 국어, 국사, 영어 세과목 중에서 국어와 국사는 문제집에서 본 문제가 아니더라도 웬만큼 썼는데 영어는 낙제였을 것이다. 아무튼 합격을 했고 물이나 먹어 보라던 것을 물에 빠져서 성균관대학으로 편입을 했으니 서울사범교사의 박봉으로 P의 고생이 많았을 것이다.

조연현(趙演鉉, 평론가)선생님을 만난 것은 수도사대 2학년 때, 창작을 가르쳤다. 선생님과의 만남이야 말로 나의 인생의 세 번째의 기회였다.

과제물(단편,30~40매)중에서 나의 것을 선택하여 읽게 하였다. 좀더 자세한 조언을 해 줄테니 따라오라며 앞장을 섰다. 통치마에다 저고리의 한복차림. 저만큼 떨어져서 가다가 선생님이 들어간 집 문앞에서 속을 기웃거리고는 멈칫 서버렸다. 담배연기 자욱하고 컴컴한 '다방' 이라는 곳이었다. 그때까지 나는 '다방'이라는 곳에 가 본 일이 없었다. 괜찮으니까 들어오라고 손짓하던 선생님. 한심한 촌뜨기가 웃으웠는지 순진하다고 좋게 보았는지 알 수는 없고, "소질이 있어 보인다. 하면 될 것이다." 라고 추켜세웠다. 쬐그만 소질이라도 발견한다는 것, 그것을 추켜세우고 북돋아 준다는 것, 그것보다 더 좋은 교육 방법이 있을 것인가.

나는 꿈에 부풀었고 얼마 후에 소개해준 최정희 선생님에게로 열심히 쫓아다녔다. 원고지의 반을 빨간 줄로 박박 그어버리는, 자존심의 손상을 극복하는 아이 엄마의 모습이 안스러웠던가. 1961,2년에 걸쳐서 〈현대문학〉지에 추천해 주셨다.

70년 대애 들어서서야 시야가 점차 밝아지는 것을 의식했으니.... 그러나 작품이란 언제나 미숙아를 선보이는 부끄러움으로 내놓는 자식이 아니던가. 내가 버리지만 않는다면 죽을 때까지 같이 할 반려인 문학을 그래서 나는 사랑한다. 조연현 선생님과 최정희 선생님에게 감사하면서.

〈1957년 동아일보 신춘문예 소설 당선〉

미운 오리새끼가 택한 길

정 연 희

둘째 딸로 태어났다는 이유로, 할아버지께서는 대문 위의 인줄만 보시고 발길을 돌리셨다고 했다. 지어 가지고 오시던 항렬(行列) 이름도 그냥 들고 돌아서 가셨다고 했다. 태어난 지 사흘, 악장치듯 울어대는 딸을 안고 병원을 찾으신 아버지는 핏덩이를 불쌍히 여기시고, 진찰권을 얻기 위해 창구에서 이름을 지어 주셨다. 젖도 못 얻어먹고 울기만 하는 핏덩이를 들여다보시며 '네가 태어난 세상도 살만하단다. 그렇게 서러워 말고 제발 그럴듯하게 기쁘게 살아라' 하는 뜻으로 그럴 연(然) 기쁠 희(喜)자를 부쳐 진찰권을 끊은 것이 그대로 이름이 되어 평생을 불리우고 있다.

어머니에게는 끝내 미운 오리새끼 같은 둘 째 딸이었던 나에게, 생존이라는 것은 불가해한 것이었고, 관계라는 것은 불공평한 것일 수밖에 없었다. 일제치하에서도 한글을 가르치시고, 한국 작가들의 소설을 낭독해 들려주시던 어머니에게서 문기(文氣)를 얻기는 했지만, 나를 사랑하지 않는 어머니에 대해 고통과 소외감을 느낄 때마다 미운 오리새끼는 일기를 쓰는 것으로 구원을 삼았다.

그 위에, 사춘기가 시작될 무렵의 전쟁은 또 무슨 일이었을까. 내일을 보장받지 못하던 피난 생활의 참담함, 그리고 피난지에서 겪은 사나운 인심과 배고픔, 추위, 가난...무엇을 향하여, 누구를 원망 할 것인가. 매일 매일 일기를 쓰는 것만이 위로였고 살아남는 길이었다.

대구 피난지에서 영남일보에 다니던 이웃 아저씨께서 우연한 기회에 내 글을 보시더니 선 듯, 꽁트 한편을 신문에 게제해 주셨다. 그 것이 내 글의 첫 활자였고, 그것은 신기하고도 신나며 살맛 나게 만들어 주던 사건이었다.

삶의 신산(辛酸)은 꿈조차 지닐 수 없게 만들었지만, 그리고 작가가 된다 거나 무슨 대단한 문필가가 된다는 한 가닥의 생각도 없이, 나는 그저 숨쉬고 끼니를 에우는 것처럼 글을 썼다. 생존의 불가해와 관계의 불공평의 해답을 찾기 위한 끝없는 순례였는 지도 모른다.

이화대학 국문과 2학년 겨울 방학 때, 혹시나 하는 기웃거림으로 조선일보 신춘문예에 소설을 응모했었다. 당연한 일처럼 낙방이었다.

다음해 겨울 다시 동아일보에 소설을 응모했다. 생존에 대한 불가해와 관계에 불공평을 묶어 하나님을 부정(否定)하는 내용의 글이었다. 창조주가 인간 편이라면, 우리의 의지와 상관없는 이 전쟁은 무엇이며, 개개인의 출생의 불공평은 무엇인지...

사실은 인식의 창문조차 제대로 열리지 않은, 설익은, 무식하기에 두려운 것이 무엇인 줄 모르던 객기였다.

장님 문고리 잡은 격이었달까 당선 소식이 기적처럼 왔다. 그러나 돌이켜 보면, 〈존귀(尊貴)에 처(處)하나 깨닫지 못하는 사람은 멸망하는 짐승과 같다〉는 시편 49편의 말씀처럼 자신의 값에 눈뜨지 못한 청맹과니의 헛 짚음 같은 것이었다.

유럽에는 십대 천재들의 소설도 있지만, 나는 스물 한 살 짜리 대학 3학년 생, 진리에 초점을 맞추지 못한, 지식의 떠돌이에 불과했다.

그러나 이화대학 학보는 전면에 대서특필, 〈한국의 싸강〉이라는 표제를 붙여 대대적인 취재를 했지만, 나름대로 속은 살아서, '내가 왜 불란서의 대중작가와 같은 서열이란 말이야? 천만에! 천만에! 그럴 수는 없다!' 머리를 흔들며 혼자 반발을 했었다. 그리고 계용묵 선생님께서 한국일보에 〈파류상(波流狀)을 묻는다〉는 특별 기고로 작품을 극찬해 주신 글을 오려 놓고, '나는 정녕 나로서 홀로 설 것이다!' 몰래 다짐을 거듭했었다.

그러나 문단의 사정에 캄캄하고, 누구에게도 붙임성 있게 굴 줄 모르는 태생은 오랜 동안 지면을 얻지 못하고 갇혀서 지내야했다. 신춘문예 출신의 문단 고아가 하나, 미운 오리새끼처럼 무관심에 밀려 나 있어야 했다.

청탁서를 받지 못하면 글을 발표하지 못하는 것인 줄 알았다. 문학지라고는 현대문학과 자유문학 두 가지 뿐이던 50년대와 60년대, 나는 명동에도 나갈 줄 몰랐고, 청동다방이나 호수다방에도 들릴 줄 몰랐다.

그렇게 문학지에 글을 선보이지 못한 채 14년이 흘러갔다. 1969년 경향신문 순회 특파원으로 세계일주 기행문 연재를 끝낸 1971년, 등단 14년 만에 현대문학에서 첫 청탁서를 받았다. 소설 청탁서가 아닌, 10장짜리 기행문을 쓰라는 청탁서였다. 모욕감과 섭섭함이 솟구쳤다. 참지 못하고 전화를 걸어, 이것이 등단 14년을 기다린 소설가에게 보낸 첫 청탁서인가 항의를 했었다.

사사(私事)를 받던 선생님께 문학지 추천을 받아야 하던 시절에, 신문등단은 문단고아로 남는다는 사실을 몰랐던 처세 빵점 짜리는 그렇게 해서야 처음으로 문학지에 단편소설을 발표 할 수 있었다. 아마 그것이 참 등단의 이야기가 될 것이다.

나의 문학수업은 인생역정

채 정 운

지금 돌이켜 생각해 보면 나는 가장 철없고 다복했던 유년기를 우울하게 지냈다. 대가족 사이에서 안하무인으로 내 멋대로 굴다가 중학교에 입학하면서 객지 생활을 했다. 서울 삼청동에 사는 큰 고모님 댁에서 기숙했다. 삼청공원 근처에서 정동에 E여중까지 걸어서 등교했다. 그 당시 나보다 두 살 손위인 고종 사촌 오빠는 청운동에 있는 D상업학교 3학년이었는데 나를 부러워했고 끔찍하게 대접했다. 사촌오빠는 아버지를 여의고 신문사에 근무하는 큰 형에게서 학비를 타서 써야하는 처지여서 그랬던 것 같다.

우리 집에서는 내가 고모네 집에 있으므로 해서 중학교에 입학하던 그해 가을 쌀가마와 김장거리와 장작을 우마차로 실어다 고모네 집에 부려주었다. 그 당시 나는 토요일만 학수고대했다. 토요일에는 학교수업이 끝나자마자 저녁 통근기차 시간까지도 못기다리고 급하게 버스 편으로 군포까지 와서 십리길을 걸어서 귀가했다. 그리고 하룻밤이라도 집에서 더 지내려고 월요일 새벽에 샛바람을 가르고 십여리를 또 걸어나와 안양 역에서 서울까지 기차로 등교했다.

서울 생활은 낯설고 우울했다. 자신감도 잃었다. 서울 아이들은 발랄했고 자신만만했다. 고향에서는 남부러울 것 없었고 공부도 잘 한다고 자부심을 가졌었으나 학우들은 나보다 다들 잘났고 영특해 보였다. 2

학년이 되던 해 봄부터 나는 객지생활을 그만두고 집에서 통학하기로 했다. 아버지가 날이 밝을 때까지 오릿 길을 나를 바래다주었다.

그 해 봄은 몹시 가물었다. 학교에서 돌아와 보면 가족들은 비가 오지 않아서 농작물이 타 들어간다고 연일 근심 속에 살았다. 집에서 서울 학교에 통근해도 나는 시골생활의 근심을 떨쳐버릴 수 없었다.

국어 시간이었다. 가뭄에 대해서 쓴 조각 글을 선생님이 크게 칭찬을 해 주셨다. 나는 우쭐했다. 이전까지는 나는 이과에 능했으며 과학자가 되고 싶다고 생각했다. 그러나 이 때부터 나는 작가가 되겠다고 생각을 바꾸었다.

중학교 2 학년부터 나는 작가가 되겠다는 꿈을 한 번도 저버리지 않았다. 6.25전쟁이 끝나고 다시 복학하고 1 학년 때 국어선생님과 그 교실에서 또 만났으나 선생님은 나를 잊지 않고 계셨다. 내가 재학당시 E고등학교에서는 학교를 빛낸 학생을 아침 조회시간에 교단에 세워놓고 전교생이 교가를 불러 주었다. 나는 그 때마다 나를 세워놓고 그 날이 오기를 목타게 기다렸다. 그 때 당시 '거울'이라는 학교신문이 주간으로 발간되고 있었는데 '제1회 이화문학상' 현상모집에 나는 단편소설을 응모했다. 상품으로 파카51 만년필이 걸려 있었다. 가슴조리면서 당선작 발표를 기다렸다. 나는 전교생이 불러주는 교가를 온몸으로 받으면서 파카51 만년필을 손에 거머쥔 나의 모습을 상상만 해도 가슴이 터질 듯 했다. 그러나 유감스럽게도 그 해에는 당선작 발표가 늦어져서 내가 대학에 입학한 후에 모교를 찾아가서 교무실에서 교감선생님에게서 상품을 받았다. 그러나 나는 이미 작가의 길을 택했고 주제넘게 작가인 척 행세했다.

〈망향〉은 나의 첫 번째 당선작이었다. 전쟁 고아가 된 소년 가장이 노점상을 하면서 좌판 앞에서 손님을 기다리다가 깜빡 졸다가 꿈속에서 고향에 찾아 가본다는 줄거리인 것 같다. 나는 파카51 만년필을 애지중지 쓰다듬으면서 대학 4년을 건들거렸다.

임옥인 선생님은 대학교 1 학년 때 국어 작문 시간에 〈출가〉라는 단편으로 처음 인연을 맺었다. 나는 어리석게도 어느 날 갑자기 영감이 떠오르면 소설이 거져 써지는 것이라고 알고 영감이 떠오르기를 학수고대했다. 이와 같은 어리석음을 나는 20여년의 인생역정을 스스로 택함으로 해서 깨우치게 되었다. 20대에는 신춘문예에도 여러번 응모했다. 그러나 번번이 낙선, 30대에는 가난 속에 신음했다. 나는 작가의 꿈을 포기하지 않았다. 1979년 3월 나는 임옥인 선생님의 맨나중 추천작가로서 〈현대문학〉지에 단편소설 〈풍우〉와 〈연〉으로 추천완료 되었다.

늦깎이로 42세에 등단하고 교직생활 20년을 마치고 나는 쓰고 싶은 이야기를 절반도 채 다 쓰지 못했는 데 사양길이다. 그러나 나는 쓰는 일이 즐겁다. 흔히들 말한다. 인생은 풀잎에 맺힌 이슬방울이라고. 영롱한 물방울이 아침햇살에 마르기 전, 아니 발길에 채이기 전에 그 찬란함을 지금 간직하고 싶다.

알 수 없는 일들

최 미 나

지독한 가난이었다. 단칸 셋방에 사과궤짝을 갖다 놓고 그 위에서 소설을 쓴답시고 고개를 처박고 있었으니 말이다. 그런 상황에서 명색이 처녀작이 쓰여졌는데, 내 경우는 습작 1호작이기도 한 작품이었다.

그때는 〈여성교양지〉로서 전국에 〈女苑〉이 하나 있었을 뿐이었다. 57년도의 신인상 현상응모였다.

그런데 응모를 한 동기가 순전히 상금을 타기 위함이었다. 그때까지도 장차 작가로 입신양명하리라는 꿈이란 생각조차 해 본적이 없었기 때문이다.

그날의 끼니꺼리가 없는데도 〈서귀포〉라는 시를 쓰려고 그 곳을 세 번이나 다녀온다든가 아니면 한 마디 말도 없이 훌쩍 방랑의 길로 떠나버리기를 일삼는 내 삶의 동반자는 그 무렵에도 내 곁에는 없었다.

햇빛 한 줄기 새어들지 않는 토굴같은 방에서 이렇다 할 구상도 하지 않은 채 거의 충동적으로 써갈겼던 것이다.

당연한 노릇이지만 모델은 있었고, 그리고 누구보다도 친한 내 친구였다. 중학교 1학년 때부터 사귀어온 내 친구 Y는 빼어난 미모인데다가 마음씨 또한 그 모습 못지 않게 곱디고운 여인네였다. 그 여인이 내 가슴을 저리게 만든 슬픈 숙명의 주인공이 되어있었다. 그런데도 정작 이야기를 끝내다보니 실제로 있었던 얘기는 어디론가 달아나버리고 거의

가 픽션으로 꾸며져있었다. 실제로 있던 일이 훨씬 더 극적인데도 말이다. 예를 들면 '그녀'가 마음에도 없는 결혼을 한 후, 그 몸으로 처녀적 애인을 만나는 장면 같은 것은 그대로 옮겨 놓는다 해도 무척 소설적인 얘기라고 할만한 것이었다. 단 한번만이라도 만나 주기를 갈망하는 애인의 애절한 사연을 받고 달려나간 여인을 와락 끌어안은 순간 불룩한 아랫배를 감촉하고 아찔해 하는 장면 같은 것을 그대로 묘사했더라면 더 실감나는 대목이 되었을 텐데 지금 생각해 보면 순전히 내 능력부족 때문이었다. 비단 그런 얘기 뿐만이 아니고 아주 아기자기하게 얽힌 사건들이 숱하게 있었는데도 그 아까운 것들을 나는 놓쳐버리고 만 것이었다.

따라서 그 작품은 모델이 있었다고도 할 수 없고 없다고도 할 수 없는 그런 작품이 된 셈이다.

그건 그렇고 첫 번째 습작이 당선이 되었을 때의 심사위원이 김동리선생님이었다. 김선생님은 그때 지방에 살고 있는 나에게 자상하고도 따뜻한 격려의 편지를 보내 주셨고, 〈현대문학〉에 추천을 해 주실 것을 약속해 주셨다.

그런데 문제는 그때 일어났다. 그러니까 벌써부터 나에게 자만심이 생긴 것이다. 시건방지게도 두 번째로 쓴 작품은 시쳇말로 너무 "쨰를 내서" 썼던 것같다.

김선생님의 평인즉 너무 관념적이라는 것이다. 아마도 넋두리조인 데다가 기교를 많이 부린 문장을 구사했던 모양이었다.

그것이 낙천이 되자 나로서는 너무나 뜻밖이라는 생각이 들었다. 왜냐하면 첫 번째 것은 별로 힘들이지 않고 쓴 것인데고 무난히 합격이 되었는데 왜 머리를 쥐어짜서 만든 작품이 낙방이 되느냐 하는 점이었다.

나는 얼마동안 이른바 슬럼프에 빠진 채 풀길 없는 수수께끼를 안고 전전긍긍했다. 그러다가 다시 도전을 했고 그것이 〈현대문학〉지에 추천이 되었다. 58년도의 일이다.

그렇게 해서 문단에 나오긴 했지만 그때부터 내 고투는 시작되었다고 할까 한 편의 습작도 없이 등단을 하게 된 나는 다른 기성작가의 몇 곱절되는 홍역을 치루지 않으면 안 되었다.

돌이켜보면 처녀작 치고는 두 편 모두 남 앞에 내세우기에 너무나 보잘것없는 것들이었는데도 그로부터 수많은 세월이 흐른 오늘날까지 변변찮으나마 띄엄띄엄 계속해서 써왔고, 그리고 또 그것으로 밥을 먹고 살고 있으니, 세상 일이란 알다가도 모를 일이 한 두 가지가 아니라는 생각이 드는 것이다.

작가 수업은 필요할까?

한 말 숙

서울대의 후배 한 사람이 1956년 늦봄이던가 김동리 선생님이 "한말숙 씨는 쓰면 잘 쓸 텐데, 놀러만 다니는 것 같어" 라고 하셨다는 말을 해서 '그러면 한번 써볼까?' 하고 잠간 생각했었으나 마음에 두지는 않았다. 그 무렵 나는 가야금과 한국 무용을 배우느라 여념이 없었고, 중학 생 때부터 버릇이된 일어역의 세계문학을 밤 새우다시피 탐독하고 있었기 때문에 남의 눈에 비치는 것 처럼 놀고만 있었던 것은 아니다.

그 해 여름, 음악 다방에서 이름 모를 씸퍼니를 듣고 있었는데 갑자기 소설 한편이 머릿 속에 떠 올라서 집에 가서 밤 사이에 단편 한 편을 써 놓고 아침 해가 떠 오를 무렵에 한 잠을 잤다. 일어 나서 읽어 보니 괜찮았다. 바로 김동리 선생님 댁으로 그 단편 〈별빛 속의 계절〉을 우송했다. 그리고 그 일을 까맣게 잊어버리고 가야금에 골몰했었고, 영어 강사로 있었던 영등포여고에도 열심히 출근하고 있었다. 9월 어느날 소설이 추천되어서 11월호(12월 호일지?)에 나간다고 '현대문학' 잡지사에서 전화가 왔다. '감 나무 밑에서 낮잠을 자고 있는데 갑자기 익은 감이 떨어졌다' 는 기분이었다. 정말 기뻤다. 소설이 활자화 된 것을 보고, 며칠 후에 김 선생님을 찾아가 뵈었다. 부산 피난 시절 대학 2학년 때 광복동에 있는 '금강' 다방에서 선생님을 뵙고는 처음인 셈이다. 선생님은 한 편을 더 써야 추천완료가 되니까 그렇게하라고 말씀 하셨다. 겨울 방학

때 어느 날 밤중에 머리에서 쏟아지는 대로 또 한 편을 쓴 것이 바로 추천 완료 작인 '신화의 단애' 다. (1957년 4월호) 선생님이 나를 댁으로 부르시더니, 필명을 따로 만들어서 쓰면 어떻겠는가고 물으셔서 아버지가 지어주신 그 이름을 가지고 여태까지 별 탈 없이 잘 지내왔으니까 바꿀 필요는 없을 것 같아서 그냥 본명을 쓰겠다고 했다. 작가로서 명성을 날리는 것 보다는 평범하고 평화로운 일생이 훨신 낫다고 생각했기 대문이다. 3년 후 1960년 서울대의 김동성 교수가 영역한 단편 '장마' 가 뉴요크의 '밴탐북스' 출판사의 세계 클라식 선집에 들어 갔을 때, 계약서에 서명을 하는데 '말숙'의 말 (mal)이 불어로는 '나쁠' 악이니, 그제서야 필명을 가질 걸 하는 생각이 들었으나, 내 소설이 번역되어 해외의 그런 책에 낀다는 것은 상상도 못했던 시절이었으니까 어쩔 수 없는 일이었다. 하기는 우리 말의 최고의 존칭인 '각하' 가 이태리 사람들에게는 '똥' 으로 들린다고 하지만. 70년대 부터는 mal에 h를 넣어서 mahl 이라고 쓰고 있다.

부산 피난 시절 대학 이 학년 때의 일이다. 창 밖에 바람이 휘몰아치는 것을 보고 있던 어느날 오후, 가슴 속에서 무엇인가 뜨겁게 치밀어 올라오고 머릿속에서 문장들이 쏟아져내려서, 펜이 가는대로 하룻 밤에 단편 두 편을 썼었다. 한 편은 70매 쯤 되고 다른 한 편은 40매 쯤으로 기억하는데, 긴 것의 제목은 '무능자' 였고 짧은 쪽은 기억 못 하겠다. 그것을 피난 중의 문인들이 아침부터 밤 까지 가득 앉아 있던 담배 연기 자욱한 '금강' 다방에 가서 김선생님께 보여 드린 적이 있었다. 선생님은 기성작가 같으면 이대로 발표 할 수 있으나, 처음 나올 때는 독특한 소설이라야 주목을 받으니까 한 편을 더 쓰도록 권하셨다. '한 번에 안 되면 안 되는 것이지. 소설 안 쓰면 인생이 아닌가? 뭐, 인생에는 얼마든지 할 일이 많은데...' 나는 또 쓸 생각은 전혀 없었다. 그러나 선생님은 학생이었던 그 때의 나를 기억하고 계셨던 것이다. 감사한 마음을 글로 어떻게 표현할 수 있을까.

나는 작가수업이라는 것을 해 보지도 않았고, 단 한 번도 소설작법 같은 강의나 글을 접한 적도 없다. 내가 작가가 될 수 있었던 것은 13세 때부터 읽었던 수 많은 세계명작들이 은연중에 내 머리 속에 문학적 자양분을 부어 넣어 주었기 때문이 아닐까 생각한다.

"내가 설 땅은 어디냐"

허 근 욱

우리나라 분단비극을 주제로 쓴 〈내가 설 땅은 어디냐〉라는 작품으로 나는 문단에 데뷔했다. 남과 북을 넘나들며 서울 땅을 다시 찾은 나는 가문으로 인한 시대적 상황의 공포와 불안에 쫓겨 본의 아닌 9년간의 은닉생활 끝에, 1959년 6월 22일 간첩이라는 오해를 받고 독 감방에 갇혔다. 당시의 삼엄한 사회적 분위기는 사형 아니면 무기징역이라는 공포를 나에게 안겨 주었다. 7월의 무더운 여름날 좁은 독 감방 한가운데에 정좌하고 앉아 눈을 감고 묵상하고 있던 나는 갑자기 우르릉 꽝 하는 소리와 함께 번개가 내 머리를 강타하는 것 같은 느낌에 밀리었다. 그러면서 처음엔 내 옷이 벗겨져 나가고 피부와 살이 벗겨져 나가고 뼈가 부서져 나가면서 내자신이 까만 흑점이 되어 허공으로 증발해가는 체험을 했다. 그 찰나 나의 망막엔 출가하여 무(無)의 경지를 터득한 석가의 모습과 십자가를 메고 골고다의 언덕을 올라가는 예수의 모습이 떠올랐다. 나는 나도 모르게 손으로 내 무릎을 탁 치며 혼자 독백을 했다. "바로 이 경지야" 이때부터 나는 죽음이 두렵지 않았다. 그리고 마음의 평온을 얻을 수 있었다. 세상의 모든 것이 아득해져 갔다. 그러나 7살 난 아들의 울부짖음이 환청되어 들려올 때면 나의 가슴은 갈기갈기 찢어지는 것 같았다. "엄마야아……"

피가 마르는 듯한 비장한 나날이 지나가던 어느날 여간수가 나에게 말했다. “132호 출정”

순간 나는 긴장했다. 검사의 입에서 무슨 말이 나올는지 궁금했다. 담당검사인 김윤근(金潤槿)검사는 출정한 나에게 말했다. “당신은 무죄입니다. 그 동안 많이 고생 하셨오” 이렇듯 전격적으로 석방된 나는 10여년 만에 서울로 올라왔다. 당시 매스컴은 나에 대해서 대서특필로 보도했다. 처음 나를 찾아온 방송국에서는 인터뷰를 요청했고 방송출연과 방송원고를 청탁했다. 나는 우선 남영동에 있는 하숙집에 들어 원고를 쓰며 원고료로 생활을 했다. 그리고 평양으로 가기 전에 모든 살림 가구들을 고스란히 남겨두고 떠났던 숙대 아래 청파동 주택가로 가 보았다. 문패가 낯선 사람의 이름이었다. 나는 다시 등기소에 가서 열람을 했다. 이미 제3자의 명의로 여러 사람에 의해 전매(轉賣)가 되어 있었다. 나는 수소문 끝에 청파동 집을 맡아 관리하고 있던 육촌 오빠인 허경동오빠의 거처로 찾아갔다. 그때 나는 충격적인 소식을 들었다. 우리가족이 평양으로 간 후, 6.25 당시 하루는 육촌 오빠가 헌병대에 끌려갔다가 얼마 후에 빈사상태(고문으로)로 풀려나와 세상 떠났고 우리 집의 모든 살림(가구, 사진, 아버님의 붓글씨, 서적등등)은 불에 태워졌다고 했다. 그리고 청파동 집을 점거했던 계 대령이 그 집을 제3자에 매매하고 일본으로 잠적했다는 것이다. 나는 집을 체념하고 호적을 정리하기 위해 종로구청장을 찾아갔다. 자초지종 내 얘기를 듣고 있던 구청장은 재판소에 문의하여 제적되었던 호적을 복구해 주겠다고 약속했다. 이렇게 1959년 7얼 24일에 석방된지 한달이 지난 어느날 여원(女苑) 잡지사에서 기자가 나를 찾아왔다. 당시 여원은 지금과 같은 화보 중심의 대중잡지가 아니고 여성 전문잡지로 손꼽히는 잡지였다.

“우리 잡지에 그 동안의 경위를 글로 써 주십시오.”

나는 첫 마디로 사양했다.

“나는 앞으로 작품을 쓸 생각입니다.”

기자는 여러 번 나를 찾아와 간청했다.

"사장님의 간곡한 청탁입니다."

"소설을 게재한다면 쓰겠습니다."

또 다시 기자는 나를 찾아왔다.

"소설 형식으로 쓰되 등장인물의 이름은 실명 그대로 써 주실 수 있겠지요?"

이렇게 해서 나는 여원 잡지에 〈내가 설 땅은 어디냐〉를 연재했다. 그리고 시골에 살고 있는 외아들을 서울로 데리고 와서 하숙집에서 살며 맨주먹으로 글을 쓰며 월셋방에서 전세방을 얻어 살며 새 출발을 했다. 1959년 9월에 시작한 연재가 끝나자 1961년 3월에 신태양사(新太陽社)에서 책으로 출간했다. 책은 일 주일만에 매진이 되어 제2, 제3, 제4, 순으로 제15판까지 판매되었다. 나는 원로작가인 전영택(田榮澤)선생의 천거로 한국문인협회에 가입했다. 그러나 당시 문단에서는 〈내가 설 땅은 어디냐〉에 대한 논란이 많았다. 실명소설이기 때문에 형식은 소설형식이나 허구를 바탕으로 한 작품이 아니어서 '수기'라는 레테르가 따라다녔다. 그래서 잡지 추천을 받아볼까 하는 생각도 들었으나, 문단의 논란에 상관없이 꾸준히 작품을 써서 발표하여 출간을 했다.

그러나 나는 오늘도 수련하는 마음가짐으로 책상 앞에 앉아 만년필을 쥔다.

03 수필

강혜경 · 김경실 · 김소경 · 김정선 · 박명순 · 변영희 · 변해명 · 송효숙 · 심상옥 · 오경자 · 오정순
유혜자 · 은옥진 · 이경희 · 이병남 · 이 숙 · 이정림 · 이정원 · 전숙희 · 정명숙 · 정화신 · 조경희
주영준 · 지연희 · 한동희 · 황혜경

나의 등단 기

강 해 경

미국에 사는 4년 동안 나는 참 많은 편지를 썼다. 어머니, 동생, 동서들, 친척들, 친구들, 교우들...... 아마도 나는 이국 땅에서의 외로움을 편지 쓰는 일로 달랬던 것 같다. 나는 아침이면 출근하는 남편에게 밤새 쓴 편지를 내밀었다.

"또 편지야? 와, 오늘은 열 두통 씩이나 썼네. 당신은 작가가 될 사람이야. 정말 소질이 있다니까......"

편지를 부쳐 달라 부탁할 때마다 남편은 매번 같은 말을 반복했고, 나는 늘 농담처럼 대꾸했다.

"편지 잘 쓴다고 다 작가 돼요? 작가는 아무나 되는 게 아니라구요."

말은 그렇게 하면서도 내심 기분은 좋았다. 가끔 편지나 쓰는 나를 작가에 비유해 주는데 싫을 사람이 어디 있겠는가. 나에게 작가란 감히 넘볼 수 없는 대단한 존재였으니 말이다. 어쩌면 내 안에 글쓰는 소질이 숨어 있을 지 모른다는 생각과 함께 작가가 되고 싶다는 막연한 꿈을 키우기 시작한 것은 그때부터가 아니었나 싶다.

남편의 임기가 끝나 귀국하자 나는 집 근처에 있는 역삼동 국립 도서관을 자주 이용했다. 도서관에서는 문예창작 반을 비롯한 많은 사회 교육 프로그램을 운영하고 있었다. 수많은 강의 중 내가 선뜻 문예창작 반에 등록 할 수 있었던 것은 '당신은 작가가 될 사람'이라던 남편의 말이 은연중 작용했던 것 같다. 젊은 교수님과 함께 독서 토론을 하고 글쓰기를 공부했는데, 사실 그때 나는 반에서 제일 나이 많은 학생이라 매사에 조심스러웠다. 남들은 다투어 글을 써 오는데 나는 도무지 용기가 나지 않았다. 섣불리 썼다가 흉이라도 잡힐까봐 뒷전에 앉아 남이 쓴 글만 열심히 읽다 오곤 했다.

그 해 가을, 그 유명한 마로니에 공원도 구경 겸 문우들과 참가했던 전국 주부 백일장에서 뜻밖에 우수상을 타는 행운을 안게 되었고, 이듬해 5월 여성문학인회 백일장에 나가 또 한번 우수상을 수상하는 영광을 얻게 되었다. 연이어 큰 상을 타게 되자 더욱 의욕이 생겨 본격적으로 글을 쓰기 시작했다. 내 주변의 모든 것들과 마음 속의 생각들, 내가 살아온 지난 모든 세월들이 글이 되어 술술 풀려 나왔다. 밤새는 줄도 모르고 쓰고 또 썼다. 지금도 변함없이 격려하며 이끌어 주시는 작가 지연희 선생님을 비롯한 사공정숙, 김계순, 김상아 선생님들과 만나게 된 것도 바로 그 무렵이었다. 요즘도 우리는 〈다섯 개의 변주곡〉이란 이름으로 장르를 초월한 동인지를 수시로 내놓고 있다.

직장에 다니는 딸을 대신하여 외손자를 키우게 된 것도 글쓰기에 전념하는 계기가 되었다. 그때까지 나는 여려 가지 취미 활동을 즐기고 있었다. 그림도 그리고 영어 회화도 배우고 수영과 테니스도 즐겼다. 틈틈이 피아노 연주를 즐기는가 하면 전자 악기의 색다른 매력에 빠져들기도 했다. 그러나 외손자를 맡아 키우면서 그 모든 것들을 하나씩 정리하지 않으면 안되었다. 아기의 곁을 잠시도 비울 수 없었기 때문이다. 그러나 하나를 버리면 다른 하나를 주시는 하나님의 섭리는 참으로 공평했다. 많은 것을 단념한 대신 하나님은 귀중한 것 하나를 남겨 주신 것이다.

외손자를 키우며 내가 할 수 있는 일은 글쓰기 뿐이었다. 아기가 잠 든 동안에도 쓰고, 제 어미가 퇴근하여 아기를 데려가면 또 컴퓨터 앞에 앉았다. 아기를 키우느라 동동거리던 그 바쁜 시기에 오히려 나는 많은 글을 썼고, 마침내 영광스런 등단의 문까지 통과했다. 남편의 말대로 작가가 된 것이다. 그리고 그 동안 써놓은 많은 글 중에서 오십여 편을 골라 첫 수필집 〈주연에서 엑스트라까지〉를 출간했다. 노란 은행잎이 수북히 쌓인 깊은 가을, 경복궁 옆 출판 문화회관에서 많은 선배님들과 동인, 친지들의 축하를 받으며 출판 기념회도 성대하게 열었다.

이듬해에는 문예진흥원의 창작 지원금을 타는 영광을 얻어 두 번째 수필집 〈내 마음의 황금기둥〉을 출간했고, 최근에 기행 수필집 〈멜바하터키〉를 내놓았다.

남편의 말이 씨가 되어 나는 지금 작가의 길을 걷고 있다.

나의 등단 이야기

김 경 실

물질문명이 아직은 저만치 있을 때 산촌의 작고 아름다운 마을에서 유년을 보낼 수 있었다.

미호천으로 합류되는 집 앞의 좁은 개울은 늘 빨래 손님들을 맞느라 분주하였고 빨래꾼들이 두드려대는 방망이 소리는 둑을 넘고 논밭을 달려 장수 바위에 부딪히며 부서져 내리곤 했다.

넓직한 바위에 누워 방망이 소리를 들으며 두 손을 합장한 채 소원을 빌기도 하고 소곤소곤 비밀을 털어놓기도 했었다. 호기심과 상상력, 비밀 같지도 않은 비밀들과 함께 사춘기를 넘기며 부쩍 자란 아이는 어느덧 사랑을 느끼기 시작할 나이가 되었다. 그리고 세익스피어와 로댕과 조우한 그 무렵부터 자아라는 기류에 부딪히며 조금씩 고뇌하기 시작했었다.

이름 없는 산촌 마을 소녀가 도시로 유학을 가게 되었다. 전쟁이 몰고 왔던 가난을 아직도 벗지 못 하였던 그 무렵에 유학은 정령 동경 이전에 모험이 아닐 수 없었다. 더욱 힘들게 하였던 것은 지금껏 부딪혀 보지 못하였던 낯선 문화와의 접촉이 가져온 이질감이며 그로 인해 파생되는 좌절이었다. 도시로 만 집중되었던 문화정책이 몰고 온 농촌 문화의 빈곤은 도시로 유학 온 순박한 여고생의 가슴에 적지 않은 파동을 일게 하였었다. 도시로 향하였던 동경이 조금씩 충족되어 가고 있을 무렵 나는 비로소 존재에 대한 의식에 물음표를 던질 수 있었다. 단절된 것들에 대한 그리움이며 절대 고독과 삶의 비애, 아픔 같기도 한 사랑, 곧 떠나야 하는 나그네 같은 허전함, 이런 것들은 어찌해 내 육체만큼 성숙되어 가는 것일까 하고......

그러나 그것은 어쩜 센치맨탈에 불과 하였다고나 할까. 내 삶 속을 들락거리던 많은 것들을 통해 내가 볼 수 있었던 것은 아직도 꺼지지 않은 불꽃이었다. 가공되지 않은 유년시절부터 가슴앓이로 지펴 놓은 문학이라는 불꽃이었다. 그것은 문학의 필독서처럼 뜨거웠다.

필연처럼 다가선 문학의 열정은 일상의 무게에 억눌리지 않은 채 자신에게 인정받으며 용기 있게 키워 나가게 되었다.

결혼 후 갖게된 직업은 방송 리포터였다. 가정생활과 연계하여 사람을 이해하고 삶의 다양한 모습을 들여다보며 그 속에서 문학의 자료를 찾았다. 그러나 사람을 만나는 일은 정신영역을 다루는 문학보다 힘들었다. 힘든 작업은 내게 인내하라 권하여 주었고 그럴수록 문학을 향한 내 열정은 더욱 뜨거워갔다. 절대절명한 신의 계시인 양 생활 전부를 문학에 점령당하고 싶었으니까.

신열로 들끓던 그 해 겨울, 일간스포츠 작품공모에 입상하였고 서울시 주최 백일장에 장원, 여성문학인회 주최 백일장에도 입상하게 되었다. 이런 문학실기를 발판으로 다음 해 한국수필을 통해 등단하게 되었다.

스스로 선택한 길이었지만 지난 세월만큼 무게를 느끼게 된다. 문학을 하나의 생명력으로 느끼고 있기 때문일 것이다.

등단생활 이십 여년을 넘기며 저서 세 권을 남겼다. 무지한 용기로 얻어진 세 권의 저서가 꽂힌 서재에서 이 시간에도 머리를 조아리고 있다. 무엇을 써야 하나 보다는 어떻게 써야하나 하고….

매주 무수히 출간되는 문학작품 중 출간일이 곧 세상으로부터 잊혀지는 사망지점이 되는 일이 하다하다. 삼 개월이나 육 개월 문학수업을 받고 뚝딱뚝딱 양산되는 수필가 시인들로 이 사회는 문학인 포화상태가 되어가고 있기 때문일 것이다.

평생 문학수업을 하였어도 독자의 따가운 비평이 두렵기는 여전하다.

문학인은 그렇게 만들어지는 것이 아니라 추위와 더위를 지내며 서서히 익어가는 장독의 장처럼 새로운 맛으로 태어나야 한다고 생각하기 때문이다.

또한 붓 가는대로 쓴다는 무형식의 예찬이 비하되어 우리 스스로를 옥죄어 오고 있음도 겸허히 받아들여야 할 때인 것 같다.

글을 쓰는 마음

김 소 경

좋은 글을 쓰고 싶은 것은 작가들이 바라는 최상의 소망일 것이다. 모르긴 해도 한 편의 글이 나오기까지 고뇌가 따르지 않을 사람이 없을 듯하다. 쓰면 쓸수록 글쓰기가 어렵기만 한 나는, 늘 마음속에 이런 숙제를 안고 있다.

수필 한 편을 구상하고 마무리 지을 때까지 몸과 마음이 일치가 되지 않는다. 주방일을 하면서도 작품 속 단어 하나에 마음이 쓰이고, 자다가도 머리맡에 놓인 메모지를 당긴다. 앉은 자리에서 노래하듯 써진다면 좋으련만, 내겐 당치않은 얘기다. 이렇게 해서 글에 꼭지점을 찍으면, 긴장이 풀리면서 가벼운 피로가 몰린다. 나는 이런 긴장과 피로가 싫지 않다. 이럴 때 산길을 걸으면 자연과 어떤 교감이 이루어지는 듯하다.

어떤 작품이 만들어졌느냐 하는 것은, 나로서는 어쩔 수 없는 일이라 여긴다. 별 재주를 다 부려 보아도 내 수준의 글이 아니겠는가. 글은 거울처럼 정직하게 나를 비춘다고 생각한다. 내가 할 수 있는 것은, 소재 선택에 구애받지 않고 격을 잃지 않으면서 진솔하게 쓰는 것이다. 그런 글이 공감을 얻을 수 있기 때문이다.

글을 쓰는 것이 생활에 어떤 영향을 미치는가 하는 생각을 해 본다. 내 경우를 돌아보면, 절박했을 때 글 쓰는 일은 나를 지탱해 주는 버팀목이었다. 평온했을 때는 세상을 따뜻하게 바라보게 해 준다 할까. 어느 면으로나 글을 쓴다는 것은 샘물같이 나를 정화시켜 준다.

나는 결혼 생활에서 가장 어려웠던 때 글을 쓰기 시작했다. 학창 시절에 문예반에서 백일장에 나가 장원도 하고, 국문과에 진학도 했지만, 결혼 후 글을 쓰지 않았다.

내 나이 사십대 초반이었을 때 우리 가정에 어려움이 생겼다. 남편은 사업 실패의 후유증으로 흉부외과에서 수술을 받아야 하는 불운까지 겹쳤다. 게다가 시어머님은 거동을 못하는 병상 생활이 시작되었다. 처음 당하는 어려움에 막막해진 나는, 어느 봄날 경복궁을 찾아갔다. 무슨 생각으로 갔는지는 모르지만, 고궁의 뜰을 거닐면서 마음의 평온을 얻고 싶었다. 그때 그곳에서 주부 백일장이 열리고 있었다. 별 생각 없이 원고지를 받았는데 입선이 되었다. 우연인지 필연인지는 모르겠으나, 이것이 다시 글을 쓰게 된 동기가 되었고, 어려운 고비를 넘기게 해 주었다.

글을 쓰지 않았으면 나는 지금 어떤 인생을 살고 있을까 하는 생각도 해 본다. 그 어려웠던 순간을 잘 넘겼을지도 의문이다. 남편의 병실에서 집으로 오면, 어머니의 시중을 끝내고 원고지 앞에 앉았다. 원고를 쓰다 보면 한밤중에 노모의 시중을 들어야 할 일이 생긴다. 이런 어머니의 시중을 들고 나면 온갖 상념이 밀려든다. 그후 어머니가 돌아가셨을 때는 눈물을 흘리지 않았는데, 지금은 그때 노모의 야윈 모습을 생각하면 죄스러운 마음에 눈물이 나온다. 등으로 느끼던 어머니의 체온이 나를 성숙시켰는지, 아니면 글을 쓰는 마음이 내게 용기를 주었는지는 모르겠다. 다만 글을 쓰지 않았다면 어머니의 시중을 성심껏 할 수 있었을까. 그만큼 글 쓰는 일은 나에게 귀중한 세계를 열어 주었던 것이다.

몇 년 만에 외국에서 어머니를 뵈러 온 시동생이, 뜻밖에도 내 얼굴을 고생한 사람 같지 않다고 하였다. 하지만 그 당시에 찍은 사진을 보면 웃음기가 없다. 그걸 보면서 사진이 거짓말을 안 하는구나 싶었다.

한 번은 어느 여름날 새벽에 거실에서 문을 열어 놓고 글을 쓴 적이 있다. 시간이 얼마나 지났는지, 잠시 쉬려고 고개를 들었는데 웬 남자가 뜰에 서 있었다. 누구일까 생각도 안 하고 다시 글을 쓰다가 순간 무서움이 일었다. 다시 뜰을 바라보니 대문을 나가는 남자의 뒷모습이 보였다. 내게 해를 끼치지는 않았지만 야밤에 남의 집 담을 넘어온 사람이었다. 그 즈음에 어떤 글이 쓰여졌는지는 모르겠으나, 틈만 나면 수필집을 읽고 쓰는 일에 몰두했다. 몸은 고단했어도 한편으로는 아름다운 시절이었다.

거동을 못 하시던 어머니는 한 삼 년 뒤에 내 손을 잡고 '고맙다' 는 말씀을 남기고 이승을 뜨셨다. 집안의 어려운 사정도 하나씩 풀리면서 자리가 잡혀갔다. 아들 둘이 유학 생활을 하는 동안, 바다 건너로 오고 간 글이 적지 않다. 그 편지들은 서로에게 오늘을 있게 해 준 지주목이 되었다.

이제는 글 쓰는 일에 성의를 다해야 할 일만 남았는데, 그렇게 잘 안되니 걱정이다. 글은 인간의 사랑을 바탕으로 해야 한다. 그래서 사는 일이 조심스럽기만 하다.

수시로 좌우명처럼 다짐하는 것은, 좋은 글을 쓰겠다는 초심자의 마음을 잃지 않으려는 것이다. 설령 좋은 글을 쓰지 못하더라도 살아가는 일에나마 큰 무리가 따르지 않았으면 해서다.

스무살적의 꿈

김 정 선

꿈을 간직한 삶은 아름답다.

도달하려는 목표가 있기에 그 곳을 향하여 열심히 걸어간다. 내 안의 모든 에너지와 감정들이 그 꿈을 향하여 모아지기에 어떤 고난도 쉽게 넘어간다.

그러나 나의 서른 아홉 살 가을은 젊었던 날의 꿈을 접고 살았기에 마음이 춥고 생각이 깊었던 모양이다. 어느 날 문득 나를 보니 서른 아홉 살에 서 있었고 기도를 올리면 고요해지던 마음에 분심이 생겼다. 그 분심의 정체는 나의 과거를 돌아보게 했다.

앨범을 들치며 문학에 관심을 가지던 대학시절의 빛바랜 조그만 흑백 사진을 보니 실망감에 마음이 허전했다. 사진을 보던 나는 고향 제주에서 오빠를 따라 대학시험을 보러 서울에 오던 장면이며 강의실에서 칭찬 받았던 수필을 떠올렸다.

그 때는 우리 모두 가난한 시대라 제주 공항에는 일 주일에 한 번 서울행 비행기가 떴다. 그나마 날씨가 나쁘면 무한정 대기상태였기에 오빠와 나도 당연히 제주항의 부둣가로 나가 배를 타려고 줄을 섰다.

그 때 뒤 쪽에서 나를 부르는 음성이 들려왔다. 뒤돌아서니 손에 무언가를 든 아버지가 나를 향해 오시는 모습이 보였다. 가까이 오시더니 멀미할지도 모르니 목포항에 닿을 때까지 꼭 귤을 코에 대고 있으라는 말씀과 함께 손에 귤봉지를 들려주셨다. 귤봉지를 들고 배에 오르니 뱃고동이 울리면서 배가 뜨기 시작했다. 아버지는 뱃머리에서 간판에 선 나를 향해 오래도록 서계셨다.

그렇게 전송을 받으며 서울에 왔지만 나는 원하던 대학에 가지를 못했다. 하지만 그 때 동덕 여대 국문과에는 명성 높은 서울 대학의 이응백 교수님, 전광용 교수님, 이승녕 교수님들께서 강사로 강의를 하셨기에 그 시간이 무척 기다려졌다.

그러던 어느날 강의시간에 전광용 교수님께서 수필을 한 편씩 쓰라고 했는데, 나는 아버지가 뱃머리에서 간판에 선 나를 향해 서계시던 장면을 쓰기 시작했다. 약 한 시간 정도가 지나자 전교수님은 과대표에게 원고를 모두 걷으라하셨고 나는 "아버지와 제주항"이라는 제목의 수필을 완성시켜서 냈다. 잠시 후, 전 교수님은 한 편의 원고를 빼어들고 항구 분위기와 아버지의 정을 독특하게 잘 표현했다며 칭찬하시더니 모두들 들어보라면서 읽어 주셨다. 바로 내가 쓴 수필이었고 그 칭찬은 문학에 관심을 두면서도 다 가가지 못했던 내게 신선한 자극을 줬다.

그 날부터 나는 아버지의 긴 세월을 적나라하게 그려내지 않아도 귤봉지를 들고 항구에 나타나신 모습, 그 한 장면만으로도 주제와 감동을 충분히 찾을 수 있는 수필의 소박함, 그리고 내가 주인공이 되고 작은 일상이 의미화 작업을 거치면서 문학으로 승화되는 수필에 잔잔한 즐거움을 느끼게 되었다.

그러나 결혼과 더불어 글쓰기의 소망을 접고 살아온 날들이었다. 너무나 길었던 그 날들이 아쉽고 후회되었다. 하지만 목마른 자가 우물을 찾는다고 나는 어느날 동네 문구점의 유리문을 열고 들어갔다. 서너 권의 노트와 원고지를 가슴에 안고 집에 오는데 왜 마음이 그렇게도 편안하던지.

그 날부터 오랫동안 접어두었던 글쓰기의 길로 들어섰다. 이제 문단에 등단한지도 어느새 14년이 되었다. 그 동안 감성이 비슷한 문우들과의 만남도 큰 기쁨이었고, 떨리는 마음으로 두 권의 수필집도 내었다. 스무살적의 꿈을 소박하게나마 이룬 것이다.

지금 생각해보면 뒤늦은 나이에 책을 내며 수필을 내 삶의 일부분으로 만들 수 있었던 것은 여대생이던 그 때 전 교수님의 칭찬이 자신감을 줬기 때문이다. 그리고 봄이면 향내 품은 하얀 치자꽃이 보이고, 겨울이면 동백꽃이 피고 지며 아버지의 정서와 향기가 가득 차던 어릴적의 고향집, 그 곳이 나로 하여금 글을 좋아하는 여자로 만들었기 때문이다.

작은 물줄기는 막아도 큰 물줄기는 막지 못한다고 한다. 내 여정에 크고 작은 일들이 있었지만 가장 큰 물줄기는 수필을 쓰고 아끼는 끝없는 마음이 아닐까.

문학, 그 높은 산

박 명 순

큰 산맥 앞에서 몹시 무서웠던 적이 있었다. 숨이 멎는 줄 알았다. 며칠 밤을 큰 산 꿈만 꾸었다. 꿈속에서 가위눌린 적도 여러 번이다.

산은 산으로만 내게 다가온 게 아니었다.

시간이 지나면서 산이 한 꺼풀씩 옷을 벗는 거였다. 산을 원고지에 담아 풀어보려고 무진 애를 써보았다. 그 때마다 야산에도 못 미치기에 번번이 원고지만 축냈다.

초등학교 시절, 숙제로 낸 동시가 뽑혀 복도에 걸렸다. 그 때 왜 그리도 부끄럽던지…, 복도를 지나면서 한 번도 그 앞에 서서 읽어보지 못했다. 지금까지 내 책을 남 앞에 내보이면서 읽지 못 하듯이 말이다. 그러면서도 나는 동시를 쓴다고 그때부터 끄적이기 시작했다. 더 잘 쓰고 싶어 안달이 났다. 쓴 것 중에 마음에 드는 것은 도화지에 다시 옮겨 적고 색연필로 밑그림을 그려 채웠다. 무지개, 잎사귀, 꽃잎 따위 뭐 그런 종류의 그림이었다.

이 작품(?)의 수가 불어나자 한데 모아 한 쪽 끝을 송곳으로 뚫고 색실로 묶었다. 내 최초의 시집인 셈이다. 이 것이 한 권, 두 권 늘어나 내 책꽂이에 꽂히는 것이 무척 즐거웠다. 그 일은 나 혼자 즐길 수 있어 내겐 꽤나 재미있는 놀이가 되었다.

중학생 시절에는 작문 시간에 콩트를 썼다. 한 꼭지가 뽑혀서 교지에 실리기도 했는데, 지금도 생각나는 것은 '경애를 닮았다' 라는 제목의 우스운 글이다. 동네 약국 앞의 입간판에 그려진 여자 애의 얼굴이 초등학교 때 전학간 친구 '경애' 를 닮았다고 해서 오고 가며 경애 생각을 떠올린다는 내용이었다. 그리고 대학시절은 신춘문예를 앞두고 언제나 마음만 급해 번번이 끝도 맺어보지 못하다가 졸업을 했고, 곧 결혼을 해서 문학에 대한 열망이 한풀 꺾이는 듯 했다.

아들 둘을 낳고서 우리 가족은 고국을 떠났다. 외국살이에서 아이들은 우리말을 하나씩 잃어갔다. 아이들 뿐만이 아니었다. 이따금 서울서 방문하는 친지들과의 대화 가운데 그동안 잊고 지내던 동네 이름이나 향토색 짙은 단어들을 들을 때면 너무나 많은 것을 잃어가고 있다는 것을 알게 되었다. 아직도 내게 남아 있는 모국의 문화와 풍습, 또는 우리 민족만이 느낄 수 있는 촉촉한 정이 담겨진 언어들을 간직하고 싶어졌다. 그래서 생각나는 대로 글을 쓰기 시작했다. 한국을 떠날 때 챙겨온 국어사전을 틈틈이 들추면서…

우리의 아름다운 어휘들! 그것들과 새롭게 만날 때면 그리워 눈물이 솟았다. 해서 미국에서 낯설게 만나게되는 것에 대해서도 그때그때 쓰게 되었다.

어느 날 문득 내 글에 대한 평가를 받고 싶다는 생각이 들어 친구에게 문예지를 좀 보내달라는 부탁을 했다. 친구는 서점에 갔더니 문예지가 너무 많이 나와있더라며 대 여섯 권을 사서 보내 주었다. 해갈 들린 사람처럼 그 책들을 훑어보았고, 신인을 뽑는다는 몇 군데 수필을 정선해서 보냈다. 그러나 어느 곳에서도 아무런 연락이 없었다. 단 한 마디의 평이라도 듣고 싶어서 국제전화를 걸어보았지만 심사위원이 안 계신다던가 책임있는 답을 할 사람이 자리를 떴다는 등 공허한 대답만 되돌아 올 뿐이었다.

회의가 생겼다. '등단은 작가가 되는 등용문은 아니다' 는 생각이 들기도 했었다. 그것은 불똥을 받는 부싯깃이 아닐지, 불똥을 받아 불을 붙여주는 부싯돌이 제아무리 불을 많이 지니고 있다 해도 부싯깃이 없으면 쓸모 없는 돌멩이에 불과하니 부싯깃이 불똥을 받을 수 있을 때까지 깨지지 않을 정도로 계속 쳐야만 하는 것이다.

부딪치고 깨지고 그러다가 불똥도 못 내고 쓰러지기를 수없이 했다.

어떻게든 등단이란 관문을 통과하고 싶었지만 한국문단의 사정에 너무 깜깜하다는 감과 함께 심한 갈등에 빠져들 즈음 〈현대수필〉에서 내 글을 받아주었다. 96년, 드디어 등단이라는 명찰을 달게 된 것이다.

남편과 나는 두 아이의 뜻과는 상관없이 우리 뜻대로 고국을 떠나왔다. 아들과 그 아이들이 낳은 내 손주들은 다시 고국으로 돌아가 살기는 어려울 것이라는 생각이 들 때면 우리가 애들한테 큰 잘못을 저지른 게 아닌가 해서 손에 땀이 났다. 내 아이들에게 정체성을 찾아 줄 길은 어느 길인가, 그 뿌리는? 어느 민족에게서도 느낄 수 없는 우리 민족의 끈끈한 정서와 고유문화와 풍습은? 그런 것들을 조금이라도 찾아주고 느끼게 할 수 있는 길은 문학의 길 밖에는 없다고 생각했다. 엄마의 책이 아이들 서가에 꽂혀 정신적 유산이 되어주기를 바란 것이다. 한글로 씌어진 엄마의 책이, 또 할머니의 책이 아이들의 서가에서 떠나지 않는 한 아이들은 그들의 정체성을 찾는 길목으로 절반은 들어선 것이라고 치자 했다. 그 때문에 내게 있어 문학은 어쩌면 내가 필연적으로 올라가야 할 큰 산인지도 모른다. 한 때 그렇게도 무서움으로 앞에 섰던 그 높은 산, 내 평생을 오르다가 지치면 기어서 가는 한이 있더라도 나는 글 쓰기를 계속할 것이다.

스물 세 살의 노트

변 영 희

신춘문예가 나의 목표였던 시절이 있었다. 단편소설 한 편 멋지게 쓰는 것, 잘 다듬어서 신문사에 보내는 것, 그런 다음 당선자 명단에 내 이름 석자가 뜨는 일... 생각만 해도 가슴 짜릿한 스물 세 살의 꿈.

아무 것도 쓰지 않은 누르딩딩한 갱지 원고지 몇 권 쯤 머리맡에 쌓아두고 있으면 한 두끼니 식사를 걸러도 배고픈 줄을 몰랐다. 비쌀 것도 없는 갱지 원고지가 내 재산이고 희망이고 만족이었던 천진무구의 세월.

위암 말기로 치닿는 아버지의 병세가 위중하여 낮 시간 모두를 병실에서 보내야 했던 나는 거의 혼수상태에 빠진 아버지 곁에서 한을 풀 듯 쓰고 또 썼다. 되는 소린지 안되는 소린지 모르지만 일단 만년필을 잡으면 아버지의 죽음 같은 혼수보다 더 긴 시간을 쓰기에 몰두했다.

이따금 정말 어쩌다가 아버지가 물을 찾으면 달려가 아버지의 상체를 올리고 물컵을 대령하고 아버지가 지독한 통증으로 몸부림치면 만년필을 놓고 아버지의 손가락과 어깨를 주물러 드리곤 하면서도 나는 쓰는 일에 열성과 신명을 다 바쳤다.

2 인실 병실엔 아버지 말고 젊은 남자 환자가 새로 들어왔는데 그 환자가 입실하자 나는 글줄이 잘 풀려 나가지 않음을 느꼈다. 우선 젊은 남자의 시선이 부담스러웠고 괜스레 내가 하는 일에 필요 이상의 관심을 갖고 가족상황을 묻는다 거나 하는 게 성가셨다.

스토리는 사실과 거짓말을 적당히 뒤섞어서 곧잘 흥미진진한 이야기 장단으로 이어지는데 반갑지 않은 불청객이 출현하여서 적지않이 방해를 받고 있었다. 겉으로는 썩 건강해 보이는 체구요 안색이었는데 이것저것 남의 일에 호기심 내지는 간섭이 심한 걸로 보아 그도 역시 할 일없는 환자임에는 틀림없었다.

행여 형제들이 찾아와 병실 당번을 서 줄 때는 호기를 만난 듯 나는 대학병원 구내의 큰 나무 그늘 아래 앉아서 내가 그 동안 귀신에 홀린 듯이 정신없이 쓴 내용을 연거푸 읽었다. 제법이다 싶을 때도 뭐 이런 게 다 있어? 할 때도 있었지만 그래도 조금씩 내 목표의 근방까지 진입하는 즐거움을 발견하기 일쑤였다.

읽고 수정하고 또 검토하고 다른 사건을 첨가해서 고치는 과정을 수다하게 거친 후 나는 갱지 원고지에 정서 하였다. 진정 그것은 숨막히는 병실에서 아버지의 고통스런 모습을 옆에 하고 게다가 수시로 드나드는 간호사 눈치까지 보아가며 정서해 나가기는 만만치가 않았다.

가장 힘든 건 역시 옆 침대의 젊은 남자였다. 아무래도 간이나 위쪽에 탈이 생긴 환자일 게 분명한데 식사를 꼬박 챙겨 먹는 푼수로는 내가 노다지 쓰고 있는 노트와 원고지가 그에게 있어 최대의 관심사가 아니었을까.

몇 날이 더 흘러서 아버지의 담당 의사가 호출했다. 나는 간호사의 뒤를 따라갔다. 물론 노트고 만년필이고 그대로 둔 상태였다. 아버지의 생명은 마침내 한계에 도달했고 가족들이 취할 수 있는 제반 조치에 대한 긴급하고 중요한 말씀을 들었다. 나는 멍해져서 병실로 돌아 왔지만 곧 다시 밖으로 나갔고 동서사방에 전화를 했다. 아버지의 친구분들에게도 상황을 알렸다.

그런 이후 내 노트는, 내 소설 원고는 어디로 갔는지 찾지도 않았고 기실 잃은 줄도 모른채 얼마 못가 일을 당했으니 신춘문예 같은 허망한 꿈은 오지게 접어두지 않으면 안되었다. 소설가가 되는 것도 주변 여건이

어지간할 때의 얘기였다. 아버지의 타계는 변화와 위기를 계속 몰아 왔고 쫓기듯 결혼하여 세 아이의 엄마로서 살기도 버거웠다.

그러다가 늦으막하게 수필〈풍매화〉를 발표하여 등단의 단초가 되었고 또 이내 장편소설 〈마흔 넷의 반란〉 3권을 숨넘어가게 써서 어줍잖은 소설가 대열에 다가서게 되었다. 이제 욕심을 부린다면 〈스물 세 살의 노트〉를 재생하여 대다수 독자를 확 끌어당길 만큼의 걸작을 생산, 새롭게 등단의 기쁨을 맛보고 싶다. 그리고 항시 등단하는 최초의 자세로 돌아가 작품 창작에 나의 모든 역량을 투입하고 싶다고나 할까.

산처럼 사노라면

변 해 명

나는 그때까지만 해도 수필을 공부한 일도 써 본 일도 없었다. 수필을 읽기는 했지만 내가 수필을 쓰리라고는 생각하지도 않았다.

내가 잠시 교육부에 근무한 적이 있었는데, 그때 같은 사무실에 수필을 쓰시는 편수관 한 분이 계셨다. 그분이 가끔 수필을 써서 원고를 보내기 전에 내게 읽어보라고 보여주셨다. 그리고 내 의견을 참고하려 하셨다. 그래서 나는 수필과 가까워졌고, 나도 수필을 써보고 싶은 생각을 갖게 되었다. 그 당시 김동리 선생이 하시던 문예잡지 「韓國文學」사무실은 길 건너에 있었고, 우연히 그 잡지를 구독하게 되었다. 그 잡지는 일년에 한 번 신춘문예처럼 신인상 당선작을 뽑았다. 나는 신인상 응모에 내 글을 보내서 김동리선생의 평가를 받고 싶었다. 내가 보낸 글이 75년 2월호에 시, 소설 당선작 없이 내 수필 한 편만 당선작으로 나온 것이다. 그리고 나는 문학의 다른 장르를 바라볼 겨를도 없이 수필을 쓴다는 소리를 들으며 수필을 써왔다.

내 당선작은 「산처럼 사노라면」이다.

이 수필은 서두에 시가 있다.

산인이 되어/ 산이 좋아/ 산에서 사노라면/ 산처럼/ 선대로 사노라면. //

이렇게 시작되는 세 연의 시였는데, 수필을 쓴다면서 시를 앞세운 것이 정말 수필을 모르고 쓴 수필작품이었다. 시로써 글 전체의 이미지를 담아내려 했으니 수필의 격이나 기법은 생각조차 할 수 없는 글이었다. 김동리 선생도 심사평에서 '그의 수필은 詩情이 너무 앞질러 흐르기 때문에 수필문학이 갖는 思索的 美德을 다소 위축시킨 느낌이 있으나 물이 오른 듯한 익숙한 솜씨와 투명한 문장은 문인으로서 역량을 갖추었다'고 하신 것으로도 수필의 모습을 갖추지 못했음을 지적당한 셈이었다.

나는 수필 쓰기를 시를 쓰듯 했다. 언제나 시정이 느껴지면 시를 풀어 쓰듯 썼다. 그런 글로 나는 산골이야기를 담아냈다.

내가 서울을 떠나 동란 동안 살던 시골은 정말 깊은 산골이었다.

결코 살아서는 헤어나갈 수 없을 것 같은 첩첩산중… 언제나 변함없는 푸른 정물, 그것들은 나를 에워싸고 있었다. 앞 산은 턱을 차고 뒷산은 등을 밀었다. 바람도 비도 봉우리를 빗겨 지나가고 골짜기에는 침묵이 고여 있었다. 마을도 오리 쯤 산모롱이를 돌아가야 있었다.

내가 울면 산도 울었다. 나는 울다 지치면 산을 향해 고함을 질렀다. 산도 따라 고함을 질렀다. 그 소리가 지워지면 더 무거운 정적이 깔려왔다. 그것이 두려워 자꾸 고함을 질렀다. 그러면서 나는 조금씩 산이 가까워졌고 정이 들어갔고, 한 마리 노루처럼 산에 안기기 시작했다.

나는 지금도 이 수필을 읽으면 십여 세 여리고 어린 소녀가 감당하기에는 너무나 낯설고 벅찼던 산골 생활의 모습이 잡힐 듯 다가온다. 무섭고 두려워 울면서 산과 가까워지던 나의 모습이다.

문득 달려가 보고도 싶어지는 곳. 차를 몰고 나서면 1시간 반 남짓한 거리다. 그러나 지금은 그 깊은 산골이 길가에 속살을 들어낸 그저 작은 산골로 다가올 뿐이다. 산에 빽빽했던 나무는 모두 깎이고, 노루가 노닐던 길은 아스팔트의 국도가 되었다. 무슨 유원지, 무슨 콘도로 가는 길목이 되어 산꼭대기까지 음식점들이 자리를 잡았다.

50여 년 전, 내 글에 담겨 있는 모습은 찾을 길이 없다. 찾아가면 허망한 마음으로 발길을 돌릴 것이 두려워 내 글로 달래고 있을 뿐이다.

힘들고 먼 길

송 효 숙

우리 가족은 만주에서 살다가 내 나이 일곱 살 때 8.15광복이 되어 고국으로 돌아 왔다. 부모님은 일제의 식민지 정책으로 낙후되고 열악한 시골 고향을 위해 여러 가지 일을 했다. 그 중에서도 문맹퇴치에 힘을 기울이었다. 어머닌 어느 계절보다도 겨울날 저녁이면 아녀자들에게 등잔불을 밝혀 놓고 책을 읽어 주기도 하고 뜨개질을 가르쳐 주었다. 바느질거리나 뜨개질 거리를 들고 온 아녀자들은 화롯가에 둘러 앉아 장화홀련전이나 숙영낭자전 장끼전을 어머니께 읽어달라며 만주 이야기를 해 달라는 것이었다.

어머닌 매일 같은 이야기 책을 읽어 달라는 이들을 귀찮아하지 않았다. 듣는 이들 또한 싫증은 커녕 들을 때마다 눈물을 흘리고 분노하면서 박장대소를 하기도 했다. 어머닌 등잔불 밑에서 마치 변사처럼 어찌 그리도 구성지게 잘 읽어 주는 지 어린 내가 보고 들어도 여간 근사하지 않았다.

그런 때에 가끔 떨리는 문풍지 소리, 이따금 멀리서 들려오는 기적소리, 뒷동산의 부엉이 소리가 들려왔다. 화롯가에 둘러앉아 목화씨를 발리고, 버선볼을 대며, 양말을 뜨고, 수를 놓고, 인두질을 하는 아녀자들의 모습들과 책을 읽는 어머니의 그림자가 아랫목 벽에 어리어 마치 활동사진 같기도 했다. 이 같은 산골 마을 농가의 평화롭고 목가적인 유정과 철따라 신비스러운 자연은 내게 크나 큰 감흥을 안겨 주었다. 나도 어른이 되면 좋은 이야기 책을 많이 써서 어머니처럼 동네 사람들에게 읽어 주리라 생각했다.

거기에다가 일제의 식민지 정책과 8.15 광복, 6.25 전란과 1.4 후퇴, 4.19와 5.16 혁명...,크고 작은 역사적인 상황과 소용돌이 속에서 결코 평범치 않게 성장해 온 내게 이 같은 모든 것들은 글을 쓰고 싶다는 꿈과 의지를 품게 했다.

초등학교를 졸업하고 시골 고향을 떠나와 대처에서 중,고등학교를 다니면서 가끔 글짓기에 입상을 하며 졸업을 하게 된다. 그리고 대학에 국문학과를 다니면서 향수를 더 하여 글을 쓰고자 했던 나는 나름대로 단편소설이라고 써서 신춘문예에도 응모를 해 보았지만, 당선되지 못했다.

대학을 졸업하고 교직행활을 하며, 결혼을 하고 아이들을 기르면서도 틈만 나면 쓰지 않고는 견딜 수 없는 충동을 느끼며 작가가 되고 싶었다. 문인의 반열에 들어 좋은 글을 쓰고 싶었다.

고향인 수원에서 나는 1974년 수원 화홍문학(현 한국문인 협회 수원지부)에서 주부 백일장에서 금상(장원)을 타게 되었다. 그러면서 화홍문학에 등단을 하게 되었다. 그리고 화홍 문학지에 글을 싣기 시작했다. 화홍 문학이 한국문인협회 경기도 지부로 명칭이 바뀌고, 경기문학에 글을 쓰면서 문협 활동을 했다. 지방자치제가 되면서 한국문인 협회 수원지부로 바뀌고, 나는 수원 문인협회에서 활동을 하며 수원문학에 글을 실어가고 있었다.

1989년 서울로 이사를 하게 되었다. 지방문단의 문인은 인정을 안 한다고, 작가로써 인정을 받고 글을 계속 쓰려면 중앙 문단에 등단을 해야 한다는 것이었다.

1974년도 수원 문단에 등단하고 입회했으니, 심 오 년이란 연륜이 쌓이지 않았던가 그런데 지방의 지부 회원이라고 문인의 자격을 인정해 주지 않는다니..., 지방문단을 이다지 홀대시 할 수 있단 말인가, 그 동안 허수아비 글을 써 온 것 같았고, 착잡하고 허망했다.

그러나 그 무엇보다도 한 편으로는 그 동안 글 이라고 써 온 내 글들이 풋과일처럼 내 자신에게도 마음에 썩 들지 않아 늘 헛헛증을 앓고 있는 중이였었다. 글 다운 글을 쓰기 위해서는 더 공부하고 싶었고 어린 날부터 좋은 글을 쓰는 작가의 길을 꿈꾸고 흠모해 오던 소망이 간절했던 터였으므로, 다시 심사를 받고 싶었다. 그런 나는 신인상 작품 모집에 응모하여 등단하게 되었다.

문단에 들어선지도 어언 28년, 삼십 여 년이란 세월 동안 문인이 되기 위해서 얼마나 힘들고 먼 길을 걸어 왔는가? 글다운 글을 쓰기란 그 또한 얼마나 피를 말리고 뼈를 깍는 일인가. 그러나 나는 결코 후회하지 않는다. 그 힘들고 먼 길을 보람있게 걸어가기 위해서 앞으로, 부단히 공부하고 노력하며 정진 해 나갈 것이다.

흙과 꽃 그리고 수필

심 상 옥

내가 처음으로 글을 써보겠다고 한 것은 여고에 입학한 후였다. 중학교 때부터 생활 속에 일어났던 사연들을 빼놓지 않고 일기처럼 썼다. 이렇게 기록해 나간 것이 글쓰기의 시작이었는 지도 모른다. S여고에 다닐 때의 일이다. 그 당시 교장 선생님은 시인 U선생이었다. 교지에 필요한 비용을 찬조하는 학부모들이 있었는데 아버지도 그 중에 한 분이었다. 아버지는 교장 선생님과 면담을 가진 후 내게 문장수업을 받도록 하였다.

결혼 후 도예학원 경영에 손을 댔으며, 일본에서 도예 공부도 하였다. 그 때 시인 이동주 선생에게서 본격적으로 문장수업을 받기도 했다. 물론 이때의 생활들을 문장으로 엮어져 나가기 시작하였다. 무언가를 쓰지 않고는 못견디는 감정들이 글을 쓰게끔 했는지 모른다.

나는 도예를 하면서 진솔한 얘기를 담고 싶었다. 도예의 원료는 흙이지만 그 흙에서는 무한한 생명력과 시상을 느끼게 된다. 이러한 의욕을 차츰 문장으로 풀어나가고 싶었다. 내가 수필가의 칭호를 달게 된 것은 나의 창작 도예를 혼자만이 간직하고 싶지는 않았기 때문이다. 도예의 절묘한 미를 문학으로 형성화하여 여러 사람에게 알리고자 했던 것이 결국 수필을 쓰게 한 계기가 되었다. 도예와 영혼이 융합하여 하나 되어 나온 도예 수필이었다.

7년 전 수필가 Y선생을 미리내 출판사에서 처음 만났다. 그분의 두 번째 수필집을 출간했다고 하며, 그 자리에서 책 한 권을 주었다. 선생의 진솔하고 담백한 문체가 인상적이었다. 그런 후 나는 선생의 수필작법을 놓고 문장수련에 힘을 쏟았다. 이것이 계기로 기록문체인 역사 수필을 쓸 수 있는 용기를 얻었다.

나의 주요한 수필의 패턴은 도예세계의 신비함이다. 알 수 없는 삶의 운명과 자연, 그리고 인간과의 끈끈한 애정이다. '청마선생의 추억', '혼', '실언' 등의 수필은 인간의 운명에 관한 이야기들이다. 나는 대학시절 어느 날 청마 선생을 만났다. 그 때 나에게 차 한 잔 나누자고 청했다. 그러나 다른 일을 해서 청마 선생의 청을 거절할 수밖에 없었다. 그런데 이 일을 어찌하랴. 청마 선생은 그날 교통사고를 당하셨다. 만약에 내가 그 청을 거절하지 않고 차를 나누었더라면 그 장소의 위기를 면했을 것이다. 그리고 나는 멕시코의 아카폴카에서 페라글라이딩을 즐기다가 잘못 낙하되어 죽을 고비를 맞은 일이 있다. 청마 선생과 대조적인 상황을 글로 써서 신의 존재를 확인하고 싶었다.

내 수필에 '혼'이라는 작품이 있지만 이 혼에서도 지리산의 무게가 같은 의미를 닮았다. 자연에 대한 위대한 신비 속에 감싸인 지리산의 정적감에서 산의 웅장성과 함께 산다는 것과 죽음이라는 것에 의미를 생각하게 한 글이다. 이러한 나의 의지에서 어쩌면 역리적인 종교적인 감정을 엿 볼 수 있을 지 모른다.

나의 기록 문체는 역사물을 다룬 것들이다. '진시황의 출생', '측천무후의 정념', '재키의 삶', '인왕산에서', '마지막 순간', '미녀와 마녀' 등이 그런 것들이다. 바로 나의 심성과 대면하고 있는 것들이다. 있는 대로, 가진 대로 느끼고 생각하고 드러내면 그것으로 족하다.

최근에는 칼럼 형식으로 '로비 커넥션을 보면서'. '만물상 가는 길', '샌드위치세대'를 썼다. 이것들은 물론 시사적인 것이지만 글을 쓰는 사람으로서 그냥 지나칠 수 없는 것들이었다. 이러한 작품들은 내가 다루는 꽃과 흙, 그리고 인간에 이르기까지 끝없이 이어지는 내 마음을 움직이게 한 것들이다.

경복궁에서 만난 행운

오 경 자

사람의 일은 한 치 앞을 내다볼 수 없다. 우리는 수없이 많은 경험 속에서 이런 일을 다반사로 당하고 사는 동안 그 부분에 관해 아예 면역이 되고 만 기분이다. 자신의 의지대로 무슨 일들이 이루어지는 것도 아니고 하고 싶은 일만 하고 살 수 있도록 내버려두지도 않는다.

1974년 5월17일 경복궁은 아침부터 술렁이기 시작했다. 때아닌 여인들의 호사로 온 궐내가 알록달록 곱게 물들고 색다른 생동감이 관광객의 발길까지 잡아매고 있었다. 대한주부클럽연합회가 신사임당의 기일을 기념일로 정해서 행사를 벌이는 신사임당의 날 기념행사가 개최되고 있었다.

이미 다른 부서의 회원으로 가입되어 활동 중이기도 했지만 그 보다는 여성단체협의회 직원의 신분으로 회원단체 행사에 참여하느라 일찍부터 부산을 떨고 나와 있었다. 모처럼 여인들이 곱게 차려 입고 나오는 날이라 해서 나도 장롱을 지키고 있던 꼬까옷을 꺼내 입고 나온 길이었다. 옷이 치렁거려 옷 주체에 신경을 쓰며 이리저리 행사 구경을 하느라 기웃거리고 다녔다.

사임당 신씨가 지녔던 기량을 분야별로 나누어 백일장을 벌이고 있는 행사장은 엄숙한 분위기에 고궁의 나들이 기분은 완전히 압도되고 있었다. 한 쪽에서는 먹을 갈아 글씨를 쓰고, 그림을 그리는가 하면 그 옆에서는 바늘에 색실을 꿰어 열심히 수를 놓고 있다. 넓은 잔디밭과 나무 밑에서는 원고지를 메우느라 숨소리도 죽이고 있는 듯한 적막이 내려앉고 있다.

글쓰기에 여념이 없는 여인들을 바라보면서 내 발은 자연히 붙어 버렸나 보다. 부럽기도 하고 나도 써 볼걸 그랬나 하는 회의가 일기도 하고, 왜 진작 출전할 생각을 못했을까 하는 아쉬움 등으로 머릿 속이 복잡해졌다. 내년에는 정말 준비하고 나도 와야겠다고 벼르며 심상한 척 구경을 하고 있을 수밖에 다른 방도가 없었다.

여러 개의 글제가 붙었는데 '길' 이라는 제목이 가슴을 두드린다. 그래 모든 길은 왕복이 가능한데 왜 저승길만 편도인 것인가? 어머니도 돌아올 수 있는 길이 있다면 얼마나 좋을까? 사임당은 율곡이라는 훌륭한 아들을 두어 더욱더 빛을 보게 된 듯 한데 나는 어머니를 빛내줄 수 있는 사람이 될 수 있을까? 아까부터 치밀던 어머니 생각이 자꾸 눈을 아프게 했다. 길이 잘 뚫려서 순탄히 가기도 하고, 신호에 자꾸 걸려 더디 가기도 하는데 내 인생 길은 지금 어떤 상태이며 내 길은 어떤 길일까? 꼬리를 무는 생각으로 머릿 속에서 나도 몰래 글을 써나가고 있었다.

10시부터 시작한 백일장이 11시가 넘으니 원고를 다 쓰고 검토하는 사람들이 눈에 띄기 시작했다. 나도 머릿 속 생각이 그냥 두기 아까워 메모라도 하려고 좀 후미진 곳을 찾아 나섰다. 몇 걸음 옮기는데 누가 등을 탁 친다. 돌아보니 시를 쓰는 C가 어디서 무얼 하고 있었느냐며 아까부터 찾았단다. 본부석 쪽에서 일을 도우며 구석에 있는 나를 찾을 수가 없었을 것은 당연한 일이다.

여러 소리 할 것 없이 12시 마감인데 12시30분까지는 접수를 받기로 했으니 어서 써서 내라며 원고지와 펜을 내민다. 접수해 놓고 나를 찾았다는 것이다.

C는 가버리고 원고지와 펜만이 손에 들려 있었다. 남들은 지금 원고를 다듬고 있는데 이제서야 시작을 하다니 그것은 아무래도 만용이었다.

시계는 11시30분을 넘고 있었다. 순간 무엇에 퉁겨지듯 내 졸필은 원고지를 숨가쁘게 메워나가고 있었다. 마음이 후련해졌다. 8장쯤 썼던 것 같다. 12시경에 원고를 낼 수 있어 폐를 끼치지 않아서 좋았다.

겨우 등수 안에 들어간 덕으로 새롭게 뜻을 세워 문단에 들어오게 되었으니 이날의 입상을 나름대로 등단으로 치부하고 있다. 어릴 적에 가졌던 꿈을 접었다가 우연한 이 날의 일로 문학의 길을 걷게 되었으나 여성운동에 몸담고 바쁘게 지나느라 추천의 과정은 뒤늦게 서야 밟게 되었지만 묵은 씨앗의 눈을 틔운 사임당의 날 예능대회는 내게 큰 계기가 되어 주었다.

실력이 늘어야지 등단 절차가 뭐 그리 큰 대수냐 싶어 혼자 쓰고 시문회라는 사임당 행사 입상자들의 동인 모임을 통해 열심히 공부했지만 지나고 보니 잘못한 판단이었다. 시간도 없었지만 나름대로의 잘못된 시각으로 시간을 많이 허송하고서야 뒤늦게 추천완료 절차를 밟았다.

늦깎이 등단이 되었지만 그 긴 세월 동안에는 수작을 낼 수 없는 필력의 허약함이 한이 될 뿐이다. 남은 시간이 얼마나 될지 알 수 없지만 열심히 써가면서 단 한편의 작품이라도 남기고 갈 수 있으면 좋겠다는 바람이 있을 뿐이다.

수필과의 만남

오 정 순

젊은 날 나는 수필이란 문자 옷을 즐겨 입고 살았다. 수많은 사람들을 일일이 만나며 인생을 이야기하기 보다는 수필을 읽으며 다양한 생활을 만났다.

그러나, 내가 글을 쓴다는 생각은 한번도 해보지 않았다. 작가는 아무나 되는 것이 아니기에 수필적 삶을 살기로 했다.

20세 이후 나는 병원에 가는 날 빼고 거의 손에서 책을 놓은 날이 없었다. 체계적인 독서가 아닐지라도 내 안에 축적된 잡다한 인생 이야기와 풍부하게 고여드는 지적 자료들로 내 안은 뒤죽박죽이 되어갔다. 생각은 새끼를 치며 말을 생산해 내었다.

어느 날부턴가 말이 목으로 꾸역꾸역 넘어오는 것 같았다. 누구를 붙잡고 실컷 말이라도 했으면 시원할 것처럼 가슴이 터져버릴 것만 같았다. 그러한 욕구를 억압하고 책망하다가 친구에게 제의한 것이 어떠한 주제에 대해 내가 정리한 것을 정한 요일에 전화로 이야기하면 친구는 다른 견해를 들려주기로 하였다. 정서의 가닥을 정리하며 '창고 비우기'를 시도 하였다. 결국 우리끼리 말로 수필 공부를 한 셈이다.

얼마 후, 현대문학에서 문예강좌 안내지가 날아들었다. 나는 마치 기다리고 있기라도 하듯 첫 날 달려갔고 그 날 나는 새로운 행복감을 맛보았다. 그 날로부터 일 주일에 한 편씩 3년 동안 결석을 하지 않고 습작에 매달렸다. 강좌에 가기 전에 나는 글 쓰듯 말을 하고 살았다. 모든 사물이 말을 걸어오면 비우기가 바쁘게 말 창고는 가득해졌다. 할 수 없이 나는 사람만 만나면 말을 하게 되고 내 말을 듣는 사람들은 그대로 녹음해두었다가 글로 옮기면 수필일 것이라고 조언해 주었다. 내 가슴은 마치 말의 창고 같았다. 같은 내용을 말하다가 글로 옮겨 보면 맛이 나지 않아 나는 글로 표현하는 데 주력하였다.

40년을 넘어 살면서 이렇다 할 수필 한 두 편 뽑아내지 못할 일은 아니었던 지, 지도 하시는 윤재천 교수님은 3 편 정도 쓰자 등단해 보자고 언질을 주셨고 나는 응하지 않았다.

이론의 바탕이 없는 글은 힘을 받지 못하므로 나는 확실히 다지고 싶었다. 잘 써졌다는 느낌의 한 두 편으로는 탄탄한 발걸음을 내딛기 어렵다고 생각했다. 작가는 자기 글에 어느 정도 자신감이 붙고 누가 어떤 글을 청탁하여도 써낼 수 있을 만큼 훈련되어야 하며 그것이 작가가 짊어져야 할 사회적 도리라고 생각하였다.

내가 3년 동안 등단을 하지 않겠다고 미루어온 것은 스스로 떳떳하고 싶어서였다. 만 3년이 넘고 나는 비전공자가 전공을 마친 기분으로 현대수필의 첫 등단자가 되었다. 참 떳떳하고 좋았다.

깜빡이는 등대처럼

유 혜 자

월간 〈수필문학〉지에 신인 가작 〈청개구리의 변명〉이 게재 되고 첫 수필집 〈돌아오지 않는 메아리〉를 출간한 것은 1972년 이었다. 수필에 대한 개념도 제대로 모른 채 등단하고, 책의 출판 후에야 수필가 지망생으로 입문한 것이다.

한 때는 시인 지망생으로 주요 일간지 신춘 문예의 최종심에 오르기도 했던 나는 연말이면 바쁜 직장 일을 핑계로 문학 잡지 한 권도 제대로 읽지 않고 보낸 허송세월을 아쉬워해야 했다. 전파를 타고 나면 어떤 이의 기억 속에 머물 수는 있을 지라도 흩어지고 마는 방송의 허무함이 안타까워서, 방송의 에피소드 중심으로 그해 여름부터 퇴근 시간이면 집에 달려가서 두 달 이상을 원고지에 매달렸다.

유태인들이 아우슈비츠 수용소에서 돌 틈에 풀잎이 피어나는 것을 보고 삶의 의욕을 잃지 않았고, 문학작품의 어느 구절이 어느 절망의 수렁에 빠졌던 이에게 헤어나올 힘을 주었다는 얘기에 문학에 뜻을 두지 않았던가. 그 때를 생각하고 채찍질하며 한 권 분량을 완성했다.

그 무렵 방송 출연 차 시인 김후란 선생님과 평론가 김우종 선생님이 우리 사무실에 오셨다. 두 분은 책을 내겠다는 나의 만용에 문단에서 활동하기 위해서 추천 과정을 밟을 것을 권하셨다. 마침 그 해 봄에 월간 〈수필문학〉지가 창간된 처지였었다. 그러나 추천 받을 만한 수준의 작품이 미처 준비가 안 되었고, 두 번의 추천 과정을 밟으려면 1년 이상이나 걸릴 테니 인쇄소에 보내기로 한 원고를 묵혀둘 수가 없었다. 이 사정을 알고 전무후무한 신인 작가의 명목으로 〈청개구리의 변명〉을 게재해 준 〈수필문학〉이 고마울 따름이다. 지금껏 이것을 등단작품으로 삼고 있다.

당시 나의 수필에 대한 상식이라면 국어 교과서에서 읽은 김진섭의〈백설부〉와 아양하의 〈나무〉, 이광수의 〈우덕송〉 등 깊은 사색을 바탕으로 이뤄진 교훈적인 것으로만 인식했었다. 그런데 월간지 〈수필문학〉을 보니 이름 높은 교수들이 쓴 친근감 있는 서정수필이 많았고 중국의 명수필 특집 중 주자청의 〈뒷모습〉은 찡한 감동을 주었다. 그 동안 막연하게 터득했던 포멀 에세이(Formal Essay)만이 수필의 영역에 드는 것이 아님을 알게 됐다. 더욱이 단행본으로 읽게 된 피천득 선생님의 주옥 같은 글들이 문학 수필에 대한 의욕을 부채질해 주었다. 서정적인 글이 더욱 감동을 주는 것으로 노력하면 언젠가는 수필가가 될 수 있으리라는 가능성을 꿈꾸게 했다.

그러나 당시는 도움이 될만한 수필이론도 정립이 되어 있지 않았고 교과서가 될만한 책도 없었다. 을유문화사 발행의 〈영미수필선〉(이창배 편)을 몇 번 읽어 봐도 우리 나라 30 년대 수필보다도 문화와 정서의 차이만 확인될 뿐이었다. 그러나 교과서에서부터 이름을 익힌 찰스 램의 〈굴뚝 청소부 예찬〉, 〈꿈속의 아이들〉과 A.G. 가드너의 〈모자 철학〉, A.A. 밀른의 〈아카시아 길〉이 지금껏 인상에 남는 작품들이다.

갖춘 실력도 없이 당시 월간 〈수필문학〉지와 계간 〈수필문예〉, 그리고 여성지의 원고청탁을 받으며 내게 맞는 글, 내가 쓸 수 있는 영역을 모색해야 했다.

내가 출발한 70년대는 우리 나라가 경제 성장과 함께 현대화라는 이름 아래 사라져 가는 가시적인 것들이 많았다. 그보다도 고향, 인정, 자연, 미풍 양속 등 잊혀져 가는 정서가 더욱 안타깝게 여겨졌다.

국가나 사회의 이런 추이 속에서 내가 근무하는 직장 일은 가히 첨단 매체로서 더욱 비정한 곳이었다. 속보성을 내세워 인간의 존엄성을 무시하고 원인과 과정보다 결과만 중시하는 풍조에서 내 자신도 마모되는 것을 절감했다. 그래서 나의 수필은 한국의 미의식과 전통을 담는 그릇이어야 한다고 다짐을 했다. 옛 것 찬양이 아니라 현재에 접목시켜 발전하게 하는 역할의 일부라도 맡고 싶었다.

알퐁스 도데의 단편소설처럼 고향의 풍물과 아름다운 이야기를 써서 읽는 이로 하여금 '인간을 정답고 포근한 시선으로 바라보게 해 주고 평화와 아름다움을 느끼게 해줄 수 있다면' 이런 욕심을 가졌었다. 일상의 체험을 시적 서정과 유머 감각, 페이소스를 담아 재조직하여 새로운 경이의 세계를 보여주고 싶은 욕심은 데뷔 때나 지금이나 마찬가지이다.

인간적인 성숙이나 철학적인 사고가 부족함을 절감하면서도 이따금 감동의 불을 켜서 인생의 바다를 항해하는 이들에게 작은 등대처럼 깜빡이고 싶다. 등대 불은 가로등처럼 계속 켜 두면 그것을 보는 이들이 거리감각이나 방향을 잃게 된다고 한다. 깜빡깜빡 하고 껐다 켰다 해서 갈 길을 가늠하게 하는 등대처럼 걸작이 아니더라도 작은 등대의 존재처럼 계속 머무르고 싶다.

내 안에 작은 불씨 하나

은 옥 진

여름날이었다. 딸아이와 이런저런 얘기를 나누며 한나절을 보내고 있을 때, 딸아이가 뜬금없이 말머리를 돌린다. "참, 건넛 집 아주머니는 요즘 어떻게 지내고 계세요. 꽃 사러 가는 일도 없는 것 같던데……"

딸아이가 말하는 건넛 집은 우리 집에서 쳐다보이는 맞은 편 집을 말한다. 봄이면 꽃 모종을 나누고, 철이 바뀔 때면 여러 가지 꽃들을 사느라 꽃 시장을 함께 다녔다. 정원 손질이며 꽃나무 옮겨 심는 것까지 서로 의논을 하다보니 스스럼없는 사이가 되었다. 그러던 어느 가을, 그만 지병으로 세상을 떠나고 말았다. 그 이야기를 듣고 난 딸아이는 지금까지 들려준 이야기를 글로 한 번 써 보란다. 뜻밖이었다. 그러자 딸아이는 누렇게 퇴색한 공책 한 권을 내민다. 그 옛날 제 어미의 흔적을 간수했던 그 때처럼 써 보라는 것이다.

아이들 넷과 살림살이, 그렇게 보낸 수 십 년. 그래도 작은 불씨 하나 사그라지지 않았던가 흐릿하게 불을 댕기었다. 마음을 다잡고 책상에 앉았지만 딸을 마주하고 조곤조곤 얘기를 나눌 때와는 달랐다. 수 십 번을 옮겨 쓰고서야 그 아주머니를 그린 〈꽃잎을 잃은 국화〉가 초회 추천 작품으로 결정되었다.

등단을 하고 나니 잘 쓰고 싶다는 생각만으로 작품이 완성되는 것은 아닐진데 그 이름 값이 무겁기만 했다. 자신의 글이 활자화되었을 때 그 이름 빛내고 싶지 않은 사람이 어디 있을까마는, 누구에게 잘 보이고 싶음보다 오래도록 기억되는 글을 쓰고 싶었다. 자신이 정돈됨으로서 더 높은 경지에 이르고 싶은 것이다.

생각해보면 여학교 때, 같은 반 친구와 공책에 끄적거리던 일이 있었다. 그 나이 또래의 아픔, 틈틈이 읽은 책 내용, 작은 감정의 부스러기들이었다. 그렇게 쓴 노트에는 그 무렵 즐겨 외우던 쉘리의 시어를 따 〈바위틈 이끼〉라는 이름도 붙여주었다. 그 〈바위틈 이끼〉는 딸아이가 내게 글을 써 보라면서 느닷없이 내밀었던 바로 그 습작노트였다.

상급학교에 가서도 원고지 칸을 메웠다. 어디에도 내비쳐 본 일은 없었다. 그리 쓰잘데기 없는 짓은 아니었는데 어쩌자고 안으로만 삭히었는지 모르겠다. 누군가의 귀띔이 있었다면 오늘에 와서 이렇게 어설프지는 않았을 것이다.

건넛집 아주머니의 이야기는 순전히 딸아이의 부추김이었지만, 내 안에 끄느름하게 있었던 작은 불씨에 부채질을 했고, 재가 하얗게 날리면서 사위지 않은 불잉걸은 되살아났다. 되살아난 화력은 등단하고 얼마 뒤 문예지에 연작 수필 '나무'를 쓰면서 어둠을 배경으로 타올랐다. '나무'만을 생각하며 보낸 4년이었다.

유독 '나무'를 쓰겠다고 고집한 것은, 작은 꽃으로 해서 더듬어지는 어머니와 나무들에 스민 아버지의 추억이 애잔하여 가슴에 고인다. 그 꽃나무들과 함께 어머니의 모습은 지워지지 않는 그림으로 간직되어 있어, 나무를 쓰는 내내 어머니는 내 등을 밀어주고 때로는 나를 끌어주는 손길이었다.

돌이켜보면 내 글쓰기의 처음은 어머니를 기억하고 싶어서였다. 어머니의 소중함을 알게 되고, 그래서 철이 좀 났다고 생각되니 어머니는 이미 내 곁에 계시지 않았다. 노환으로 고생하기보다 잘 가신 것이지, 그렇게 여겼건만 해가 갈수록 가슴 저린 아픔이 명치에 머문다. 귓가에 맴도는 말씀 한 마디 한 마디가 그대로 살아있건만, 어찌 부족한 솜씨로 어머니를 그릴 수 있을까마는 내 안에 살아 계시어 삶의 원천이 되었고 글을 쓸 수 있었다.

어머니가 지금 계신다 해도 연만하시어 책을 읽을 수 없을 터. 어릴 적 글을 깨쳐주고, 숫자를 셀 수 있게 작은 돌멩이들을 치마폭에 주워담아 가져다 준 것처럼, 나도 그렇게 자상한 맘으로 글 한 편씩 읽어드리고 싶었다. 어렴풋이 느끼는 옛 이야기들, 가슴 가득한 환희와 아픔들을 주워 모아서 가물가물 회상하듯 나직히 들려드리고 싶었다. 어설프게 썼을망정 막내딸의 글이라면 내 등을 토닥여주시련만. 어느 칭찬이 내게 기쁨이 되리오, 어머니 한 마디 그 말씀이 축복인 것을.

나무와 꽃과 그리고 어머니는 나만의 글감이 될 것이다. 브람스도 "나도 더 이상 곡을 못쓴다"라고 고백한 것처럼, 나의 글감이 마르면 더는 쓰지 않으련다. 그 때까지는 왜 글을 쓰느냐 하는 동기를 없애지 않으련다. 그리고 편안한 생활을 경계하련다.

오늘도 내 안에 계시어 아이들의 빛나는 웃음을, 때로는 미어지는 마음을 나누고 있는 어머니께 이 한 편의 글을 쓰고 있다.

딸아이의 전화를 받는다. "아직 원고 못 끝내셨어요?"

'검은 고양이, 네로'를 들으며 집으로 향했다

이 경 희

「산귀래(山歸來)라는 이름이 좋아서 표제로 삼았다. ...」 나의 첫 번째 수필집 '산귀래'의 후기는 이렇게 시작되었다. 아니, '후기'가 아니라 '후기 후보기'에 쓴 글이다.

뒤늦게 글을 쓰기 시작하면서 할 말이 많았다. 그 많은 이야기들을 '후기'(後記)속에 모두 담을 수가 없어서 '후기' 말고도 '후기 후보기'라는 이름으로 세 개씩이나 써서 책에 담았다. 그 이야기들이 내가 글을 쓰기 시작한 그 때의 심정이고 이유이다. 말하자면 그것이 나의 문단 등단기라고 할까.

「.... 가을이 짙어갈수록 붉게 익어가는 산귀래의 사랑스런 열매에는 필연코 무슨 사연 같은 것이 있을 것 같기도 하고-. 여하튼 이 책은 그동안의 나의 생활을 주제로 하여 몇 군데 썼던 글을 한데 묶은 것이다. 크게 무슨 계획이 있었던 것도 아니다. 다만 '누군가에게 공감을 주는 글을 써 봐야겠다'는 그저 그런 오기로 시작한 것인데 막상 쓰고 보니 글쓰기가 얼마나 힘들다는 것을 알았고 또 나의 생각과 표현이 이렇게 큰 차이를 갖는다는 것도 알았다. 허나 이제부터는 되어질 것 같은 이상한 용기가 생겨지지 않는 것도 아니다. ... 나는 요즘에 와서 대학 이래 오늘까지 무의미하게 살았다는 뉘우침이 점점 많이 느껴지는 것이 이상하다. 방송의 '패널'로 우중(愚衆)의 박수갈채를 받으며-. 그렇게 20

년. 물론 이것이 나의 직업은 아니었으나 나는 이런 문화적인 분위기가 좋았기 때문에 덤벙덤벙 살아 왔다. 그런데, 막상 오랜 세월을 그렇게 살아오고 보니 결국 다른 사람에게 누구라는 소개를 하기조차 이상하게 된 것을 알게 되었다. 내가 좋아한 문화적 분위기를 좀더 선용하였더라면, 예컨데 원래 꿈꾸던 글을 썼든지, 어차피 전공인 약학을 계속하였더라면 나의 정관사(?)는 교수 이경희로서 적어도 오늘의 나의 출세욕과 허영심을 충분히 만족시키고 남았을 것으로 확신한다. … 대학 때, 선생은 나에게 몇 번이고 교실에 남아 주기를 권하였던 것을 지금 뉘우쳐도 그것은 '세일즈맨의 죽음' 처럼 다시 돌이킬 수 없는 과거. 여하튼 굳이 오늘 책을 내고 싶은 심정의 많은 부분도 솔직히 말하면 이상과 같은 나의 뉘우침과, 헛산 것에 대한 반성기(反省記) 같은 것일지도 모른다. … 이 책의 전부는 우선 나를 정리하는 의미에서 쓴 것이다. …」

「속표지 다음 장에 나는 '이 책을 누구에게' 하는 그런 글을 넣고 싶었다. 어려서 그런 글이 있는 책에서 받은 멋진 감정을 나는 잊지 않고 있기 때문이다. 그러나 이번에는 넣지 않기로 하였다. 왜냐하면 처음 〈나의 성장기〉를 쓸 때에는 나의 아버지한테 드리고 싶었고, 도중에서는 나의 네 딸들에게, 그리고 끝에 가서는 나의 남편에게 주고 싶었기 때문에, 사실 누구에게 꼭 주어야겠다는 대상이 없어졌기 때문이다. … 벌써 가을이다. 곧 또 눈 나리는 겨울이 올 테지. 나는 내 나이에 무관심했던 지난날에 크게 뉘우침을 가지면서 이 책을 낸다.」

'산귀래' 가 마침내 책으로 되어 나왔다. 견본 책을 가슴에 안고 인쇄소 문을 나왔다. 누구에게 먼저 나의 책을 보여줄 것인지를 몰라서 12월의 인파 속을 마냥 걸었다. 크리스머스 케럴과 함께 어린 계집아이가 부르는 '나의 검은 고양이, 네로' 가 귀청을 뚫는다. 저 계집아이는 무엇 때문에 저토록 목청을 돋우고 있는 것인지. 왠지 그것이 슬프게 들렸다. "그대는 귀여운 나의 검은 고양이, 새빨간 리본이 멋지게 어울려…" 나는 발길을 서둘러 집으로 돌렸다.

축하 받지못한 당선자

이 병 남

4.19 이후 사회는 혼란했고 우리 집안에는 선거 열풍이 불어 닥쳤다. 자유와 민주를 갈망해 온 청년 정치가인 남편은 아내의 만류를 뿌리치고 지방 의회 위원 선거에 출마하여 근소한 표차로 낙선했다. 관직에서 물러나 계시던 시아버지께서도 참의원 보선에 출마 중 5.16혁명으로 무산되었으니 집안에 남은 것은 선거빚 뿐이었다. 집을 팔아서 빚을 갚었다. 그러나 정치 정화법은 우리가족 모두의 심신을 소리 없이 구속하고 있었다.

한 푼 버는 사람 없는 집 안의 주부에게는 낙선의 고통보다 끼니 걱정이 앞선다. 궁리 끝에 취미로 가지고 있던 편물기로 편물점을 열어서 한 해 겨울을 넘겼다. 봄이 되어 임시 교사 채용 고시에 합격하고 시골학교 교사로 배치된 것은 행운이었다. 그 기쁨은 이루 헤아릴 수 없었다. 봉급을 받는다는 기쁨보다 나도 사회의 일원으로 일할 수 있다는 사실이 더 기뻤다.

가족의 낙선은 결과적으로 나에게 평생 일할 수 있는 두 가지 길을 열어준 셈이다. 평생 교육자로 일하고 작가로 글을 쓰는 일이다.

어느 날 친구 집에서 여원을 펼쳐보던 나는 살며시 한 페이지의 광고기사를 적어 왔다. 수기 모집 광고였다. 최고상의 상금이 육천원. 당시 쌀 한 가마니를 살 수 있는 돈이라는 계산이 가슴을 두근거리게 했다.

그러나 학생들이 돌아간 텅빈 교실에서 원고지를 메꾸는 나는 선듯 투고할 용기가 나질 않았다. 그날 "선생님 퇴근 길에 붙여드릴 께요. 빨리 봉투를 써주세요"하고 사환 소녀가 조르지 않았던들 나는 영영 등단기를 쓸 기회를 갖지 못했을 것이다. 낙선의 고배를 마신 절망과 고통 그리고 내일을 예측할 수 없는 불안 속에서 상금에 욕심을 두고 쓴 원고지에는 내 이름 석자를 쓰지 못하고 황해연이라는 가명을 썼다.

당선 작품이 발표된 잡지를 사들고 온 남편은 화가 머리 끝까지 나 있었다. 왜 이런 글을 썼느냐고 언성을 높였다. 공개적으로 집안 망신을 시키는 사람과는 같이 살 수 없으니 당장 이 집에서 나가라고 내 등을 밀어 냈다. 들고 들어온 잡지는 마당에 던져지고.

무슨 글이 실렸기에 이 야단이냐고 잡지를 집어드는 순간 나는 내 눈을 의심 할 수 밖에 없었다. 일등 당선작 〈가산을 탕진한 낙선의 고배〉 그 밑에 황해연이라는 활자가 찍혀 있었다. 선자의 찬사는 더욱 나를 감동케 했고 나도 쓰고 싶은 것을 쓸 수 있다는 희망과 용기를 갖기에 충분했다. 당선 통지서는 시동생이 받아서 책상 서랍 속에 고이 간직하고 있었으니 시골에 살고 있는 나는 이날까지 당선 된 사실을 까맣게 모르고 있었다.

당선 후 신문 잡지 등 여러 곳에서 들어오는 원고 쓰기에 바빴던 어느 날 한성기 시인의 전화를 받고 다방에 나갔다. 그 곳에서 인사를 드린 분이 조연현 선생이시다. 조 선생님은 오늘 아침에도 대전일보에 난 글을 읽으셨다시며 수필집 출판을 권유하시고 서문을 쓰시겠다고까지 말씀하셨다. 그 두 분의 추천으로 1972년 출판된 수필집이 〈가을이 오는 창(窓)가에서〉다.

"서울에 오면 내 사무실에도 들리라"하신 조현연 선생의 사무실에서 조경희 회장을 처음 뵈었다. 그 자리에서 조현연 선생은 조경희 회장께 나를 한국수필가협회와 여성문학인회 입회를 추천하셨다. 그 날 선뜻 조경희 회장이 나를 데리고 간 곳은 여성문학인회 사무를 담당한 김후란씨 사무실이었다고 기억한다. 그 때까지만 해도 나는 직업인 교사로서의 긍지를 갖고 그 일에만 충실 했을 뿐 작가로서의 의지나 각오는 희박했었다고 솔직히 고백한다.

그러나 쓰고 싶었다. 가슴에 묻어둔 젊음과 사랑, 삼라만상의 아름다움, 고독과 아픔을 삼키는 죽음까지도 사랑하고 글로 쓰고 싶다.

최근 문인들이 모이는 자리에 나가면 나도 그를 모르는 분이 "어디에서 등단하셨어요"하는 질문을 받는다. 그 때마다 명확한 대답은 피하지만 속으로는 "내가 글을 쓰기 시작했을 때에는 수필로 등단하는 길이 없었어요"하고 대답한다.

나의 수필 쓰기

이 숙

나의 수필 인생은 편지로부터 시작되었다

비록 일제치하(日帝治下)이긴 했으나 꿈을 먹고 자라는 내 나이 또래들 역시 그랬을 것이었다. 주름 깊은 삶 속에서 희미하게 느끼는 조국해방을 기원하며 일제 탄압으로 끊어질 듯 이어지는 우리 말 씀씀이를 살점을 옥죄고 드는 듯한 두려움에 떨며 두레박에 우물물 길어 올리듯 남 몰래 보낼 곳 없는 편지를 쓰고 지우곤 했다.

한 밤중이면 뒷산 자락에서 울어대는 살쾡이와 여우 울음소리 따위가 제법 익숙하게 들려왔지만 공포심을 느끼게 하기엔 충분했다. 이 아련한 기억 또한 새롭기만 하다. 그랬다. 정작 마땅히 보낼 때도 없는 편지를 창 틈으로 새어드는 달빛 속에서 쓰노라면 눈물이 흐를 때도 있었다.

나는 쓰던 편지를 베게 삼아 이불을 뒤집어쓰고 오지 않는 잠을 억지로 청하기도 했다.

나에게 우리 낱말 하나는 작은 벽돌 같았다. 그것도 일본이 짓밟은 흙으로 짓이겨진 바람벽한 말뜻을 가져야 했다. 나의 글 쓰기가 이렇듯 내 얼굴이 될 줄은 몰랐다. 평소 존경하는 대상이었던 시인 선생님이나 정지용, 김용호 같으신 분이나 유치환 선생님은 내 수필 인생 뿐 아니라 시를 공부하는데 있어 디딤돌이 되어 주었다.

그러니까 수복 후 문학보다 삶이라는 곁방살이 인생을 위해 애써 문인의 길을 외면하며 견뎌내야 했던 교단 지키기는 입에 풀칠을 하기 위한 임시 방편이나 다름없는 호구지책이라는 말이 더 어울렸다.

나에게 문학을 가르치고 수필과 삶의 철학과 시를 공부하게 했던 선생님이 어느날 갑자기 돌아오지 못하게 되었다는 소식은 나중에야 들을 수 있었다. 내가 비록 어줍잖긴 하지만 그러나 내 수필 인생을 위해 수필로 집을 지어 살고 싶은 것도 이미 작고하신 K 선생님의 영향이 컸다. 나에게 소녀기와 사춘기가 암울한 시대였다면 유치환 선생님과 이영도 여사님이 남긴 문학적 순애보는 사랑과 낭만이 무엇인지 늘 다시 한번 생각하게 했다. 내가 만든 터전 위에 나는 수필이라는 아담한 작은 집을 짓기 시작하면서 나는 그동안 이세상 모든 햇볕이나 달빛이나 별빛이나 구름들이나 바람들이 수필로 짓는 집 건축물이었다.

어찌 이것들 뿐이랴. 저 수많은 꽃들이며 나무들이며 이름 모를 들풀들까지, 그리고 내가 살아온 세월속 이끼와 같은 나의 욕심과 꿈과 희망과 눈물과 기도와 나를 알고 있는 많은 이웃들도 나의 집 장식물이 되어 주었다.

아니, 내가 수필로 집을 지을 수 있도록 많은 사랑을 주신 조경희 (한국수필가 협회) 회장님과 서정범 선생님의 아낌없는 배려도 빼 놓을 수 없는 나의 집 주춧돌인 셈이었다. 나의 수필 등단은 1974년 한국 수필에서 "달이 더욱 밝은 때"였다. 내가 굳이 교사적 감성을 버리지 못하는 글 쓰기와 철학적 감흥을 바탕으로 하는 글 쓰기를 고집하는 것도 내 삶의 편린이기 때문이다.

나는 현재 한국수필가 협회의 파수군으로 많은 수필을 대할 때마다 보람을 느끼며 살아가고 있다. 나의 수필 쓰기는 영원할 것이리라.

수필과 실존

이 정 림

1974년부터 수필이라는 이름을 달고 글을 썼으니, 수필과 인연을 맺은 지도 28년이 되었다. 한 분야에 30년 가까이 몸을 담아 왔다면 한 눈 팔지 않은 인생같이 보일 지 모르지만, 내 경우는 그렇지 못했다.

대학을 졸업한 후, 내가 줄곧 일해 온 곳은 잡지사 아니면 신문사였다. 그 시절의 내 희망은 거창하게도 명기자가 되는 것이었다. 기자 생활을 하면서 참으로 살맛 나게 한 것은 유명한 분들을 매일같이 만날 수 있다는 즐거움이었다. 철기 이범석 장군을 비롯하여 외솔 최현배 선생, 청전 이상범 화백과 홍익대학의 이마동 학장, 또〈현대문학〉의 조연현 주간을 비롯하여 아동문학가 이원수 · 시인 김용호 선생과 같은 문단의 중진 인사들… 일일이 열거할 수도 없을 만큼 많은 분들을 만나 인터뷰를 하면서, 나는 부지런히 기사를 썼고 취재원을 찾아 동분서주했다.

그러다 보니, 나도 모르게 자신이 꽤 유능해진 것 같은 착각이 들어 마침내 나는 용기와 무모함의 한계를 구별하지 못하는 지경에까지 이르고야 말았다. 스물 여덟이라는 나이에 겁도 없이 직업 여성들의 권익을 옹호한다는, 당시로서는 급진적이고도 의식 있는 여성지를 창간하게 된 것이다. 그러나 주위 사람들의 부추김과 내 만용으로 창간된 그 잡지는 2호까지 내고 엉뚱하게도 정치적인 탄압으로 폐간이 되는 불운을 내게 안겨 주었다.

서른도 못 된 나이에 겪어야만 했던 내 인생의 첫 번째 실패는 나로서는 너무나도 큰 타격이었다. 이십 대에 꿈꾸었던 명기자도, 또 의식 있는 잡지의 발행인도 되지 못한 나는 삼십 대를 무기력한 노인같이 맞이해야만 했다. 에너지는 모두 소진되고, 비전이 없는 나날은 내게서 생존의 의미마저 앗아가 버린 느낌이었다.

내 삼십 대는 정말이지 회색의 늪지대와도 같았다. 나는 매일 매일 그 늪 속으로 한 걸음씩 빠져 들어갔다. 삼십 년을 육십 년만큼 살았다고 하면, 인생이 설령 삼십 년으로 끝난다 하더라도 조금도 아쉬울 것은 없으리라. 그러나 내게는 이루어 놓은 것이 아무 것도 없었다. 완전한 무(無)라는 그 자각은 나를 침체의 늪 속에 편안하게 도피하도록 허락지 않았다. 젊은이에게 도피는 무능의 비겁한 다른 이름이지 않은가. 그래서 나는 나를 참을성 있게 지켜보고 있던 사람들의 손을 잡았다. 그리곤 영원히 헤어나올 수 없을 것 같던 그 죽음의 늪에서 빠져 나왔다.

나는 다시 펜을 잡았다. 내 빈 손에 잡을 수 있는 것이라곤 오직 펜밖에 없다는 그 깨달음은 깨어진 꿈들의 상처를 어느 정도 아물게 해 주었다. 그래서 72년도《수필문학》8월호에 〈정취(情趣)〉라는 짤막한 글을 발표한 이후로 중단했던 글쓰기를 74년부터는 본격적으로 다시 하기 시작했다. 그러면서도 나는 정식으로 등용문을 거쳐야겠다는 생각은 해보지 않았다. 70년대 초반은 문예지에서 처음으로 수필 분야에 추천 제도를 두기 시작한 때였지만, 나는 그런 관문에 대한 호기심이나 필요성을 느끼지 못했던 것이다.

그러나 주위 사람들은 나와 생각이 달랐다. 이왕 글을 쓰려면 어디에서 나왔다는 '타이틀'이 필요하다는 것이었다. 그래서 나는 그런 권유에 전적으로 동의하지는 않았지만 달리 반대할 소신도 없어, 76년도 한국일보 신춘문예에 응모하여 수필에 대한 정식 입문 절차를 밟았다.

이십 대의 실패를 딛고 승선한 수필이라는 배. 그 배를 타고 긴 항해를 하는 도중, 때로는 하선(下船)하고 싶은 생각이 든 적도 많았다. 멀미하는 사람이 배에서 고생하 듯이, 문학적인 재능이 부족한 사람이 부딪히게 되는 자기 한계를 극복하기 어려웠기 때문이다.

그러나 이젠 핑계를 대고 그 배에서 내려올 기회마저 놓쳐 버린 것 같다. 배는 앞으로 앞으로만 내달린다. 돛이 낡아 더 이상 바람을 맞을 수 없을 때까지 배는 계속 앞으로 달릴 것이다.

나는 자신을 미화하거나 과장하는 것을 좋아하지 않는다. 그래서 수필을 혼(魂)으로 쓴다든지 피로써 쓴다든지 하는 말에 심한 거부감을 느낀다. 수필은 내게 아마추어적 허영이 아니라 프로의 실존과도 같기 때문이다.

뭍꽃 그리고 물꽃

이 정 원

내가 처음 수필을 쓰기 시작한 건, 문예 장학생으로 국문과에 입학을 한 대학교 일 학년 때부터였다. 교양 국어 시간에 써낸 〈성안에 핀 꽃〉이라는 글이 서정범 교수님의 눈에 띄어 본격적인 지도를 받게 됐다. 원고지 열 다섯 장짜리 수필을 보통 열 번씩을 고쳤는데, 밤샘을 하며 써 가지고 가면 교수님께서는 빨간 색연필로 죽죽 그어버리셨다.

"수필에도 소설 못지 않게 치밀한 구성이 있어야 하고, 문장에도 시에서처럼 리듬감이 있어야 한다. 그리고, 관념적이어서는 안 된다. 관념적인 내용을 담는다 해도, 삶의 구체적인 체험 속에 녹아 들어가서 저절로 깨달음의 향기를 낼 수 있도록 해야 한다."

말로는 알아듣겠는데, 그것을 막상 글로 쓰면서 실천하려고 하면 왜 그렇게 힘이 드는지 애써 고쳐간 글 역시 교수님의 마음에는 차지를 않아서 실컷 꾸중을 듣고 나면, 눈물이 쏟아지기 일쑤였다. 그러면서 2 학년이 끝나갈 무렵 〈한국수필〉에 초회 추천을 받고 4 학년 말에 완료 추천을 받게 됐다.

한데, 정작 교수님을 실망시켜 드리게 된 건 졸업을 하고 나서였다. 제대로 된 작품 하나 못 써내고 이삼 년을 지내다 보니, 뵐 면목이 없었다. 그렇게 된 이유가 첫 째는 내 게으름 탓이었고, 둘 째는 이름만 가리면 네 수필인지 교수님 수필인지 구분을 못하겠더라는 어느 선배의 말 탓이었다.

사 년 가까이 지도를 받는 동안 끊임없이 교수님의 수필을 읽고 그 특이한 면을 배우려고 애쓰다 보니, 작품 세계가 흡사해졌다는 건 나 역시 느끼고 있었다. 결국은 그것을 벗어나는데 또 몇 년이 걸렸다. 내가 얼마를 쉬었다가, 〈백합을 피워 놓고〉라는 수필을 시작으로 꽃이라는 특정한 소재를 고집스럽게 다루기 시작하자, 교수님께서는 누구보다 기뻐하셨다. 자기만의 독특한 목소리를 지닐 때 비로소 살아남을 수 있다는 말씀을 하시며 나를 예로 드시곤 한다.

내 글에 꽃이 들어가게 된 건 애초부터 의도한 건 아니었다. 꽃의 전설을 읽다가 그 사연들이 대부분 슬프다는 것을 알고, 그 때문에 꽃은 더욱 아름답게 피어나는 게 아닐까 싶었다. 어쩌면 우리 또한 꽃처럼 아픈 사연을 품고 저마다 생활을 아름답게 이끌어가고 있는 존재들이었기에, 사람과 꽃을 연결시키면 좋겠다는 생각이 들었다.

꽃이야기 만을 모으다 보니, 요즘은 내 전공이 바뀐 듯한 느낌이 들 정도로 꽃 연구를 많이 하게 된다. 꽃의 이름이며, 담긴 말과 사연이며, 생태며, 모양이며, 원산지와 분포지역에 이르기까지, 가장 많은 도움을 주는 사람은 조경가로 활동하고 있는 남편이다. 꽃을 찾기 위한 노력의 일환으로 지난 몇 년간은 스쿠버 다이빙을 했다. 그것은 바닷속 풍경을 보기 위해서라기보다, 물꽃-즉 바다 맨드라미를 보기 위해서였다. 그 물꽃은 원래 화충류(化蟲類)인 산호의 일종으로, 뼈대가 없이 물렁물렁한 몸체에 꽃같이 펼쳐지는 여덟 개의 촉수인 폴립이 서로 붙어 자라는 연산호에 속했다.

바닷 속 여행을 계속하노라니, 바닷 속엔 그 물꽃만이 아니라 말미잘과 해파리며, 꽃갯지렁이와 크리스마스 트리 모양을 한 가시관과, '바다 백합' 이라는 다른 이름을 가진 바다 나리까지 꽃을 연상시키는 게 너무 많았다.

서정범 교수님께서 쓰신 〈그 아름다운 생명의 꽃〉이라는 수필에서, 꽃은 부활이며 사랑과 소망의 의미를 담고 있다는 걸 읽은 적이 있다. 어쩌면 나야말로, 내 사랑과 소망의 화신으로서 줄곧 물꽃과 물꽃에 대한 애착을 놓지 못하고 있는 지도 모른다.

나의 등단 이야기

전 숙 희

나는 1954年, 그러니까 6.25 동란직후 문단에도 월북, 납북, 전사 등 비극의 광풍이 지나간 직후 "탕자의 변"이라는 수필집을 내면서 정식으로 문단의 한 가족이 되지 않았는가 한다.

당시 전후에 이리저리 흩어져 버리고 몇 사람 되지 않던 문단 가족 중에서 나는 30년대 말(38년) 이미 이태준 선생의 추천으로 단편소설을 "여성"이니 "사상계" 등에 발표했으며 실은 그것이 등단이라면 나는 이미 소설로 등단을 했었다고도 할 수 있지 않을까!

그러나 그 후 즉시 결혼을 하고 함경북도 무산에 살면서 거의 연년생으로 사남매(4男妹)를 낳고 기르는 동안 나는 가사에 빠져 소설의 꿈을 끈질기게 지속하지 못하고 말았다. 그 후 전란을 치루고 신문사 기자가 되면서 나는 다시 펜을 들었고 내 마음 내키는 대로 순수한 내 마음의 풍경과 느낌을 수필형식으로 다시 써나갔다. 그래서 출간한 첫 책이 "탕자의 변"이라는 수필집이었다.

첫 수필집을 출간하고 나니 어디서나 청탁이 와도 수필 뿐이었고 또 작품이 나가면 "수필가"라는 딱지가 붙어 다녔다. 실상 좋은 수필이란 피천득 선생님같이 높고 깊은 사념(思念)과 맑고 담담한 마음에서 울어 나오는 맑은 샘물 같아야 되건만 나는 거기에까지 이르지는 못하였으나 그래도 문학의 꿈을 안고 한 길을 걸어오게 된 것이다. 그 동안 20 권에 가까운 저서를 내기는 했으나 실상 수필다운 수필집이 한 두 권이라도 남는다면 실로 감사한 일이 아닐 수 없다.

그보다도 나는 그 격랑의 시기에 첫 수필집을 출간했다고 당시에 몇 분 안되는 원로작가 월탄 박종화 선생을 비롯해 많은 문인들이 출판기념회를 성대히 베풀어 주셨던 감회를 잊을 수 없다. 그 자리에는 김광섭, 이헌구, 박진, 모윤숙, 김동리, 박목월, 박화성, 최정희, 장덕조, 이영도, 손소희, 조경희, 공초 오상순 선생에 이르기까지 모두 다 한 자리에 모이셨다. 큰 빌딩이나 호텔들도 모두 파괴되거나 상처가 복구되기 전 장소도 마땅한 곳이 없어 소공동에 있던 치과대학 식당 자리를 빌려 모였었다. 그러나 전후에 살아남은 선배, 친지들과 한 자리에 모인다는 것만으로도 감격이 넘칠 당시 나는 첫 책을 출간했다는 기쁨과 아울러 평소 존경하던 문단의 선배 친지들이 꽃을 주시고 그보다 더 아름답고 귀한 찬사들을 해주셨을 때 나는 정녕 취하도록 최고의 행복 속에 잠겼었던 기억이 새롭다.

이렇게 해서 나는 비로소 정식으로 문단 데뷔를 한 셈이었고 계속해서 글을 써왔다. 단지 유감이라면 그 글들을 모아놓은 책을 출간할 때마다 나는 만족과 성취감보다는 미련과 후회가 더 많았음을 기억한다. 그렇게 세월은 흐르고 이제 돌이킬 수 없는 나의 생애는 여기에서나마 희망을 잃지는 말아야 하지 않을까.

요즘 문학계는 대단한 여성붐을 이루고 있다. 그리고 여성문학인회는 단합과 화합으로 서로를 격려하고 정진하고 있다. 이런 아름다운 모임에서 아무것도 아닌 내가 원로 대접을 받으면서 이런 글자리까지 내어주니 내 마음은 그지없이 흐뭇할 뿐이다. 어떤 장르의 글을 잘 썼거나 못 썼거나 문학을 사랑하며 문학을 읽고 생각하며 그 속에서 살아왔다는 것을 내 삶의 큰 보람으로 생각한다. 그리고 그 문학을 전공하는 여성들 속에서 서로 만나고 반기면서 그 속에 내 이름을 남기고 함께 참여할 수 있다는 행복을 나는 내 생(生)의 가장 성공적인 선택이었다고 생각한다.

「나의 등단 이야기-수필」

나의 등단 전후

정 명 숙

1955년 결혼을 하고 나서 몇 년 지나자 몇 년 지나자 나는 스물거리기 시작했다. 그러나 남편이 한참 나가는 기세에 눌려 식구들은 숨도 크게 쉴 수 없는 나날이었다. 어디 나가 소리라도 크게 지르고 싶을 때가 하루에도 몇 번씩 있었다. 창을 열면 비원인데도 가슴을 죄이는 듯 답답했다.

결혼해서 연령 차이는 언제나 아이취급해 무시당했다는 피해의식이 모르는 사이에 울분으로 차곡차곡 쌓여 옹졸하던 나에게 스트레스가 되어 온갖 신경성 병으로 나타나기 시작했다. 그래도 남편은 이해는커녕 별난 여자라며 웬 투정이냐 식이여서 나를 점점 약이 오르게 했다.

상대적 박탈감이라 할까. 주치의 서 박사는 날 보고 춤도 추고 구경도 다니고, 친구와 수다도 떨라 하는데 질투가 심한 남편에 누구 쫓겨나는 꼴 보라는 것인지, 내 성격도 문제여서 힘든 나날이었다.

어쩌다 속상해 메모라도 써 남편에게 주면 쓰레기통으로 직행했다. 상대해 주지 않으니 쥐꼬리만한 자존심마저 마구 짓밟히고 말았다. 메모편지를 쓰다가 문득 생각한 것이 일기였는데 하루 밤 사이 5.6장 어디서 그런 정연한 논리를 전개할 수 있었는지 줄줄이 토해내니 조금은 속이 후련해졌다.

어느날 1960년 현대여성의 이지손 기자가 남편이 아닌 나에게 난생 처음 원고청탁이라는 걸 해 왔다. 신기하기도 겁나기도 당황하기도 했다.

얼마전 MBC 라디오 방송에서 서유자 아나운서가 진행하는 –나의 남편을 말함– 을 들었다는 것이다.

편집에서 새 필진을 찾고 있던 참에 내게 온 기회였다. 물론 신변잡기였는데 미사려구가 아닌 가식없는 실제 상황을 시원하게 썼던 것이 어필했던 것 같다. 당시로는 드물게 펜레터를 받으니 얼떨떨했다. 그것이 계기가 되어 전봉건씨가 편집장이던 때 〈남편 얄개〉를 연재하기에 이르렀다. 불행히도 다섯 번 연재하고 정간되는 바람에 중단되고 말았는데 이지손 지가자 그 후 여성동아에 옮겨 앉으면서 최일남 주간에게 추천해 여성동아에 쓰기 시작한 〈오는 정 가는 정〉이 반년 나가고 나자, 여성 칼럼으로 게재되고 상대 남성 칼럼에 홍성유 선생이 쓰면서 우리는 일년 넘게 연재를 하며 독자들의 많은 성원의 편지를 받았다. 그러는 사이 언제부터인지 나는 주부에서 수필가로 승격되어 있었다. 데스크에서의 배려 및 편집에 김재광, 박경희 등의 격려와 응원도 한 몫 했다. 남편 때문에 속상한 걸 대신해 때려 주니 속시원해 뛰워주는 성원에 신바람이 나서 마구 써댔다. 주부생활 여상, 신문, 방송 그러던 어느날 조경희 선생님이 한국수필에 쓰라는 권유에 등단 아닌 등단을 하기에 이른 것이다.

어찌 보면 나의 글쓰기는 남성 타격용이란 불순한 의도에서 시작되었는 지도 모른다. 글로 _아내기를 쓰기 시작하자 내 병은 거짓말처럼 나아버렸다. 병치료의 효과를 단단히 본 것이다.

아직은 가야 할 길

정 화 신

네 살 무렵의 고독이 얼마나 깊은지, 자연과의 친화력은 또 얼마나 깊을 수 있는지 모르겠다. 하지만 그것이 내 정서의 뿌리, 글의 뿌리에 닿아있는 것만은 확실하다.

두 살 터울인 언니마저 유치원에 가고 나면 마당 넓은 집에 나는 혼자였다. 동네에서 좀 떨어진 학교 관사였다. 그 때 놀이동무가 된 것은 이런 것들이었다. 나무와 꽃잎, 흙과 돌과 사금파리, 빗방울, 도르래가 있는 우물, 토방에 앉아서 보던 하늘과 구름 같은 것. 수업종이 울리고 난 후의 운동장이 놀이터로 더해졌지만 거기서도 나는 혼자였다.

어른들은 혼자서도 잘 노는 아이라고 했다. 언니들이 방바닥에 엎드려 편지를 쓰고 있을 때도 나는 그렇게 놀고 있었다. 타지에 계신 아버지에게 쓰는 합동 문안 편지였다. 언제부터 훌쩍이기 시작했을까. 쓰고 싶은데 쓸 수가 없는 막막함. 놀란 엄마가 이유를 묻고, 종이와 연필을 쥐어줬다. 개 발 새 발 그리는 동안 박하사탕 먹은 듯이 가슴이 환해졌다. 그 때 나는 다섯 살이었다.

"그래, 그래 잘 썼네, 뭐라고 썼는지 읽어 줄래." 최초의 독자였던 우리 엄마가 수필로 등단한 딸의 글을 읽은 것은 사십 년이 지난 후였고, 단행본 하나를 받아 두고두고 읽기 시작한 것은 그로부터도 7년 후였다. 왜 그토록 오래 머뭇거렸을까.

한 줄의 글도 쓰지 않으면서 12월이면 알 수 없는 열병을 앓고, 신년이면 두근거리는 마음으로 신문을 펴든 것은 숨은 사랑 때문이었다. 그것은 절반 뿐인 재능이 부끄러워 가둬버린 은밀한 꿈이기도 했다. 내 안의 '두려워하는 아이의 게으름뱅이 어른' 은 아무 일도 일어나지 않는 쪽으로 나를 몰아가며 짝사랑을 키웠다.

가끔 잠든 의식을 흔드는 바람이 지나기는 했다. 그러나 잠시 흔들리고 나면 그뿐이었다. 마흔이 되었다. 바람은 안팎에서 불며 나를 깨웠다. 다시 공부를 시작하라고, 글을 써보라는 말들이 들렸다. 딸딸이 엄마인 것을 상기시키면서 아들을 낳아보라는 말에는 멀쩡하던 가슴이 뛰었다. 잊힌 듯 묻힌 듯 하면서도 아주 떠나지는 않는 꿈이 그제야 보였다. 그것은 얼음장 밑의 미나리처럼 살아있었다.

낭비할 시간이 없다고, 평생 계속할 수 있는 일을 찾아야 한다고 등을 떠민 친구 덕분에 수필의 길로 들어섰다. 가고 싶은 길이었지만 내 글쓰기나 배우는 속도는 느렸다. 글은 홀로 쓰는 것이어야 한다는 고집 때문에 글을 배워 쓴다는 사실을 수용할 수가 없었는지 모른다. 사방에서 들리는 '등단' 이라는 말도 그 길에서 돌아서고 싶게 만드는 일 중의 하나였다.

그 무렵 엄마의 외도(?)를 알게 된 두 아이, 반응은 달랐다. 말없이 제 방으로 들어간 큰 아이는 김태길 선생님의 수필, 〈글을 쓴다는 것〉이 실린 국어 책을 펼쳐들고 나왔다. 좋아라 하던 작은 아이는 베개 밑에 두툼한 노트 한 권과 볼펜 몇 자루를 넣어놓았다. 노트 속에는 이런 쪽지가 있었다. '우리 엄마는 작가입니다. 글을 쓰지요. 수필이랍니다. 이것은 엄마의 습작 노트입니다.' 섣부름에 대한 경계와 격려. 표현은 달라도 그것은 사랑이었고, 나는 멈추지 않고 갈 수 있었다.

현대 수필로 등단한 것은 2년이 지난 1993년 여름이었다. 꽃다발과 함께 기억되는 그 여름 아내와 엄마로 살아오는 동안 잊고 있던 이름 앞에 수필가라는 이름 하나가 더해졌다. 늦게 그리고 천천히 걷기 시작한

지 십 년이 넘는다. 여전히 내 걸음은 느리다.

왜 글을 쓰느냐고 자신에게 물을 때가 있다. 세상에는 이미 넘치도록 많은 말과 글이 있는데, 무엇을 더하려고 쓰느냐고. 글은 내가 세상과 교통하는 길이다. 말이 가 닿지 못하는 데까지 이를 수 있을 거라며 가는 길이다. '홀로 떠난 그 길에서 꿈꾸는 것은 언제나 무엇인가와, 누군가와 만나는 것이다.' 그런데도 번번이 어디에도 이르지 못하는 내 글을 본다. 그럴 때면 길이 단번에 만들어지는 것은 아니라고 위로한다. 발자국이 모이는 동안 나도 모르는 길 하나 생기고, 그 길에서 만나는 사람들 있을 것이라고 생각한다.

왜 절망하면서 글을 쓰느냐고 할지 모른다. 적어도 글을 쓰는 시간 나는 깨어있을 수 있다. 그래서 더 고통스러울 때도 있긴 하다. 진솔하리라던 글에서도 숨는 나를 볼 때, 여전히 부끄럽고 자유롭지 못한 나를 볼 때다. 그래도 보이지 않던 진실을 언뜻언뜻이라도 볼 수 있는 것은 행운이다. 소설도 아니고 시도 아니고 수필만이 드러낼 수 있는 땀내와 향기가 좋다. 하긴 소설보다 더 소설적이고 영화보다 더 영화 같은 일들이 일어나는 세상이지만 가공하지 않은 진실을 만날 수 있어서 좋다.

머뭇거리다가 해거름에 나선 길이다. 소망만으로 되는 일은 없다는 것을 알고 나선 길이다. 아니, 간절히 원하는 것은 이루어진다는 것을 알고 나선 길이다. "지켜야 할 약속이 있어 잠들기 전 수 마일을 더 가야 한다"는 프로스트의 방울 소리는 여전히 유효하다.

측간 단상으로

조 경 희

나는 1939년 이화여전을 졸업했다. 이화여전 시절 나는 문예활동을 활발하게 문장을 가르치던 주임교수가 상허 이태준 선생이었기에 작품활동을 부지런히 할 수 있었다. 학교 강당에서 작품 낭송회도 가졌다. 낭송회에서 내가 써서 읽은 글은 주로 꽁트였다.

주위에서 내가 글을 쓰는 학생으로 알려졌던지 이때 《한글》이라는 잡지에서 원고청탁이 왔다. 나는 〈측간 단상〉이라는 글을 써서 보냈다. 이 글은 바람이 시원하게 들어오는 시골 뒷간에 앉아 볼일을 보면서 이생각 저 생각 하는 글이다. 이렇게 해서 처음 글을 잡지에다 발표하게 되었다.

그 때 문단에서는 문학 전문지《문장》이 활발하게 나오고 있을 때이다. 김종만선생이 발행인이고 이태준 선생이 편집인을 맡고 있었다. 소설은 이태준 선생이 추천하였고, 시는 정지용 선생이 담당하였다. 문장社에는 소설가 정인택 선생이 근무했고, 주로 실무진에서 일한 조풍연선생이었다. 내가 학교 다닐 때는 이 분들을 몰랐고 졸업 후에 알게 되었다.

그 당시 , 소설과 시가 더 활발하게 움직이고 있을 때여서 그 때 배출된 시인이 조지훈, 박목월, 박두진, 박남수, 이한직 선생 같은 우리 시단의 빛나는 시인들을 배출하였다. 소설은 이태준 선생의 추천으로 곽하신 선생이 있었다. 이때에 미술가인 김용준 선생은 《문장》의 표지화도 그리고 좋은 수필도 많이 썼다. 신문은 조선일보와 동아일보 양대 민족지가 발행되었고 조선 총독부의 기관지인 매일신보, 경성일보가 일본어로 간행되고 있었다.

양대 민족지가 일본의 언론정책에 의해서 폐간의 쓰라림을 당할 직전이었다고 생각된다. 조선일보에 학생란이라고 해서 1면 분량의 지면이 있었다. 나는 글을 써서 학생란에 투고하였다. 글의 제목은《영화론》이었다. 이 글이 당선되었다. 30년대는 프랑스 영화가 전성기를 이루고 있을 때였다. 나는 그때 비록 학생의 신분이었지만 좋은 영화는 하나도 빠뜨리지 않고 거의 다 보았다. 프랑스 영화에 비해 미국 영화가 뒤떨어진다는 이야기도 썼던 것 같다. 그 당시 유명한 프랑스 영화로는 〈미모자관〉〈외인부대〉〈북호텔〉〈뻬뻬루 · 모꼬〉 등이었고 미국 영화로는 마르네 데이드리히가 나오는 〈모록꼬〉, 게리 쿠퍼가 나오는 〈오페라 햇〉 같은 영화가 우수하다고 할 때였다. 밥은 굶어도 영화관에 가서 영화를 보고 또 씨네마 순보 월간지를 사 가지고 와서 읽으면서 감독과 배우, 각본을 쓴 사람까지 알아서 궁금증을 풀어야 만 했다.

그 뒤에 나는 영화 〈아모크〉를 보고 〈열풍〉이라는 글을 써보냈는데 그 글도 채택되었다. 그래서 나는 글을 쓰는 것에 자신감을 가질 수 있었고, 그리고 나서 조선일보 학예부에 입사 하였다. 이를테면 글을 먹고 사는 신문기자가 된 것이다. 그 당시 조선일보사 학예부장이 김기림 선생이었고 나는 이헌구 선생과 함께 가정란을 제작하였다.

나는 가정란을 제작하면서 틈틈히 김기림 선생의 원고 심부름을 하였다. 학교에서 이태준 선생에게서 말로만 듣던 문인들을 직접 만나게 된 것이다. 그들의 술자리에도 참석 할 수 가 있었다. 월탄 선생의 호령호령하는 큰 목소리, 정지용 선생의 검정두루마기와 목청을 높여 시를 낭송하는 모습이 눈에 선하다. 명동에 나가면 김억, 계용묵 선생, 정비석 선생을 어느 출판사 사무실에서 만날 수 있었다.

이렇게 문인들을 접하면서 글을 열심히 쓰게 되었고 1955년 나의 첫 수필집 《우화》가 나왔다. 그때 나는 여성계라는 잡지를 내고 있었다. 해방 15년이 흘렀지만 전쟁으로 폐허가 된 서울에서 잡지를 내고 수필집을 낸 것은 문단에서 큰 화제를 불러일으켰다.

《우화》는 신문 문화면에 최정희 선생이 서평을 써주시기도 하였다. 출판기념회를 지금 서울시의회 사무실 지하에서 가졌는데 그 당시에는 유명한 레스토랑이었다. 노천명 ,모윤숙, 오상순 선생이 오셔서 축하를 해 주셨다. 표지화는 수화 김환기 선생이 그려 준 것이다.

첫 수필집이 나오고 여기저기서 원고청탁이 들어왔다. 특히《현대문학》 주간이었던 조연현 선생은 나에게 자주 청탁을 해 주시곤 했다. 그러다 보니 자연히 수필을 많이 쓰게 되고 관심을 가지게 되었다. 1969년 〈가깝고 먼 세계〉1966년〈얼굴〉, 1971년〈음치의 자장가〉등의 수필집을 냈다.

1971년 나는 나의 수필문학 창작에만 머무르지 않고 수필에 관심 있는 분들과 함께 한국수필가협회를 발족했다. 회지로〈한국수필〉이라는 문학 전문지가 창간되어 수필가들의 창작활동을 할 수 있는 여건이 형성되었다. 드디어 1999년 10월 통권 《한국수필》 100호를 발행하게 되었고 2002년 11월 현재 통권 118호를 발행했다.

《한국수필》 100호 기념사에서 서정범 교수는 "30년간 한국수필이 문단에 끼친 영향은 첫 째 한국수필문단 발전의 요람이요. 아울러 한국수필의 큰 산맥을 이루어 왔고 둘 째 수필이 오늘날 문단에서 차지하는 기반을 잡는데 절대적인 힘이 되었고 최초로 등단의 문을 열어 수필문학의 활성화를 꾀했다고 하겠다"라고 《한국수필》의 위상을 적고 있다. 이 모든 결과는 수필을 사랑하는 많은 분들이 있었기에 가능했으리라 본다.

나는 수필집 〈음치의 자장가 〉이후에 1978 〈면역의 원리〉1986 〈골목은 아침에 나보다 늦게 깬다〉1988 〈웃음이 어울리는 시대〉1994 〈낙엽의 침묵〉1999 〈치자꽃〉2000 〈하얀꽃들〉을 냈다. 이렇듯 잘 되었던 못 되었던 간에 나는 일평생 수필로 보냈다고 해도 과언은 아닌 듯 싶다. 내 남은 생도 수필을 위해 사는 삶이라면 더 바랄 것이 없겠다.

등단하던 날의 마음으로

주 영 준

문학에 관심을 가진 것은 학창시절 부터였다. 그러나 해방 6.25 같은 역사적 혼란기에 불행하게도 충격과 아픔이 많던 생활에 밀려 문학은 항상 그리운 추억처럼 가슴을 설레이게 할 뿐 본격적으로 다가 가지를 못했다. 그런데 아이들이 다 커서 가정을 이루워 떠난 후에야 이 문제가 새롭게 내 생활 속에 부상하게 되었다. 쓸쓸하고 고적한 생활 속에서 어느 날 신문 광고를 보고 책 한 권을 사려고 큰 서점을 찾아갔다.

넓은 공간에 질서정연하게 꽂혀 있는 많은 책들을 보고 오랜만에 고향 친구를 만난 듯 반갑고 놀라움에 가슴이 뛰었다. 시.소설.아동문학 등 전에 관심이 있던 책들을 이것저것 뽑아 펴보다가 그 책들 속에서 오래 전 내가 아직 젊던 시절에 잘 알던 사람들의 글이 눈에 띄었을 때의 충격은 그 동안의 나의 공백기를 가슴 아프게 돌아보게 했다. 그 날 나는 엉뚱하게 〈수필문학〉이라는 월간지 한 권을 사가지고 돌아왔다.

수필이 우리가 학교 시절에는 작문 또는 산문이라 하여 많이 읽고 쓰던 글이어서 친근감을 느끼면서 첫 페이지부터 차근차근 읽어 갔다. 일상적인 소재를 평이하게 쓴 글인데도 가슴에 와 닿는 게 많아서 그날로 다 읽었다. 그리고 다음 날도 또 그 다음 날도 읽은 글을 다시 골라 읽으면서 그 여운에 흠뻑 젖었다. 그리고 나서 앞으로 수필을 써 보겠다는 생각을 하게 되었던 것이다.

그러나 그것은 생각일 뿐 선뜻 펜을 들지 못하고 있는데 마침 문화센터를 개설한다는 광고를 보고 수필 교실에 수강 신청을 했다. 이렇게 해서 나의 수필 공부는 시작되었다. 모처럼 본격적으로 문학 공부를 하게 되니 강의도 재미 있고 글 쓰는 일도 기쁘고 허탈감에 빠졌단 생활에 활기가 돌았다. 주 마다 빠지지 않고 열심히 나가서 습작을 한 보람 있어 다음 해에 한국수필을 통해서 문단에 나왔다.

그 무렵 나는 아직 학교에 재직중이어서 낮에는 근무하는 관계로 문학 활동은 전적으로 퇴근 후에 이루어졌다. 문학 행사에 참석하거나 동인들을 만나서 문단 소식을 듣고 때로는 저녁을 같이 하면서 문우들과 사귀기도 하고 그런 모든 일이 나에게 새로운 세상을 열어 주는 것이어서 즐겁기만 했다.

그러다보니 항상 귀가 시간이 늦어서 글 쓰는 일은 밤에나 하게 되었다. 마치 수험 준비하는 학생처럼 집에 돌아오면 서둘러 원고지를 펴놓고 책상 앞에 앉아서 펜을 드는 것이 습관이 되었다. 지금도 밤이 아니면 글을 쓰지 못한다.

식구들이 다 잠든 한 밤 도로변에서 그칠 줄 모르던 차 소리도 뜸해진 고요 속에서 홀로 깨어 있어 사색하고 글 쓰는 즐거움 시공을 거슬러 어린 시절로 젊던 날로 돌아가는 추억, 잊고 있던 사람들, 이제는 만날 수 없는 그리운 사람들을 추억 속에서 만나고, 그 고생스럽던 지난 날들이 모두 아름답고 그리운 영상으로 떠올라 밤이 깊는 줄도 모르고 썼다 지웠다 하며 잠을 설쳐도 행복하기만 하였다.

그러나 글을 쓰는 일은 재미있고 즐겁기만한 직업이 아니었다. 김광섭 선생은 〈수필문학〉에서

"수필은 먼 곳에 있는 그리운 벗에게 편지라도 쓰는 듯한 마음으로 쓴 글이다"

라고 하여 친근감으로만 다가 갔는데 막상 글을 쓰다보니 벽을 느끼게 하는 일이 많았다. 그럴 때마다 수필은 단순히 산문이 아니라 해박한 지

식과 높은 인격 그리고 아름다운 마음으로 쓰지 않으면 안 된다는 생각이 들어 스스로를 반성하는 기회를 갖게 되기도 하였다. 더구나 수필이 자기 고백이라는 걸 알게 되면서 부터는 자신의 내면적 허약점을 진지하게 관조하여 보충 향상시키는 데 노력하게 되었다. 수필은 이와 같이 스스로를 다스리는 마음을 길러주니 좋은 스승을 만난 것과 다름이 없었다.

등단 이후 좋은 글 한 편 써 보겠다는 소망으로 계속 노력하고 있지만 아직 그 소망을 이루지 못하고 항상 초보자의 미숙함을 면치 못하고 있다. 그래도 처음 등단하던 날의 그 기쁨으로 그 각오로 꾸준히 노력할 것이다.

긴 갈망의 섬에 닿아 마주한 푸른 하늘

지 연 희

어쩜 내게 글을 쓰는 일은 소리 없이 턱밑에 떨어지는 눈물 방울처럼 가슴 속의 아픔을 더는 유일한 도구였는지 모른다. 때문에 원고지 위나 대학노트의 페이지를 채우던 길고 짧은 글들의 많은 부분에 아침이면 눈물 방울의 얼룩이 남곤 했었다. 퍼내고 다시 퍼내도 마르지 않는 우물처럼 깊고 음습한 곳의 물기와 함께 내 글은 항상 젖어 있었다. 분명 나의 글 쓰기는 몸 안에 가득 고여 넘칠 듯한 슬픔을 퍼 나르는 낡은 동아줄에 묶인 두레박이었음에 분명했다. 때문에 내 마음 속의 슬픔 혹은 아픔을 덜어내던 두레박이 열심히 제 역할을 다할 때는 맑은 하늘처럼 푸른 빛을 물고 환히 웃을 수 있었다. 무엇보다 그 두레박의 물 퍼내기가 공식인가를 받아 제 몫을 다할 수 있었을 때(등단)의 하늘은 끝없이 높고 청명했다는 사실이다.

굽힘 없는 갈망은 이루어지는 걸까. 초등학교의 일기장에서부터 시작된 내 글쓰기가 서른 넷의 나이에 문단입문이라는 꽃을 피우던 날은 내 삶의 새로운 전환점이라는 희망으로 가슴 부풀어 있었다. 1982년 한국수필에 「성명철학」1983년 월간문학에 「관음소심」으로 신인문학상을 받은 것이다. 그러나 오랜 항해를 딛고 갈망의 섬에 닿은 기쁨 못지 않게 미지의 세계에 대한 두려움도 없지 않았다. 하늘은 티 하나 없이 눈부셨지만 코끝에 감도는 가늠할 수 없는 바람의 세기는 만만하지 않았다. 나는 그때 내 절대적 믿음의 하느님께 깊은 감사의 기도를 드림과 동시에 단호한 결의로 기대에 보답하겠다는 약속을 마음속에 담았다. 최선을 다하겠다는-

12월 세종문화회관 세종홀은 더욱 눈부신 조명등을 밝히고 있었다. 서울시 시장은 한 해를 보내는 문인들을 위로하기 위한 잔치로, 만찬을 베풀어주었고 동시에 나는 신인문학상 수상자라는 이름을 받아 문단의 초년병의 자리에 앉아 있었다. 그 날 이후 비로소 나는 내 글을 몇 몇의 문학지에 발표하게 되었으며 그 첫 번째의 원고청탁서는 "불광"이라는 불교전문지 편집실에서 날아왔다. 동양란 "관음소심"의 강인한 생명력을 언급한 등단 작품의 영향이었던 듯 싶다. 그 맨 처음의 청탁서는 지금도 보관하고 있지만 나를 무척 가슴 설레게 했다. 얼마후 원고지 열 장 남짓한 글이 책 속에 활자화 되었고, 정확히 기억할 수는 없지만 상당히 많은 액수의 원고료를 받아 가슴 뿌듯해 했었다.

물론 막막한 바다 가운데에서 허우적거리며 어느 곳이건 마음 내어놓을 수 없는 깊은 표류 속에서의 내 삶이 문학이라는 희망의 섬에 닿기까지는 소중한 사람들과의 인연을 꼽지 않을 수 없다. 열심히 최선을 다하여 글 쓰기를 잃지 말라는 충고의 말씀을 주시던 분과, 세심한 가르침으로 짧은 한 문장도 문학이 되도록 지도를 서슴지 않던 분이다. 문학은 사람 중에 있고 사람으로 서 있을 때 문학이 빛으로 일어설 수 있다는 것까지도 일깨워 주던 인연들이 나를 문단에 서게 했다. 사람과 사람과의 인연은 아주 우연한 기회의 만남으로부터 비롯되어 알 수 없는 내일을 향해 문을 열어 놓는다는 걸 알았다. 예기치 않은 일을 도모하고, 예기치 않은 관계로 마주서는 인연으로 비롯된다는 사실도 확인할 수 있었다. 오랜 꿈으로 지녔던 "문학인"의 동경이 현실로 이루어 진 결과는 분명 소중한 분들과의 인연 때문이었다.

이제 문단 20년의 나이를 돌아보게 되었다. 짧지도 길지도 않은 세월이다. 그러나 나의 문인이라는 이름은 남편과 자식이라는 굴레 안에서 그렇게 만만하지 않았다. 지난 시간들 중 일부는 글 쓰는 여자이기보다는 한 남자의 아내와 아이들 엄마이기를 기대하던 남편 앞에서 늘 죄인처럼 움츠려 있었다. 많은 시간, 쓰던 원고지도 감추어야 했고 읽던 책도 덮어놓아야 했기 때문이다. 그러나 멈추지 않고 흐르는 시간의 속성 때문이었을까, 등단 이후 근 십 년까지 불신의 눈초리를 보내던 남편이 겨우 마음을 열고 "팔자소관"이라는 체념 어린 관망으로 나를 지켜보기 시작했다. 툭 하면 밤새우기를 잘하던 내 방문을 열고 그가 던지고 가는 한 마디는 스스로 죄인 같았던 몸 움츠림에서 조금씩 벗어나게 한 것이다. 글과 함께 사는 사람들이라면 가족으로부터의 인정만큼 큰 자산은 없을 것이라는 생각도 그 즈음에 한 일이다.

오늘까지 출간한 수필집이 아홉 권, 시집으로 묶은 게 세 권이다. 그리고 아동문학 위인전기 네 권이 현재의 내 문단 이력이다. 이 모든 결과는 아름답고 슬프고 즐겁고 아픈 만남들과의 흔적이다. 마치 구원의 손길처럼 내게 다가와 손을 내밀어 주던 만남으로 나는 어제를 숨쉬었고 현재와 그리고 내일을 살 것이다. 그 만남의 중심에 내 삶이 존재하며 그것은 문단 등단이라는 이름으로부터 시작되었음이 분명하다. 비록 문학적 업적은 크게 남기지 못했으나 나의 정신적 성장을 지켜준 "문학"의 출발점이었다. 남편의 말대로 팔자소관인지 모르지만 지금도 나는 "글 쓰는 사람" 이라는 이름을 무슨 보물처럼 껴안고 산다. 가슴 설레며 세상을 얻은 듯한 등단하던 날의 기쁨은 지금 생각해도 행복하다.

겨울 나목(裸木)처럼 -Y 선생님께-

한 동 희

선생님, 겨울의 초입에 와 있습니다.

엊그제 계절이 바뀐다는 것을 알리는 비가 내리더니 갑자기 기온이 떨어지고, 어제는 첫눈이 내렸습니다. 한국수필가협회에서 마련한 송년회에 참석하신다 했지만 차가워진 날씨와 마치고 돌아가실 길이 멀어 힘드실 것이라 여겨졌습니다. 그래도 행여나 하는 마음으로 기다렸지만 선생님의 모습을 뵐 수 없어 쓸쓸해 집니다. 선생님은 정녕 겨울 속으로 가시려나- 허전 합니다. 그러나 세속의 허울을 벗어버리고 겨울 나목처럼 서계신 모습이 의연해 보입니다.

이제 문단의 각종 행사에 나가 보면 해묵은 정을 나눌 사람들 보다는 새로운 얼굴들이 많습니다. 세월이 흐르니 자연적인 현상이겠지만, 그래도 어른들이 참석해 주시면 든든해 보입니다. 우리를 가르치고 책망해 줄 분들이 은거(隱居)의 길로 드시는 것은 후진들이 불민하고 경망스러운 탓도 있겠기에 송구스럽습니다.

선생님, 저와 선생님과의 인연도 어언 이십 년이 다가오고 있습니다. 이십 년 전, 경복궁 등가대 뜰에서 열렸던 신사임당 기념 백일장이 떠오릅니다. 그 때 선생님은 심사위원으로 나오셨고, 저는 선생님 손에 건져 올려져 여기까지 왔습니다. 그간 선생님은 저의 스승이자 인생의 상담자이기도 했습니다. 삶의 터전도 같은 백련산 골짜기여서 가까이서 선생님의 가르침을 익혔습니다.

한국수필 초회 추천을 받고 천료받을 때까지 일 년간의 고행은 잊을 수가 없습니다. 제 나이 사십 줄에 접어들어 늦둥이로 문단의 문을 두드리려니 착잡한 심정이었습니다.

그 때도 지금처럼 엄동 설한이었지요. 삶의 무게가 고단하여 마지막으로 글쓰기에 매달려 곤비함을 덜어보려 했지만 수필은 이중 삼중으로 어깨를 눌러와 더욱 힘이 들었습니다. 아마 선생님의 애정 어린 채찍이 아니었다면 그만 주저앉고 말았겠지요.

"아무에게나 글쓰는 축복을 내려준 것이 아니다. 그 축복을 왜 포기하려 하느냐"는 선생님의 말씀은 삶의 질곡속에 있는 제게 재도전의 활력을 주셨습니다.

그러나 저는 선생님의 뜻대로 수필의 품격을 바르게 이해하는 제자가 되지는 못한 것 같습니다. 때때로 세속의 물결에 흔들려 반짝거리는 글을 써보고 싶은 충동이 일곤 합니다.

선생님은 제 얕은 소견을 안타까워 하셨지요. 백과사전 무게의 한국문학전집을 제 집 앞까지 들고와 그 속에 수록된 수필의 주제와 문장을 살펴보라시던 그 사랑의 깊이를 이제사 헤아릴 것 같습니다.

가벼운 말장난에 불과한 난해한 글들이 수필의 격을 떨어뜨리고 수필계마저 흐려 놓는 것이라며, 그러한 사람들과 함께 묶어 저를 무안 주실 때는 쥐구멍이라도 찾고 싶은 심정이었습니다. 저는 분함을 씻으려고 선생님께 반박하는 버릇 없는 제자이기도 합니다.

제가 선생님보다 이십 년은 더 살 것이니 죽기 전에 선생님보다 더 좋은 글을 쓸 것이라며 객기를 부리기도 했습니다. 선생님은 꼭 그리 하라며, 그래야 된다며 저의 당돌함을 사랑으로 받아 주셨지요. 그건 스승보다 나은 제자가 되라는 뜻이었지만 가당치도 않습니다. 그건 단순한 어리광이었을 뿐입니다.

선생님, 앞으로라도 수필을 바르게 이해하는 데 전력하겠습니다. 선생님께서 수필을 문학의 자긍심을 품고 계시듯, 그렇게 수필을 사랑하렵니다.

선생님을 생각하면 언제나 서당의 훈장과 학동들이 떠오릅니다. 훈장이 회초리를 들고 내리치는 매가 생각납니다. 선생님께서는 어찌 그리 매서운 말의 회초리로 저를 내리치시는지, 더러 눈물을 짜기도 하지 않았습니까.

그러나 이내 푸근해지는 따스함은 어디에서 불어오는 바람 일까요. 선생님은 저의 고통과 슬픔을 모두 내보여도 좋을 분이십니다. 감내하기 힘든 일들로 서러움이 목구멍까지 올라와 "죽고싶다" 말하니, 선생님은 금방 내가 어찌될까 놀라시며 다급히 말씀하셨지요, "그러면 안돼, 무릎 꿇고 엎드려서 나는 살아야 된다고 큰소리로 외쳐보라"고 말입니다. 이렇게 괴로움을 말씀드리고 나면 힘이 솟곤 합니다. 가진 것 없어도 부자가 된 듯 넉넉해집니다. 어느 선방에 앉아 있는 듯 평온해집니다. 선생님을 통해 곁에 좋은 사람이 있다는 것이 그 어떤 부귀영화보다도 행복하다는 것을 느끼게 됩니다.

선생님, 건강하실 때 한 번이라도 더 만나뵈야 하건만 이리 게을러지는 마음을 용서해 주십시오.

선생님, 올해도 저물어 갑니다. 내내 건강에 유의하셔서 전화로라도 통화하실 수 있기를 기원합니다.

특별한 배려

황 혜 경

어느 시절,

세상이 두려워 밖엔 나갈 수가 없었다. 밤마다 위기를 모면해 달라고 무릎이 저리도록 절절한 기도를 수도 없이 올렸다. 한 잔의 술에 취해 투정을 부리기도 하고, 죄몫이 무엇인지도 모르면서 무조건 용서해 달라고, 목을 매기도 했다.

기도의 효험이 없어 기적이 일어나지 않은 가슴 속에는 분노와 절망이 무성해 숨을 쉴 수가 없었다. 불행의 씨앗을 골라 낼 수 없어 심한 가슴앓이로 현실을 버티고 있을 무렵, 불현듯 사금파리 빛을 띤 언어 몇 마디가 매일 밤 일기장으로 튀어 나왔다.

다 버려도 좋을, 긴박한 시기에 그 언어들은 가슴 속의 응어리를 풀어 주는 빛으로 들어와 끝도 보이지 않는 사다리를 내 의식의 세계에 운명처럼 내려놓고 달아 나기도 했다.

나는 그 때부터 한 계단 한 계단 오르기 위해 자신과의 싸움을 치열하게 했다. 오르면 뭔가 내 인생이 달라 질 것 같은, 아니 금방 명성과 함께 혼란스런 현실이 정리가 될 것 같은 착각으로 밤을 지새며 원고지와 싸움을 했다.

지금은, 주어진 생명의 연장이었다는 생각이 든다. 글을 쓰고 있는 동안 만은 모든 고통을 잊어 버리고 사다리의 끝을 향해 달릴 수 있는 힘이 솟아났기에 편안한 호흡을 고를 수 있어 오랫동안 기억에 남아 있는지도 모르겠다.

상처로 가슴을 후벼 팠던 밤에 주로 글을 쓰고, 휴일을 이용해 지도를 받았다. 일과 병행하며 쓰는 생활이 오히려 고통의 그림자를 몰아내 주어 삶을 재 조명할 수 있는 이유가 생겨 좋았다. 목표를 향해 달리며 꿈을 키워가는 과정이 바로 글을 쓴 후 달라진 내 모습이었다.

몇 십년 전, 등단이라는 이름으로 세상에 첫 발걸음을 내 딛고 가슴이 설렜던 기억이 뚜렸하다. 꿈을 다 이룬 것 같은 조급함으로 또 다시 불면의 밤을 지샜던 기억도 새롭다. 그러나 등단이 사다리의 끝은 아니었다. 첫 발걸음 이었다.

더 튼튼한 사다리를 만들기 위한 리허설에 불과했다. 그 동안 세 권의 책으로 사다리를 두들겨 보았지만 지금도 그 끝은 보이지 않는다. 다만 열정이 넘쳤던 젊은 날의 위기를 모면해 주기 위해 다른 탈출구를 만들어 준 전능하신 분의 특별한 배려라는 생각이 든다.

지금도 글을 쓰기 위해 책상에 앉아 있으면 힘들었던 그 시절이 떠오른다. 그래서 그런지 문학을 내 영원한 동반자이며 가슴앓이를 낫게 해주는 유일한 친구이기도 하다. 가슴 속의 울림에 귀 기울이며 아픈 날의 기억을 조금씩 꺼내 지금의 나를 조율하고 있다.

위기의 순간마다 끝이 없는 희망의 사다리를 오르기 위해 하얗게 지샜던 밤들이 원고지 위에 추억으로 깔린다. 상처로 물들었던 먹 빛 가슴도 어느새 새 살이 돋아나고 있다.

이제는 사랑으로 글을 쓰고 싶다.

04 아동문학

김선경 · 김선주 · 김옥애 · 김율희 · 박춘희

나의 등단 이야기

김 선 경

우리 문단에는 등단 또는 데뷔라는 제도라고 할지 시스템이라는 게 있어 마치 등용문처럼 느껴져 석연치 않은 느낌을 준다.

일본에서 30여년 생활하는 동안 작고한 남편(최화국 시인)과 나는 일본문단에 심심치 않게 관계를 맺어왔다. 그러나 일본에서는 등단이나 데뷔라는 말을 들어본 기억이 없다.

등단이란 말의 뜻을 사전에서 찾아보니 〈신춘문예에 당선하여 문단에 오르다〉라고 되어 있다. 우리는 신춘문예에 작품을 제출해본 일이 없으니 등단이란 무관계 하다.

일본의 문인들은 어떠한가. 우리 문단 식의 제도적인 등단 개념 없이, 일본 문인들은 자유로운 발표행위 자체에 의의를 가지고 있었다.
우리 몇몇 뜻을 같이하는 모임에서 등단 없이 문학활동을 해보자는 것이 내 남편의 주장이었다. 나 역시 이에 공명하였다. 그이와 내가 등단이란 생각 없이 첫 시집과 첫 수필집을 출간한 것은 26년 전 1978년 5월이었다.

그 당시 국제문화협회(홍성철 회장)에서 멋진 출판기념을 해준 것은 영원히 잊지 못할 일이었다. 문단과 언론계의 선인(先人)들에게 분에 넘치는 축사를 받았을 때 우리는 남의 일 같이만 느껴졌다. 감히 어찌 이런 자리에 설수가 있을까. 처음 상재하는 책인데 다만 감축해 마지 않았다.

그후 한국문인협회 월간지에서 그이에게는 시를, 나에게는 수필을 청탁해온 후 처음으로 등단이라는 말을 듣고도 우리는 무심히 지나갔다.

1988년 올림픽 때 현대문학으로부터 동화 청탁을 받아 〈피터의 운동화〉를 발표했는데, 그 당시 현대문학에 재직 중이던 로영선 여사는 나에게 "이제 현대문학에 등단한 겁니다"라고 말하는 것이었다. 이 때 두번째로 등단이란 말을 들었다. 이것은 벌써 오래 전 이야기이다.

많은 선인들의 작품을 접하며 감동의 늪에서 생각할 때, 그 당시 부끄러움 무릅쓰고 수필집을 세상에 내놓았을 때의 감회는 떨림 뿐이었다.

데뷔도 해보지 못하고 감히 뚜벅뚜벅 들어가도 되는 세계인지 생각했다. 시를 쓰던 그이가 힘이 되어 용기를 얻은 것이다.

그이의 주장은 끝까지 변하지 않았다. 뜻을 같이하는 우리만이라도 등단 없이 꾸준히 글을 쓰자는 강한 동지가 있었기에 오늘까지 계속할 수 있었던 것이 아닐까.

오늘 등단에 관하여 미국에도 이런 시스템이 있는지 어느 분에게 문의해 보았다. 역시 미국에도 그런 시스템은 없고 들어본 일 역시 없다고 한다. 하면 등단이란 우리 한국 문단에만 있는 개념이 아닌가.

귀국할 때마다 등단을 둘러싸고 일어나는 불미스러운 화제를 들으며 반기(反旗)를 들지 않을 수 없다. 등단이란 개념아래 한 동아리가 되어 다른 우수한 젊은 이들을 따돌리며, 그들의 전도를 흐리게 하는 일이 얼마나 많은가. 힘없이 문학의 세계를 지향하는 슬픈 에피소드를 들을 때 힘이 되어 주지못함이 유감스럽기만 하다.

이 낡은 개념에서 벗어나야만 한다. 등단 문학이란 세계가 자유롭고, 티끌만한 불미스러움 없이 순수하다면 문제는 다르다.

문학의 세계는 정열 쏟는 신인들에게 자유로이 발표할 수 있는 장(場)을 제공하는 것이 최선의 책임이 안닌가.

그이는 영원히 우리식 등단은 못했으나 뜻 있는 작품을 남기고 떠났다. 오히려 등단해 보지 못함이 얼마나 신선하였던가를 자랑으로 느낄 때가 많다.

지금도 작품을 발표할 때마다 초년병의 떨림을 지니게 되는 것이 나에게는 보배이다. 과거나 현재에 그래왔듯이 앞으로도 영원히 등단하지 않은채 항상 현역을 유지하는 것이 나의 소망이다.

언젠가 이 문제를 계기삼아 강한 반기를 들고 싶었었다. 등단이니 데뷔니하는 개념 떨쳐버리고 자유로이 진지하게 젊은 문학도들을 위해 조그마한 버팀돌이 되고 싶은것 뿐이다.

21세기의 모든 것이 근대화하는 세상에 왜 우리 문단만이 구태의연한 모습 지녀야 하는지 또 한번 생각할 문제이다.

편안한 자세로 많은 후배들이 뛰어 들어올 수 있는 세계를 열어주는 것이 기성문인들의 과제이며 의무가 아닌가 생각한다.

공 한 개가 씨앗이 되어

김 선 주

사람에겐 한평생 세 번의 기회가 온다고 한다.

그 기회는 무슨 기회일까? 명예를, 천금을, 아니면 또 무엇을?

나는 요즈음 가끔 내가 글을 쓴다는 것에 대해 감사한다.

만약 이런 졸작이라도 쓰지 못했다면 나는 이 많은 시간을 어떻게 소비했으며 또한 마음의 공허로움은 무엇으로 메워 나갔을까 하고,

내가 처음 교직에 발을 들어 놓았을 때가 50년대 후반.

나는 국문과를 나왔다는 한 가지 이유만으로 구연동화, 웅변, 문예반 등 문학과 관련이 있는 모든 분야를 다 떠맡게 되었다.

그 무거운 짐.

그 때 나는 문득 아주 오래 전 일을 생각했다.

일제 말 그러니까, 초등학교 3학년 때였다. 선생님이 위문편지를 써오라고 하셨다.

나는 그 날밤 한 통의 위문 편지를 쓰기 위해 밤늦도록 전전긍긍했다. 그러나 다행히 그 편지가 뽑혀 나는 칭찬과 함께 귀한 고무 공 한 개를 상으로 받게 되었다. 얼마나 좋았던지, 두고두고 잊지 못할 일로 기억되었다.

나는 그 때의 일을 생각하며 두 번째의 공을 향해 또 뛰기 시작했다.

우선 필요한 원고를 얻기 위해 많은 책을 읽게 되었고, 또 행사에 맞는

원고를 만들기 위해 다시 글을 다듬고, 결국 그것이 내게는 창작수업이 되었던 것이다.

내 억척 같은 노력은 곧 결심을 맺게 되었고 수상을 할 때마다 용기와 욕심도 더해갔다.

문학.

꿈을 한창 먹고 사는 소녀도 아닌 내가 뒤늦게 문학가의 꿈을 꾸게 되었다.

시간이 흘렀다.

내 책상 위에는 작품 같지도 않는 원고가 자꾸만 쌓여갔다. 그러다가 마침내 대구 아동문학회에서 작품을 모집한다는 말을 듣고 용기를 내어 소년 소설을 출품 하였더니 가작으로 당선이 되었다.

가작, 내 노력에 비한다면 너무 초라한 수확이라고 혼자 섭섭해 하였지만 그게 계기가 되어 훌륭하신 스승님과 좋은 문우들을 얻어 내겐 큰 힘이 되었다.

내 문학활동은 이렇게 시작되었다. 다행인지 그 때만 해도 지방 문단에는 여성불모의 시대라 곧 내 글이 신문에 게재되었고 나는 철없이 그 기쁨에 도취되기도 했다. 작품이 신문에 실리자 낯 선 편지가 날아왔고 드디어 전국 문예 교사 동인회에까지 가입하게 되었다.

젊다는 건 정말 좋은 것이었다. 그 많은 학교 일에다 문학공부까지 겹쳐도 건강이 유지되었고 나는 사는 데 신이 났다.

68년, 마침내 제1동화집이 나왔고, 73년에는 신춘문예에 동화가 당선되었다. 이어 2집, 3집도 출간되었다. 그러나 해가 더 할수록 철없을 때의 좋아서 들뜨던 그 마음은 사라지고 이제 작품 앞에 서면 늘 초라하고 불만스러우니 이를 어쩌랴.

나는 언제쯤 불멸의 작품을 쓸 수 있을까. 이 조바심은 내 부질없는 욕심이지, 아니면 붓을 들어야 한다는 구실인지, 자주 생각 해 본다.

멸치 머리의 길

김 옥 애

세월은 빠르다. 아주 지루하고 긴 것도 같은데 역시 잠깐 동안 지나가 버린 느낌이다. 그런 세월 속에서 내 인생을 움직였던 사건들을 대충 간추려 본다.

사 년제 일반 대학을 가지 못하고, 교육대학으로 진학을 했던 일은 내 인생을 송두리째 움직여버린 가장 큰 사건인 듯 싶다. 그 후에 생겨난 일들은 모두가 그 큰 사건을 배경으로 해서 갈라져 나온 갈래 같은 것들이다. 내가 교사가 된 것도, 교육현장에서 같은 교사를 만나서 결혼을 하게 된 것도 그런 예에 해당이 될 것이다. 또 내 주변 사람들은 거의가 교사 출신이며 그들과의 만남 속에서 생긴 크고 작은 사건들도 마찬가지이다.

그래서 사람들은 나를 선생님이라고 부른다. 더러는 동화작가 김옥애 선생님이라고 소개를 하기도 하고 받기도 한다.

옛날에 나는 동화작가라는 호칭보다는 소설가라는 말을 더 듣고 싶었다. 그것은 문학소녀 시절의 내 꿈이기도 했으니까. 소설 습작을 하는둥 마는둥 하다가 결혼을 했고, 연년생으로 딸아이를 낳아 키우느라 정신없이 바쁜 생활이었다. 1974년에 막내녀석을 낳기 전까지 글 같은 것은 이미 까마득한 하나의 추억이 되어 있었다.

막내 아들을 보면서 나는 안도의 시간을 즐겼다. 비로소 내가 할 일을 다 했다는 해방감이 솟은 것이다. 그 해 시월의 하늘은 유난히도 호수빛이었다. 녀석 곁에 누워 산후 조리를 하면서 나는 수없이 중얼댔다. 이제 나도 시작이다. 우리 아들녀석과 함께 출발을 해 보는 것이다. 어디엔가 처박아 두었던 원고지를 꺼내 먼지를 털어내면서 아둔해진 내 감각을 시험해 보고 싶어졌다. 아이 곁에 배개를 고이고 엎드려 누워서 원고지를 메꾸어 나갔다. 지방지 신춘문예를 준비하기 시작한 것이다. 우선 장르를 소설에서 동화로 바꾸었다. 원고 분량도 많고 소재도 힘들어서 소설로 도전할 자신이 없었던 것이다. 그래서 평생 처음으로 동화라는 것을 써 나갔다. 겨울의 문턱으로 접어들 무렵 글이 하나 완성이 되었다. 〈우물가를 맴도는 아이들〉이란 제목으로 50매 분량의 동화였다. 산후휴가를 마치고 학교에 나서서 곧 신문사로 우송을 했다. 그리고 운이 좋아 당선이 된 것이다. 그 기쁨을 어찌 표현할 수 있을까. 장르가 문제가 아니라 아직도 나에게 있는 가능성을 깨달았다는 것만으로도 큰 의미가 되었다.

그런데 그 후로 나는 동화를 쓰지 않았다. 당선만 해 놓았지 전혀 마음이 움직이지 않았다. 언제 소설을 써야 하는데! 그게 언제쯤일까.

그 무렵 문학 단체 모임에서 나는 J교수와 짧은 대화를 나누게 되었다. 그는 시를 쓰는 유능한 교수이다. 교육대학에서 인연을 맺은 젊은날 친구이기도 하고.

그 당시 대화내용을 요약하면 이렇다.

"요새는 왜 통 동화를 안 써요?"

"앞으로 소설 쓰려고요."

그는 고개를 천천히 저었다. 무엇인가 내가 잘못 생각하고 있다는 표정이었다.

"소설? 당신이 지금 소설을 쓴다면 언제쯤 빛을 볼 것 같아요? 설사 내년이라도 중앙지에 당선이 된다고 합시다. 그래도 박경리 씨나 박완서 씨 같은 작품들을 쓰기란 쉬운 일이 아닐거요. 쓴다고 하면 쓰기야

하겠지요. 그렇지만 얼마만큼 어떻게 쓰느냐가 문제지요."

친구는 직장을 가지고 가정을 꾸려나가는 여자가 소설을 쓴다는 것이 어려운 일이라는 것을 거듭 강조했다.

"동화를 쓰시오."

"그동안 한 편도 안 썼는데요."

"그러니까 앞으로도 동화를 쓰라고요. 지금부터 열심히 쓰면 십 년 후쯤엔 분명히 멸치 머리는 될 거요. 닭꼬리 보다는 멸치머리 되는 게 낫지 않겠소?"

그 짧은 대화 몇 마디가 결국은 내 인생을 움직인 작은 사건 하나를 만들어 버렸다. 그 날 집에 돌아와서 슬그머니 나는 두 번째의 동화를 구상했던 것이다. 삼 년 동안의 긴 침묵을 깨고 그 해 연말에 중앙지에 보낼 신춘을 준비한 것이다. 〈너는 어디로 갔니?〉란 제목으로 50매의 분량을 채워서 서울신문사로 보냈다. 역시 운이 좋았던 모양이다. 쉽게 당선 소식을 들은 것이다. 지방지와 틀린 점이 있다면 전국 곳곳에서 원고청탁이 밀려 들었다. 그 때마다 동화를 써주곤 했다. 그러는 사이에 나는 어느새 동화작가가 되어 있었다. J교수가 그 때 그런 충고를 해주지 않았다면 나는 지금쯤 어느 자리에 있을까? 사람들의 작은 말 한 마디, 작은 행동 하나가 상대방에게는 생의 방향을 바꿀 수 있는 사건 하나로 이어질 수 있다는 것을 실감할 뿐이다.

찌가느는 하늘빛이다

김 율 희

노벨문학상 수상작가인 오에 겐자부로가 쓴 〈나의 나무 아래서〉라는 책에 이런 구절이 나옵니다.

'60년 남짓 지나서 이제는 살아있는 지금의 내가 나이를 먹은 나 자신입니다. 고향의 숲으로 돌아가서 근사하고 큰 나무 -아직 어떤 종류의 나무인지 모릅니다- 의 아래를 지나가게 되면 반세기가 넘는 예전의 아이인 내가 기다리고 있다가 이렇게 물어볼지도 모른다고 상상합니다.

-어떻게 살아왔습니까?'

이 물음에 작가 자신은 소설을 써왔다는 것으로 그 물음에 답합니다.

이 경우처럼 지금의 나이를 먹은 내게 20대 젊은 시절의 내가 질문을 던진다면 난 과연 어떤 대답을 할 수 있을까 생각해봅니다.

시를 쓰며, 동화를 쓰며 살았노라고 감히 말을 할 수 있을까요?

문학을 사랑하며, 그것 때문에 고통스러웠고 또한 그것 때문에 자유로웠고 행복했노라고 말할 수 있을까요?

언제나 최선을 다했지만 그건 잘 모르겠습니다.

아직 인생의 중반기에 있는 나로서는 가야할 문학의 길이 멀기 때문인지도 모르겠습니다.

대학 시절, 미친 듯이 수많은 시를 쓰고 또 썼습니다. 그러다 대학원 시절, 은사이신 L선생님께서 시인으로의 등단을 권유하셨고 김춘수 선생님께 내가 썼던 시들을 보내드렸습니다. 어떻게 될까 마음을 졸이고 있었는데 다행스럽게도 선생님께서 흔쾌히 추천을 해주시겠다고 하셨습니다.

그러나 〈현대문학〉으로 추천을 받으려면 너무나 긴 시간을 기다려야 했으므로 선생님께서는 〈현대시학〉으로의 등단을 권유하셨습니다.

1984년 10월 〈밤을 기다려〉로 제 1회 추천을 받았고 1986년 5월 〈저녁 하늘〉〈가을 Ⅱ〉로 추천을 완료했습니다.

〈현대시학〉 1986년 5월호는 내 인생의 커다란 선물이었습니다. 그것은 내 문학의 출발점이었기 때문에 더없이 소중했습니다.

김춘수 선생님은 내 인생에 황금빛의 공을 던져주신 분이고 그 공은 아직도 수없이 가다듬어야할 미완성의 공으로 내 손에 쥐어져 있습니다.

일년에 몇 번 선생님을 뵐 때마다 난, 젊은 날 그 때의 뜨거운 열정을 생각합니다. 그리고 선생님의 가르침을 생각합니다.

선생님은 가늘지만 힘있는 목소리로 언제나 이끌어주시고 용기를 주셨습니다. 못난 제자에게 꾸짖음 한 번 없이 언제나 좋은 가르침을 주셨습니다.

사모님 돌아가시고 부쩍 수척해지신 선생님을 뵐 때면 가슴이 저려옵니다.

불과 몇 주전에 친정 아버지를 잃은 나로서는 정신적 아버지인 선생님이 살아 계시다는 사실이 너무 감사합니다.

파울로 코엘료의 연금술사가 말했던가요?

"그대의 보물이 있는 곳에 또한 그대의 마음이 있을 것이네"

이 말에 따른다면 내 보물이 문학이니 내 마음 또한 그 곳에 있을 것입니다.

예전에 내가 썼던 작품을 읽어봅니다.

정원에 내어놓은 의자 위에 나뭇잎이 떨어져 있다.
라벨의 찌가느가 그 나뭇잎 위로 쏟아진다.
흔들리는 가을
찌가느는 하늘빛이다.

〈가을 Ⅱ 전문〉

아버지가 지으셨던 집, 그 정원의 의자, 그리고 그 날의 그 나뭇잎들은 이제 시간 속으로 사라졌습니다. 그러나, 라벨의 찌가느는 여전히 내 마음 속에 흐르고 있고 여전히 하늘 빛입니다.

내가 그 하늘빛을 기억하는 이상, 언제나 흔들리고 떨리는 가을을 기억하는 이상, 선생님께서 내게 쥐어 주셨던 그 황금빛의 공은 수줍은 빛일지라도 영원히 빛을 잃지 않을 것입니다.

티벳성인 미라래빠의 아름다운 노래들처럼 나를 늘 깨닫게 하며 진실에 한발 가까이 다가서게 할 것입니다.

문학이라는 황금빛의 공이 오늘도 신비한 빛을 내며 투명하게 나를 바라보고 있음을 느낍니다.

그리고 가끔씩 내가 그 시선을 의식하고 그 공을 바라볼 때면 1986년, 그 때의 내가 지금의 나에게 묻습니다.

"어떻게 살아왔습니까?"

세 번의 등단 소감

박 춘 희

지금부터 30년도 더 지난 앨범을 꺼냈다. 문단에 첫발을 내딛을 때 발표된 작품들(동화 중심)이 스크랩된 것이다. 겉 표지의 색깔이 바래진 것은 말할 것도 없고, 속장은 조심하지 않으면 모서리가 푸석 부서질 만큼 낡았다. 갓난아기 다루듯 앨범을 펼치자, 이십 대의 젊은 날들이 그대로 살아있다.

1970년 2월에 교육대학을 졸업하고, 3월에 울산시로 발령을 받았다. 울산시 교육청에서 부임할 학교를 확인했다. 고르지 못한 자갈길을 30분쯤 달려서 택시는 염포 초등학교 앞에 멈추었다. 교문도 없는 작은 학교. 교실 6개가 전부인 교사(校舍)가 저만치 보였다. 시(市)에 발령을 받았다고 다들 부러워했는데, 그 기대가 한 순간 무너졌다. 봄 방학으로 텅 빈 운동장에 들어섰다. 2월의 바람은 차고 건조했다. 운동장에서 남쪽으로 시선을 돌리자, 울타리 너머로 검은 개펄이 펼쳐져 있었다. 끝이 보이지 않는 저 개펄 끝에는 분명 바다가 있으리라. 푸른 물결의 내 고향 남해 바다와 이어지는. 스스로를 위로하며 입술을 깨물었다. 머리 위에는 파란 하늘이 눈부셨다.

학교에서 5분 정도 거리에 현대 자동차 울산 공장이 터를 닦고 있었다. 그러나 33년 전, 그 때에는 학교와 마을에 전기불도 들어오지 않았다.

2학년 담임으로 또, 맡은 업무가 많아서 낮 시간은 금방 지나갔다. 그러나 밤이면 그냥 외롭고 서러웠다. 부모, 형제, 친구들의 곁을 내가 떠나왔는데, 오히려 버림받은 것 같았다.

촛불 아래서 책을 읽고 일기도 썼다. 그 무렵 초등학교 교사용 잡지로 '새교실' 이 있었다. '지우(誌友) 문예' 라는 고정란이 있었는데, 3회 추천이 되면 작가로 인정을 받았다. 남의 작품들을 부지런히 읽으면서 동화 창작에 열중했다. 그리고 '새교실' 에 원고를 보냈다. '70년 10월호, '71년 3월호, '72년 4월호로 추천이 완료되었다.

한편으로는 명동성당에서 발행하는 '가톨릭 소년' 지(誌)의 추천도 받았다. 햇병아리 교사가 동화 창작에 재미를 붙여 자꾸 원고를 보내니까 '새교실' 에 계시던 이영호(동화작가) 선생님이 원고를 그 쪽으로 주셨다. '71년 5월호와 '72년 4월호로 추천이 완료되어 두 잡지의 소감을 같은 달에 썼다. 만 스물 두 살 때의 목소리, 먼저 '새교실' 이다.

『'우주의 한 모퉁이를 정결하게 가꾸듯' 깊은 산 속 어느 자그마한 산사(山寺). 어린 행자(行者)는 아침 이른 시각에 절간 주변을 싸리비로 말끔히 쓸곤 한다. 노(老) 스님은 행자를 향해 빙긋이 웃음을 머금고 계시다. 매일 같이 반복되는 스님의 웃음을 하마 헤아릴 수 없어 스님께 그 뜻을 사뢰자, "약하고 보잘것없는 손이 광활한 우주의 한 모퉁이를 정결하게 가꾸고 있으니, 내 어이 기쁘지 않으리요!"

묵묵히 걸음 하면서, 작품을 가꿀 때, 교단에 서서, 곧잘 행자의 그 손에 나의 소망을 묶어 본다. 조용히 지켜보시는 부모, 형제, 스승, 친우가 혹시 웃음 아닌 괴로움을 나로 인해 감당하시지 않는지? 웃음을 드리기 위해 아니, 내가 웃기 위해, 웃음 이전에 맞서야하는 그 뼈저리고 외론 작업. 그것은 이미 숙명처럼 정겹기까지 하다. 하지만 정작은 우주도 내 자신도 모를 때가 더 많다.

추천을 맡아 주신 박홍근, 김동리, 오영수 선생님께 멀리서나마 곱게 인사를 올리며, 키워주신 장욱순 편집부장님과 이영호씨의 뜨거운 은혜도 맘 가장자리에 묻어둔다.』

다음은 '가톨릭 소년' 에 실렸던 것이다.

『'하늘만큼 곱고 바다만큼 참되게' 촛불을 밝히고 책상머리에 자리한다. 만년필의 잉크가 고르고 매끄럽게 선을 따라 흐른다. 나를 알고자 버둥질 할 때마다 가시철망으로 겹겹 에워싸는 생존에의 곤혹. 그러나 무겁고 짙은 어떤 어둠도 한 떨기 작은 불꽃 앞엔 스스로 밀려나기 마련임을 조용히 되뇐다. 외롭게 커 가는 어린 마음들에 더욱 무심한 세상. 그 세상을 탓하기보다 열심히 빛의 여운을 가슴에 담기로 하겠다. 하늘만큼 곱고 바다만큼 참되게.

회갑을 맞으시는 엄마께 먼저 이 기쁨 드리고, 기쁨이 있게 해 주신 장욱순 선생님과 이석현 편집장님께 감사드린다. 계속 지켜보시기를 감히 부탁 올리며, 제발 문학에 정진하는 나의 나이가 부끄럽지 않기를 바랄 뿐이다.』

초등학교에 몸을 담고서도 문학공부에 대한 꿈을 놓지 못해, 동국대학교 국문과 2학년으로 편입했다. 시야가 넓어지니까 잡지 추천보다는 공모(公募)로 당선되어 등단을 인정받고 싶어졌다. 대학 3학년 가을에 '중앙일보' 의 광고기사를 봤다.「'소년중앙' 창간 7주년 기념 50만원 동화 · 동시 모집」을 보고 밤을 세워가며 글을 썼다. 시간이 모자라 강의실 뒷자리에서도 원고 고치기에 정신없었다. '75년 12월 3일 '소년 중앙' 으로부터 " 당선 소감 급송' 이라는 전보를 받았다. 동화 426편 가운데 뽑혔고, 이원수 선생님과 이문희 선생님이 심사하셨다. 제목은 '가슴에 바다를 담고' 로, 만 25세 때의 세 번 째 소감이다.

『'더 넓고 깊은 가슴을' 일상적인 생활의 무딘 타성에서 벗어나기 위해, 나의 부족한 여러 면과 부딪쳐 보기 위해, 4년간의 교단에서 물러나 대학으로 왔었다.

아직은 가르치기보다 내 공부해야 하고, 웃기 보단 울어야 하고, 즐기기보다는 괴로워 해야하고, 아파하고, 신음하고, 절망하고, 다시 절망하는 그런 나이를 살고 싶다.

05 희곡 · 평론

김숙현 · 전옥주 · 이덕화

하나의 희곡 작가로 서기까지

김 숙 현

등단 이야기를 하자면 오래전에 작고하신 동랑(東朗)유치진 선생님을 떠올리지 않을 수 없다. 1964년 대학입학 시즌에 나는 동국대학교 소극장에서 연출가 이해랑 선생님과 유치진 선생님이 면접을 하시는 시험장에 들어섰다. 교과서와 신문지상을 통해서만 알았던 유치진 선생님을 직접 대한다는 사실에 감격이 앞섰다. 선생님은 여느 연극영화학과 지망생들에 비해 고등학교 전과정 성적이 월등한 나의 내신 성적표를 보시고 무척 놀라는 눈치였다. 하기야 여학교 시절 전교 수석을 다투었을 정도로 우등생에 모범생이었으니 노교수님의 눈이 번쩍 뜨일만도 했다. 게다가 다른 학생 대부분이 '연기자'로 대성하기 위해 연영과를 지망한 것에 비해 나는 "훌륭한 극작가가 되기위해서 입니다"라고 거침없이 대답했으니 원로 극작가께 무척 기특해 하셨을 법 했다. 대입고사 성적도 매우 우수해서 나는 당당히 수석으로 합격, 유선생님과의 돈독한 인연이 시작됐다.

1학년 문학개론 시간에 유선생님은 희곡론을 강의 하셨는데 선생님은 5분 정도의 촌극을 써내라고 과제를 내셨다. 나는 입대를 앞둔 남학생과 여학생 사이의 갈등을 내용으로 한 꽁트를 써서 선생님으로부터 칭찬을 들었다. 그리고 언젠가 학보에 〈잃어버린 동화〉라는 산문을 발표했는데 선생님은 그 글도 관심을 가지고 읽으셨는지 칭찬해 주셨다.

그때 동국대 캠퍼스에는 조정래, 김초혜, 박제천, 문정희, 한용환, 선원빈, 정의홍, 안양자, 이국자 등 이미 등단했거나 등단을 준비 중인 문학도들이 기라성처럼 교정을 누비며 나름대로 동아리 활동을 하고 있었다. 그러나 나는 동인 활동에는 특별히 가담하지 않은 채 가끔씩 드라마센터로 유치진 선생님을 찾아가 개별적 지도를 받았다. 선생님은 내가 습작품을 써가면 희곡 제목과 등장인물 등을 쓴 쪽지를 들고 계시면서 내게 직접 낭독하도록 했다. 나는 졸작을 낭독하는 동안 어색한 대사와 생경한 표현을 자연스럽게 깨닫게 됐고 선생님께서는 가만히 듣고 계시다가 나중에 작품평을 해주셨다. 지금 생각하면 나처럼 큰 배움의 해택과 등단의 행운을 누린 사람도 드물 것이다. 당대 저명한 대작가로서 한국희곡작가협회장은 물론 서울예술대학 학장직과 드라마센터 소장 일을 맡아 보시느라 눈코 뜰새 없으신 선생님을 한 번 면담하기도 힘들 처지인데 원고지 쓰는 법부터 주제 표출법 등까지 일일이 교습받았으니 얼마나 황감한 일인가. 요즘 세상 같으면 엄청난 사사비를 지불해도 누리기 힘든 특례인데 가난한 대학생은 사모님에게 점심 밥까지 얻어먹으며 개별 극작 수업을 받은 것이다. 그렇게해서 3 학년 말쯤 "둘째 딸"이라는 단막극이 완성됐다. 이 작품은 그때 우리 학과에서 발간하는 잡지 〈연극학보〉에 게재돼 당시 우리과에 출강하시던 장호(章湖)교수님 등 많은 분들의 치하와 절찬을 함께 받았다. 이어 유산상속을 노리는 며느리들의 눈가림 효심을 코믹하게 다룬 '제사날' 이 음향 연출가인 김벌레씨의 연출로 문공부 주최 신인예술상 연극경연대회에 출전하게 됐다. 본선에 까지 올라 주목을 끌긴 했으나 입상에는 실패했다. 그러나 방송계나 연극계에서 연기와 연출면에 많은 경력을 쌓은 김벌레씨와의 공연 작업을 통해 많은 것을 배우게 됐다.

연극 무대를 현실 생활과 똑같이 연출해 극의 흐름에 저해되는 동작이나 대사는 철저히 배격하는 사실주의 연극기법은 졸업 공연 때 연기 경험을 통해서 확실하게 나의 극작법의 주조로서 자리를 잡게 되었다. 사실 '외줄위의 분장사', '바이올렛 왈츠', '새는 동굴에서 울지 않는다' 등 3권의 희곡집에 수록된 내 작품 경향은 대부분 사실주의극 기법에 충실한 구성과 내용이었다. 가족간의 갈등과 남녀간의 애증관계를 중심으로 문학성 높은 희곡을 선호하는 나로서는 사실주의적 극 기법이 맞았다.

졸업과 함께 취업전선에 뛰어들어 한 종교신문의 기자로 입사했다. 취재 길에 당시 동양통신 문화부에 재직중인 황유철씨를 만났다. 황유철씨는 '불신시대' 라는 희곡으로 한국일보 신춘문예에 당선한 뒤, 연출가 전세권씨와 함께 사직원, 해바라기 등의 작품을 연달아 무대에 올리는 등 활발한 작품활동을 하는 희곡작가였다. 황유철씨는 내가 작가 수업중 임을 알고 대사처리 방법이나 인물들의 성격 부각 등 희곡 작법의 세밀한 부분들을 일깨워주었다. 그렇게 해서 마침내 69년 10월 단막극 '잔영(殘影)' 이 현대문학지에 초회 추천을 받게 됐고 이어 장막극 '바벨탑 무너지다' 가 같은해 11월1일~5일까지 명동 국립극장에서 원로 연출가 이진순씨에 의해 상연됨으로써 문학계와 연극계에 동시에 입문하게 되었다. 등단기를 쓰다보니 지난 30여년간 고작 30여편의 희곡을 집필한 이 보잘 것 없는 필자가 하나의 작가로 서기까지에도 수많은 선배 작가들의 아낌없는 성원과 배려가 있었음을 새삼 깨닫게 되었다. 이미 고인이 되신 분들이 대부분이지만 그들의 후광에 보답하기 위해서라도 더욱 분발할 것을 다짐해본다.

'운명을 사랑하라'를 쓸 수밖에 없었던 그 시절

전 옥 주

사춘기 시절의 아이들이 대부분 그러하듯 나 역시 그 시절에는 꿈이 컸었다. 어떻게나 하고 싶은 일, 되고 싶은 것이 많았던지 우리 어머니는 나를 보고 '하고지비' 라고도 하셨다. 그 꿈이라는 게 책을 읽을 때나 연극, 영화를 볼 때 가끔 바뀌기는 했어도 아무튼 "꿈 하나는 야무지다" 라는 말을 자주 들었다.

그 꿈의 실현성에 대해서는 별로 걱정하지 않았다. 내가 원한다면 딸을 사랑하시는 아버지께서 팍팍 밀어주실 것으로 믿었기 때문이다. 그런데 청천벽력으로 고교 졸업반이 되던 그 해 봄에 갑자기 아버지가 돌아가셨다. 얼마간 편찮으시긴 해도 50대 중반의 강건하게 생기신 분이 그렇게 돌아가시리라고는 우리 가족은 물론 어느 누고두 예상하지 못했기에 사후대책이라고는 전혀 없이 날벼락을 맞을 격이 되었다. 한껏 화려한 꿈의 날개를 펴고 비상을 준비하던 나에게 "아버지가 돌아가신 마당에 서울로 대학가는 건 꿈도 꾸지 마라"는 어머니의 엄명은 나를 극한 상황으로 까지 내몰 지경에 이르렀다.

대학은 꼭 서울로 가야한다고 생각했었다. 만약 가지 못하면 내 꿈, 아니 내 인생이 끝장이란 생각이 들었다. 그래서 궁리 끝에 생각해 낸 것이 우리나라에서 하나뿐이라는 예술대학의 장학생으로 입학하는 것이었다.

그러나 입학을 하고 보니 현실적인 것이 눈에 들어오기 시작했고, 여러 가지 상황이 이만저만 실망스러운 게 아니었다. 현실과 이상은 다르다고, 타협해야한다고 수없이 나 자신을 달래보려 했지만 학교 가는 것이 싫어져서 약간은 비참한 생각으로 신촌이나 동숭동에 있는 대학에 다니는 친구를 따라 가끔 청강하면서 꿈과 말을 줄이고 있었다. 그런 암담한 생활 가운데서 실오라기 같은 기쁨과 자신감을 준 것은 나를 연극영화과로 보낸 스승께서 졸업 며칠 전에 하신 말씀이 떠오를 때였다.

"전옥주! 난 네가 2년 전 나를 찾아왔을 때 기뻤었다. 무언가 할 학생으로 보였기 때문이지, 기대했었는데 아쉽구나."

정말 교실에서 눈 한번 제대로 맞추지 않았는데도 내 이름을 기억하신 선생님, 그리고 나에게 어떤 기대를 하셨다는 스승을 생각하면 가슴에 어떤 떨림이 와 꿈으로 다가가는 듯 했다. "그래 작가가 되자. 연극을 좋아하고 고등학교 시절에 희곡을 많이 썼으니 희곡작가가 되자. 희곡작가가 되는 것이 나에게 관심을 가져주신 스승님께 조금이라도 보답하는 것이 되겠다." 그러면서 추스르고 타이르고 다짐하기를 거듭하여 쓴 작품이 희곡 〈운명을 사랑하라〉이였다.

이 작품을 보신 이광래 선생님께선 추천에 까다롭기로 소문난 것이 무색할 정도로 몇 군데 지적한 곳만 고치게 한 후, 곧 바로 현대문학에 추천을 해 주셨다. 그때가 1962년 1월이었다.

문예지에 추천 받는 것이 큰 행운인지도 모르고 나는 계속 참담한 기분에서 헤어나질 못했다. 〈운명을 사랑하라〉를 수없이 되씹으며 "반 작가는 되었으니 그래도 면목은 섰다"며 자위할 뿐이었다.

꼭 작가가 되겠다는 일념으로 지연한 습작시간을 가진 것도 아니고, 측근 중에 문인이 있어 문단이나 추천제도에 대해 들은바가 별로 없었기에 가족과 친구들로부터 축하 인사 한 번 받아보지 못해도 그러려니 했고, 나 잔신 역시 그 사실을 자랑삼아 광고할 생각은 추호도 않고 있었다. 그런데 이상한 현상이 일어난 것이다. 친구와 자주 가는 다방에서 내가 추천 받은 것을 어떻게 알게 되었는지, 그 다방에 자주 나오시는 대선배 문인들과 대학교수, 문화계 인사들이 먼저 반기며 작가로 대해 주며 칭찬과 격려로 환대 해 주는 것이었다. 나는 나를 빛나게 하는 보석을 갖고도 모르고 있었다는 생각을 하게 되었다. 곧 이어 경북대학교 연극부의 연출과, 제1회 신라문화제 기념공연 〈마의태자〉의 조연출을 맡았으며, 여기저기서 원고청탁도 받았다. 직장도 일간지 문화부 견습기자로 오라는 것을 마다하고 한 번쯤 해보고 싶었던 농촌계몽운동의 기회와 맞닿는다 싶어 당시 젊은이들에게 인기 있었던 공보요원을 택해 특채로 공무원 생활을 시작하게 되면서 다시 거창(?)한 꿈을 꾸며 활기를 찾아갔다.

현대문학에 추천을 받지 못했다면 이 일련의 일들이 내게로 오지 않았을 것이다. 나는 운 좋게 첫 작품을 그대로 쉽게 추천을 받았지만 그 당시에는 추천 받는 것이 너무나 어려워 '문단고시'라고도 했으니 가히 짐작이 갈 것이다. 그렇게 어려웠기에 등단하면 진심으로 축하해주고 서로 소중하게 생각하며 이해타산보다 정을 앞세워 "문우"라 부르며 함께 아파하고 기뻐할 수 있었을 것이다.

요즈음 수없이 쏟아지는 신인들! "문학을 액세서리쯤으로 생각하는 사람이 많다"고 하는 말을 종종 듣는다. 그 말을 들을 때면 나는 현기증이 일어난다.

등단과 나

이 덕 화

나의 공식적 직함은 대학 교수다. 그런데 흔히 글을 쓸 때는 평론가 혹은 소설가라는 호칭을 사용하기도 한다. 처음 국문과에 적을 두었을 때는 글을 쓰기 위한 것이었는데, 하다보니, 석사, 박사까지 학위를 따게 되고 교수까지 되었다. 그러나 마음 속에는 언제나 소설 창작에 대한 열망을 가지고 있었다. 그러나 학위를 하는 동안에는 과정을 따라 학점을 따고 외국어 시험에 통과하는데 급급, 소설을 쓴다는 것은 생각조차 할 수 없었다. 그러다 박사학위를 끝내고, 교수가 된 이후 난, 창작에 대한 열망의 마음을 겨우 실천 할 수 있었다.

박사학위 받은 그 해, 봄에는 〈문학과 의식〉을 주간하고 계셨던 은사이신 전규태 선생님이 원고를 달라고 하셔서 봄에는 평론 〈1930년대 장편 소설〉이라는 글을, 가을에는 소설 〈압구정동 풍경〉을 구인환 선생님의 극찬과 함께 신인상까지 주셨다. 그해 가을호에 역시 잠시 나왔던 비평계간지 〈현대예술비평〉에 〈우리 문학에 나타난 축제적 세계관〉이라는 평론을 실었다. 그 다음해 한길사에서 주간하던 계간지 〈한길문학〉에 평론을 쓰면서 차츰 평론가로 알려지게 되었다.

그러나 어디까지나 나는 학자였기 때문에 논문이 주 글쓰기였다. 그 이후 연대 후배들과 이화여대 강사들을 함께 모아 여성문학 연구를 시작했다. 그래서 1920년대 나혜석, 김일엽, 김명순을 비롯한 1930년대 작가들의 연구를 필두로, 1950,60년대 작가, 1990년대 작가 세 그룹으로 나누어 작가를 한 사람씩 맡아 연구논문집을 발간하기로 하고, 몇 년간에 걸쳐 스타디를 통해 대표작가를 선정하고, 연구, 논문을 확정, 출판하기로 했다. 책 출판은 한길사에서 맡아주기로 했다. 그래서 〈페미니즘과 소설비평〉이라는 제목으로 근대편과 현대편 두권을, 〈페미니즘은 휴머니즘이다〉라는 제목으로 1990년대 최근 작가를 조명했다. 그동안 여성작가들이 남성학자들이나 남성 평론가에 의해서 폄하된 작품이나 작가를 살려내고, 새로운 여성 시각을 확립하는 것이 가장 큰 여성학자들의 과제였다.

최근에는 한길사의 3권의 책을 바탕으로 많은 여성학자들이 여성 작가들을 조명하고 있다. 이어서 최근 여성학자들이 만든 한국여성문학학회가 창립, 창립 회장으로 내가 선임되었다. 그것은 그 동안 한길사의 〈페미니즘과 소설비평〉을 펴낸 업적 때문이리라 생각된다. 이 학회에서는 4년째 매년 2회의 심포지움을 개최, 여성문학 전반에 걸쳐 연구가 진행되고 있다. 동양 여성문학의 연대를 위해 국제 심포지움도 2 년에 한 번씩 개최하고 있다. 이로써 여성작가들의 연구는 물꼬를 튼 듯 여기저기 새로운 업적을 쌓아가고 있다. 이제 새로운 여성문학 시대가 열리고 있는 것이다.

여성문학인회에서 이런 저런 인연으로 회원으로 활동하면서, 여성학자들은 그렇게 크게 신경쓰지 않는 등단 년도에 신경을 쓰는 것을 보고 놀라웠다. 여성학자들은 남성들의 가부장적 의식을 뛰어넘기 위해 여성들의 힘을 합치고 있는데, 여성문인 단체에서 고스란히 남성들의 유물을 껴앉고 그것에 맞추어 줄 세우기를 하고 있다니, 신기롭기까지 했다. 여성들이 남성들의 그늘에서 역사를 세워나가던 시대는 지나갔다. 여성들이 전면에서 잘못된 역사를 바로 세우고, 역사의 주인공이 되기 위해서는 여성만이 가진 생존 철학이 있어야 한다. 언제나 역사는 새롭게 시작된다. 그리고 역사는 여성이 바로 설 때에만 올바로 설 수 있다.

2002년 11월 초판 제1쇄 인쇄
2002년 11월 초판 제1쇄 발행

글 _ 한국여성문학인회
펴낸이 _ 김재광
펴낸곳 _ 도서출판 솔과학
주소 : 서울시 종로구 청진동 276-1 계진B/D 5층
전화 : 82-2(02)725-8655
팩스 : 82-2(02)725-4655
표지/본문디자인 : 엘엔스디자인 011-9301-9306/8

등록 _ 1997년 2월 22일 제10-104호

값 10,000원

ISBN 89-87794-43-1
email : knamc2919@hanmail.net
email : solkwahak@hanmail.net